ZBUNTOWANA ANIELICA

Trójka przeciw bogu, który nie zna litości

CARYSSA COLE

SHENANIGANS PRESS

SPIS TREŚCI

Rozdział pierwszy

Careena

Szarpnęłam się i obudziłam, płuca walczyły o oddech, gdy przerażenie chwyciło mnie w stalowy uścisk. Zimny pot lepił się do skóry, a serce tłukło mi się dziko w piersi.

Przeskanowałam półmrok pokoju, oczy biegały niespokojnie, rozpaczliwie szukając Alystera i Rafaila, moich kochanków: rycerza Fae, który sprzeciwił się swojej królowej, by mi pomóc, oraz człowieka-zmiennokształtnego, który został przy mnie nawet po tym, jak złamałam jego wielowiekową klątwę i uwolniłam go.

— Careena! — Głos Alystera przeciął ciemność, gdy podniósł się obok mnie. Jego srebrne oczy, zwykle błyszczące figlarnością, teraz pełne były troski. — Co się stało?

Rafail wszedł do pokoju i usiadł na łóżku przy mnie, poruszając się cicho, po kociemu. Choć w ludzkiej postaci wyglądał zwyczajnie, wiedziałam, jaka moc kryje się pod powierzchnią. Przyglądał mi się uważnie, a jego zwykle czujny wyraz twarzy złagodniał niepokojem.

Próbowałam mówić, lecz głos uwiązł mi w gardle. Obrazy z koszmaru wciąż mnie prześladowały, uparcie nie chcąc zblaknąć. Alyster delikatnie ujął moją dłoń w swoją, a ciepło jego dotyku przepędziło część zalegającego strachu.

— Oddychaj, Careena — powiedział łagodnie, a w jego tonie brzmiał subtelny czar, który koił moje rozszalałe myśli. — Jesteś już bezpieczna. Jesteśmy tu.

Rafail skinął głową. — To był sen? Wizja?

Przełknęłam ślinę, mocniej ściskając dłoń Alystera, szukając siły, by przemówić. — Set — zdołałam wyszeptać, a mój głos drżał. — Był w moim śnie. Chce, żebym...

Słowa umarły na moich ustach, gdy strach znów groził, że mnie pochłonie. Alyster i Rafail wymienili spojrzenia, a ich twarze ściemniały od zrozumienia i determinacji.

— Opowiedz nam wszystko — ponaglił Alyster łagodnie, kciukiem kreśląc kojące kręgi na wierzchu mojej dłoni. — Jesteśmy tu, by ci pomóc, Careena. Nie musisz stawiać temu czoła sama.

Wzięłam drżący oddech, hartując się, by przywołać grozę koszmaru. Głos mi się łamał, kiedy odtwarzałam szczegóły snu, a słowa płynęły z moich ust potokiem strachu i desperacji. — Set tam był, jego obecność przytłaczająca i przerażająca. Żądał, żebym poddała się jego woli, żebym stała się jego naczyniem w śmiertelnym świecie.

Zadrżałam, bo w mojej głowie wciąż odbijały się echem jego podstępne szepty. — Obiecywał moc przekraczającą moje najśmielsze marzenia, ale czułam ciemność, zepsucie, które z nią szły. Próbowałam się oprzeć, lecz był tak silny... — Nawet teraz czułam go, czułam mroczną moc jego obecności. Odwróciłam głowę ku mieczowi leżącemu na szafce nocnej, mieczowi, od którego nie mogłam oddalić się o więcej niż kilka kroków, nie cierpiąc katuszy.

Mieczowi, który wiązał mnie z Setem.

Uścisk Alystera na mojej dłoni się wzmocnił, a w oczach błysnęła mu zajadła opiekuńczość. — Jesteś od niego silniejsza, Careena. Już to udowodniłaś, sprzeciwiając się mu, wybierając własną drogę.

Rafail pochylił się do przodu, jego spojrzenie stało się intensywne i skupione. — To poważne zagrożenie. Jeśli Set potrafi wpływać na ciebie przez sny, może z każdą kolejną nocą rosnąć w siłę.

Skinęłam głową, serce miałam ciężkie od wagi tego odkrycia, a wnętrzności ścisnął strach na samą myśl. — Boję się, że nie cofnie się przed niczym, by mnie posiąść, by użyć mnie jako pionka w swojej wykręconej grze.

Alyster zmarszczył brwi w głębokim zamyśleniu, próbując rozsupłać złożoną sieć magii i przeznaczenia, która nas spajała. — Miecz — mruknął cicho, zamyślonym tonem. — Zawiera esencję Seta, jego więź z tobą.

Szeroko otworzyłam oczy, gdy dotarły do mnie konsekwencje sugestii Alystera. Miecz, który nieopatrznie stworzyłam, próbując zniszczyć starożytną księgę zaklęć zawierającą inkantacje wskrzeszenia Seta, stanowił zagrożenie dla mojego jestestwa. Nie mogłam się od niego oddalać; czy jego zniszczenie zniszczy także mnie? To było obosieczne ostrze — broń i potencjalne więzienie zarazem.

Myśl o przymusowej służbie, o mojej woli złamanej i nagiętej do mrocznych pragnień Seta, przeszył mnie dreszczem strachu. Nie mogłam do tego dopuścić. Nie dopuszczę.

— Nie mogę ryzykować, że wpadnę pod kontrolę Seta, ale nie wiem, co zrobiłoby mi zniszczenie miecza.

Alyster położył uspokajającą dłoń na moim ramieniu, a jego dotyk był kojącym ciepłem na skórze. — Znajdziemy sposób, Careena. Obiecuję.

Wzięłam głęboki wdech, hartując się na to, co wiedziałam, że muszę zrobić. Miecz leżał przede mną, jego ciemne ostrze błyszczało w nikłym blasku księżyca sączącego się przez rozchylone zasłony. Czułam jego moc, szepty wpływu Seta, nawet z daleka.

Zdeterminowana wyciągnęłam dłoń ku mieczowi, a opuszki palców rozbłysły miękkim, eterycznym światłem. Puściłam moją niebiańską magię w ruch, badając ostrożnie miecz, szukając słabości lub podatności, które moglibyśmy wykorzystać.

Metal był chłodny pod moim dotykiem, ale wyczuwałam pulsującą wewnątrz energię, mroczną esencję Seta przesyconą w każdym calu ostrza. Zamknęłam oczy, skupiając magię i wnikając głębiej w tajemnice miecza.

Im dalej sięgałam, tym bardziej narastał niepokój, a w piersi ściskało mnie tak, że trudno było oddychać. Moc miecza była starożytna i ogromna, daleko większa niż cokolwiek, z czym dotąd się zetknęłam.

Ostry, palący ból przeszył moje ramię i syknęłam. Czułam, jakby miecz się bronił, opierając się moim próbom rozwikłania jego sekretów. Zacisnęłam zęby, odmawiając poddania się bólowi. Wiedziałam, że odpowiedzi, których szukamy, mogą kryć się w mrocznych głębinach miecza, i byłam zdeterminowana, by je znaleźć.

Czułam na sobie zatroskane spojrzenia Alystera i Rafaila, ale nie mogłam pozwolić sobie na utratę koncentracji. Ból narastał, rozlewając się z ramienia na pierś, grożąc, że mnie przemoże. Twarz miałam wykrzywioną wysiłkiem magicznego badania, a na czole perliły mi się krople potu.

Przez mgłę bólu wyczułam, że Alyster i Rafail wymieniają spojrzenia, a ich troska była niemal namacalna w powietrzu. Rozumieli ogrom ciężaru, jaki niosę — brzemię mojego upadku i odpowiedzialność, którą wzięłam na siebie, by chronić ich przed wpływem Seta.

Wciągnęłam drżąco powietrze, a głos miałam napięty, gdy mówiłam. — Czuję to... moc miecza. Jest starożytna, ciemna i ogromna. Ale musi istnieć sposób, by złamać jej uścisk.

Alyster przysunął się bliżej, jego głos był niski i uspokajający. — Uważaj, Careena. Nie wiemy, do czego zdolny jest ten miecz.

Skinęłam głową, przyjmując jego troskę, ale nie mogłam już się zatrzymać. Byłam tak blisko, czułam to. Sekrety miecza były tuż poza zasięgiem, kusząco bliskie, a jednak spowite w mroku.

Głos Rafaila przeciął napięcie, nabrzmiały mieszaniną podziwu i niepokoju. — Ona jest silna, Alyster. Jeśli ktokolwiek potrafi rozwikłać tajemnice miecza, to Careena.

Ich wiara we mnie wzmocniła moją determinację. Naparłam mocniej, a moja magia wniknęła głębiej w esencję miecza. Ból niemal oślepiał, ale nie ustępowałam. Musiałam znaleźć odpowiedzi — dla nas wszystkich. Zacisnęłam zęby, a myśli pędziły, gdy próbowałam pojąć to, co mignęło mi za zasłoną bólu.

Przed oczami migały obrazy — starożytne świątynie, krwawe pola bitew i wisząca nade mną, przytłaczająca obecność samego Seta. Miecz był czymś więcej niż bronią; był kanałem mocy mrocznego boga, narzędziem, którym przez tysiąclecia szerzył spustoszenie w śmiertelnym świecie.

Im dalej się zagłębiałam, tym silniejszy stawał się opór miecza, odpychający moją magię z siłą, która o mało nie zwaliła mnie z nóg. Jęknęłam głośno, łapiąc powietrze chrapliwymi haustami, ale nie ustępowałam.

— Careena! — W głosie Alystera brzmiała troska, gdy wyciągnął rękę, by mnie ustabilizować. — Za bardzo się forsujesz.

Pokręciłam głową, wciąż wpatrzona w miecz. — Nie mogę teraz przestać. Jestem tak blisko zrozumienia jego prawdziwej natury.

Oczy Rafaila zwęziły się, gdy badał miecz. — Co do tej pory zobaczyłaś?

Wzięłam głęboki wdech, przerwałam skupienie i pozwoliłam, by magia się rozwiała. — Miecz to coś więcej niż broń. To bezpośrednie łącze do mocy Seta, kanał jego wpływu w tym świecie. Zniszczenie go nie będzie łatwe, a ja muszę najpierw jakoś zerwać moją więź z nim, inaczej może pociągnąć mnie ze sobą... do zaświatów i w łapy Seta. Nie mogę ryzykować.

Alyster zmarszczył brwi. — Ale musi istnieć jakiś sposób. Nie możemy pozwolić, by Set kontrolował ciebie czy kogokolwiek innego przez ten miecz.

— Spróbuję jeszcze raz. Muszę zrozumieć więcej. Dlaczego księga stała się mieczem? Powinna była ulec zniszczeniu, kiedy użyłam mocy Antykreacji. To nie ma sensu.

Nigdy nie lubiłam zagadek bez odpowiedzi. To zresztą przez moją nienasyconą ciekawość wyleciałam z Nieba. Jako upadły anioł zesłano mnie na Ziemię i przydzielano mi z pozoru bezsensowne misje, bym zasłużyła na odkupienie... aż wysłano mnie po starożytną księgę zaklęć do sabatu czarnych wiedźm i znalazłam się w nieustannej walce o przetrwanie z wiedźmami, piekielnymi ogarami i teraz jeszcze starożytnym bogiem chaosu.

Bez Alystera i Rafaila nie przeżyłabym tak długo, ale próbując nas wszystkich ochronić i zakończyć pościg wiedźm, popełniłam błąd. Odwróciłam moce Stworzenia, by spróbować zniszczyć księgę, i rykoszetowało. Teraz byłam związana z mieczem, a Set wchodził do moich snów.

To mój błąd do naprawienia, więc mimo pełnych niepokoju protestów Alystera i Rafaila, zebrałam magię i tym razem zacisnęłam dłoń na jelcu miecza, sięgając jeszcze głębiej w jego sekrety.

Ból niemal mnie złamał. Czułam, jakby mięso odchodziło spalane z kości, gdy parłam naprzód, odgarniając wizje — teraz widziałam, że to rozpraszacze — i badałam dalej, starając się dociec prawdziwego pochodzenia miecza.

Zawsze był mieczem — zrozumiałam w oślepiającym olśnieniu. Osobistą bronią Seta, hartowaną we krwi niezliczonych tysięcy przez stulecia, w końcu obróconą przeciw niemu i używaną jako klucz do jego więzienia... lecz potem jakoś odzyskaną przez wiernych mu. Kapłani Seta poświęcili kolejne tysiące, próbując go uwolnić, rzucali mroczne inkantacje, oddawali własne dusze... i zawiedli.

— Careena. Careena!

Silne dłonie trzęsły moimi ramionami i sapnęłam, wyrywając się z wizji. Alyster wpatrywał się w moje oczy, z twarzą pełną niepokoju.

— Dokąd odpłynęłaś? Nie odpowiadałaś nam!

— Myśleliśmy, że Set mógł cię dorwać — wtrącił Rafail.

— Nie, widziałam... — palce powoli mi się rozluźniły i syknęłam z bólu, gdy miecz wypadł z mojej dłoni. To nie było tylko wrażenie palenia; on naprawdę mnie poparzył — skóra na mojej dłoni poczerniała i kruszyła się.

— Musisz przestać. — Dłoń Alystera przykryła moją, jego skóra była błogosławienie chłodna na oparzeniu, gdy wlewał we mnie swoją ziemską magię Fae. — Wiemy za mało, Careena. Idziesz na oślep przeciw bogu, nieśmiertelnemu bytowi o mocy, której nie ogarniamy. To jest lekkomyślne.

— Ma rację — powiedział Rafail, krzyżując ramiona na piersi. — Proszę, Careena, przestań. To cię rani.

Chciałam się spierać — czułam, że byłam tak blisko zrozumienia, czemu kapłani zawiedli, co stało się z mieczem, że zmienił się w księgę — ale widząc wciąż piekące oparzenia na dłoni, musiałam przyznać im rację. Nie wiedziałam, co robię. A jeśli miecz rzeczywiście był kluczem do więzienia Seta, jego zniszczenie mogłoby być absolutnie najgorszą rzeczą, jaką możemy zrobić.

— Dobrze — powiedziałam niechętnie. — Musimy dowiedzieć się więcej, tu się z wami zgadzam. I choć sądzę, że wiele odpowiedzi tkwi zamkniętych w samym mieczu... to zbyt ryzykowne robić to bez wsparcia.

Obaj mężczyźni wpatrywali się we mnie.

— Wsparcia — powtórzył powoli Alyster. — Jakiego wsparcia?

— Jedynego, które może mieć szansę zamknąć Seta z powrotem, jeśli przypadkiem go uwolnimy. — Przełknęłam z trudem. — Musimy udać się do Sanctuary i poprosić anioły o pomoc.

ROZDZIAŁ DRUGI

CAREENA

Czułam wahanie bijące od Alystera i Rafaila, ich spojrzenia niepewnie migotały, gdy odwróciłam się do nich. Ciężar moich słów zawisł między nami.

— Wiem, że to ryzyko, ale nie mamy wyboru — powiedziałam równym głosem, choć wewnątrz kłębił się zamęt. — Aureliusz i siły anielskie to nasza jedyna nadzieja.

Srebrne oczy Alystera zwęziły się, między brwiami pojawiła się ledwie widoczna zmarszczka. — Careena, jesteś tego pewna? Niebiański Zastęp nie słynie z gościnności wobec obcych.

Wytrzymałam jego spojrzenie bez mrugnięcia. — Zdaję sobie sprawę z ryzyka, ale kończą nam się możliwości. Moc Seta rośnie z każdym dniem, a my nie zdołamy stawić mu czoła sami.

Rafail niespokojnie się poruszył, palce drgnęły, jakby świerzbiły go, by sięgnąć po sztylety. — I myślisz, że Aureliusz przywita nas z otwartymi ramionami? Po tym wszystkim, co się wydarzyło?

Kącik moich ust uniósł się w krzywym uśmiechu. — Nie, nie liczę na ciepłe przyjęcie. Ale Aureliusz jest pragmatykiem. Zrozumie powagę sytuacji.

Zawahałam się, pozwalając, by moje słowa wybrzmiały. Wspomnienie wygnania z nieba nadal bolało, tępym, nieustającym bólem. Ale musiałam to teraz odłożyć. Stawka była większa.

Wzięłam oddech, zbierając się w sobie, i znów spojrzałam im w oczy. — Jeśli Set odniesie sukces, konsekwencje będą katastrofalne. Nie tylko dla świata śmiertelników, ale dla całego stworzenia.

Ciężar moich słów zdawał się osiadać na ich ramionach, wyczuwalny niemal fizycznie. Oblicze Alystera spoważniało, psotny błysk w jego oczach przygasł. Szczęka Rafaila się zacisnęła, mięsień w policzku nerwowo drgnął.

— On już zaczął zbierać swoje siły — ciągnęłam, niskim, naglącym tonem. — Mroczny sabat to dopiero początek. Jeśli uzyska prawdziwą wolność z więzienia... — urwałam, pozwalając niewypowiedzianym konsekwencjom zawisnąć w powietrzu.

Spojrzenie Alystera spotkało się z moim, między nami przemknęło zrozumienie. — Równowaga zostanie zachwiana.

Pokręciłam ponuro głową. — A światy pogrążą się w chaosie. Nie możemy do tego dopuścić.

Czoło Rafaila zmarszczyło się jeszcze mocniej, usta zacisnęły w cienką linię. — I myślisz, że aniołowie nam pomogą? Po tym wszystkim, co się wydarzyło?

Słyszałam w jego głosie sceptycyzm, wątpliwości, które zaciemniały myśli. Nie mogłam go za to winić. Siły anielskie nie słynęły ze współczucia czy zrozumienia.

— Muszą — odparłam twardo. — Tu nie chodzi tylko o nas. Stawką jest los wszystkich światów. Nawet oni nie mogą tego zignorować.

Alyster poruszył się, płynnie i z gracją mimo napięcia w pokoju. — Ale wciągnięcie ich... to ryzyko. Mają własne cele, własne motywacje.

Spotkałam jego wzrok, widząc troskę migoczącą w tych srebrnych głębiach. — Wiem. Ale jaki mamy wybór? Nie pokonamy Seta sami.

Między nami rozciągnęła się cisza, ciężka od wagi decyzji. Widziałam, jak w ich głowach pracują tryby, rachuby i rozważania.

Oczy Rafaila błysnęły mieszanką frustracji i strachu. — A co, jeśli zwrócą się przeciwko nam? Jeśli uznają, że stanowimy zbyt duże zagrożenie?

Czułam intensywność jego spojrzenia, niewypowiedzianą prośbę, bym się zastanowiła. Ale nie mogłam. Nie przy takiej stawce.

— Nie zrobią tego — powiedziałam, mając nadzieję, że moje słowa brzmią pewniej, niż się czułam. — Potrzebują nas tak samo, jak my ich.

Usta Alystera wygięły się w pozbawiony humoru uśmiech. — Naprawdę? Aniołowie nigdy nie słynęli z polegania na innych.

Westchnęłam, przeczesując włosy dłonią. — Wiem, to hazard. Ale musimy zaryzykować. Kończy nam się czas i możliwości.

Rafail zaczął krążyć po pokoju, gwałtowny, rozdrażniony. — A konsekwencje? Nawet jeśli nam pomogą, będzie trzeba za to zapłacić. Zawsze jest cena.

— Jakakolwiek by była, zapłacimy ją — odparłam równym głosem, choć niepewność żarła mnie od środka. — Musimy.

Alyster spojrzał mi w oczy, cień rezygnacji przemknął po jego twarzy. — Ma rację, Rafail. Nie mamy wyboru. Sami tego nie zrobimy i nie ma już żadnych innych potencjalnych sojuszników. Tydzień temu powiedziałbym, żebyśmy poszli do królowej Maeve, ale teraz... — pokręcił głową. — Królowa chciała księgi zaklęć, chciała zostać służką Seta. Nie możemy jej ufać. Nie wspominając już, że zawiodłem ją i zabije mnie, jak tylko mnie zobaczy. Aniołowie to jedyna opcja.

Rafail przestał krążyć i odwrócił się do nas, ramiona opadły mu w geście porażki. — Wiem. Tylko... mam co do tego złe przeczucia. Ale masz rację, nie mamy wyboru.

Wyciągnęłam rękę i ujęłam jego dłoń, ściskając delikatnie. — Stawimy czoła wszystkiemu razem.

Alyster przytaknął. — Potrzebujemy bezpiecznego miejsca, by zebrać siły i zaplanować następny ruch. Aniołowie mogą to zapewnić, przynajmniej tyle.

— Mają też zasoby, których nam brakuje — dodałam. — Wiedzę, broń, może nawet sposób na zniszczenie miecza bez uwolnienia Seta. Może nawet aniołów, którzy mierzyli się z nim ostatnim razem i wiedzą, jak go pokonać! Nie możemy zrezygnować z takiej pomocy.

Rafail wziął głęboki oddech, hartując się. — Dobrze, pójdziemy. Ale mam przeczucie, że to nie ostatnie trudne decyzje, jakie przyjdzie nam podjąć.

Alyster krzywo się uśmiechnął. — Kiedy życie fundowało nam łatwe wybory?

Nie mogłam się nie uśmiechnąć. — Chyba nie chciałabym inaczej — powiedziałam.

Rafail prychnął. — Oboje jesteście szaleni. — Ale napięcie w pokoju choć odrobinę zelżało.

— Więc — odezwał się Alyster — jaki jest plan? Iść do anielskiego królestwa i zabębnić w Perłowe Wrota? Czy musimy znaleźć inne wejście?

Parsknęłam cicho śmiechem. — Mnie samej by nie wpuścili. Jestem Upadła, pamiętasz? Nie, aniołowie mają bazę tutaj, na Ziemi. Nazywają ją Sanctuary.

— Wspominałaś o tym wcześniej. Ale gdzie to jest? Nigdy o tym nie słyszałem. — Rafail przestał chodzić i usiadł na łóżku.

— Wysoko w Alpach i ukryta przed ludzkim wzrokiem. — Poleciałabym prosto tam, gdybym była sama. Rafail mógł przybrać postać jastrzębia, ale Alyster nie, a nie sądziłam, że mam dość sił, by go nieść. Musieliśmy obrać wolniejszą drogę, z naszej tymczasowej kryjówki na hiszpańskim wybrzeżu do Francji, a potem do Szwajcarii.

— Pojedziemy pociągiem — powiedziałam na głos. — Wtopimy się w tłum. — Później — Rafail pogładził mnie po kostce z szelmowskim uśmiechem. — Do świtu jeszcze kilka godzin, Careena.

Uśmiechnęłam się mimo woli. — Ty naprawdę nigdy nie odpuszczasz, co?

Pochylił się, jego głos stał się niski i chrapliwy. — Nie, jeśli chodzi o ciebie.

Alyster się zaśmiał. — Podpisuję się pod tym.

Napięcie w powietrzu zmieniło się, z nerwowego i spiętego w coś innego, ciepłego i zapraszającego. Wiedziałam, czego potrzebują, czego wszyscy potrzebowaliśmy po długim, męczącym dniu. Więc rozwinęłam skrzydła, a końcówki piór musnęły pościel. Wezgłowie zatrzeszczało, gdy Alyster dołączył do nas na łóżku, obejmując mnie ramionami. Rafail wsunął się obok, jego usta wspięły się w górę mojego uda, a dłonie podążyły za nimi.

— Powinniśmy odpocząć — wyszeptałam, choć moja determinacja kruszyła się pod żarem ich spojrzeń.

— Odpoczniemy — zamruczał Alyster mi do ucha, palcami kreśląc wzory na moim brzuchu. — Potem.

Usta Rafaila odnalazły moje, jego pocałunki były delikatne, a jednak natarczywe, jego język tańczył z moim. Dłoń Alystera zsunęła się niżej, odnajdując wilgotne ciepło, które samą myślą o byciu z moimi dwoma kochankami już we mnie rozbudzili. Policzki zapłonęły, gdy rozpływałam się w ich dotyku, a moje skrzydła otuliły nas jak ochronny kokon.

Zatraciłam się w ich dotyku, pieszczotach i szeptach miłości oraz pożądania. Świat stopniał, została tylko nasza trójka, zjednoczona w namiętności. Powietrze przesycił leśny zapach wody kolońskiej Alystera i piżmowa woń Rafaila, od których kręciło mi się w głowie jeszcze bardziej.

Kochałam ich obu, choć byliśmy razem zaledwie od kilku dni. Ale zatrzymałam te słowa dla siebie, niepewna, jak zareagują. Bałam się, że odepchnę jednego albo obu, a potrzebowałam ich tak, jak potrzebuję powietrza.

— Smakujesz tak słodko — wyszeptał Alyster przy moim udzie, tuż zanim jego język smagnął moją łechtaczkę, a palce zanurzyły się we mnie głęboko.

Jęknęłam i wygięłam się, a usta Rafaila objęły mój sutek; zęby musnęły go lekko, a jego dłoń na moich plecach, między skrzydłami, trzymała mnie dokładnie tam, gdzie chciał.

Zadrżałam, gdy palce Rafaila dołączyły do palców Alystera, obaj badali moje śliskie fałdki, a ja krzyknęłam, odchylając głowę na poduszkę.

— Careena — wymruczał Rafail, jego niski, głęboki głos posłał dreszcz w dół kręgosłupa. Jego usta znów odnalazły moje w rozpalającym pocałunku, który odebrał mi dech.

Zęby Alystera musnęły moją łechtaczkę i sapnęłam, wijąc się pod ich dotykiem. Ich dłonie były magią, snuły wokół mnie czar przyjemności, który zostawiał mnie bez tchu i spragnioną więcej.

Rafail przerwał pocałunek i jęknęłam z tęsknotą, ale wtedy wyszeptał przy moich ustach: — Puść to, Careena. Pozwól nam się sobą zająć.

Palce Alystera zwinęły się we mnie, trafiając w to idealne miejsce, i rozsypałam się, orgazm runął na mnie jak fala pływowa. Krzyknęłam, moje skrzydła trzepotały dziko, gdy unosiłam się na kolejnych grzbietach rozkoszy, które przetaczały się przeze mnie.

— Dobry początek — powiedział cicho Rafail, po czym usiadł na skraju łóżka, wciągając mnie na swoje kolana, twarzą do niego, jego usta od razu szukające moich.

— Ile razy dojdziesz dla nas przed świtem, aniele? — zaśmiał się Alyster, nisko i rozpustnie, długimi palcami sunąc w dół rowka moich pośladków. — Nie mogę się doczekać, by się przekonać.

Członek Rafaila trącił moje wewnętrzne udo, a ja poruszyłam się chciwie, nagle rozpaczliwie pragnąc mieć ich w sobie. Być wypełnioną tak, jak tylko oni potrafili.

— Proszę. Och, proszę... — Powieki same chciały opaść, gdy Rafail powoli we mnie wsuwał, ale zmusiłam się, by je utrzymać otwarte. Chciałam na niego patrzeć, widzieć jego oczy, widzieć ekstazę na jego twarzy, gdy mnie pieprzył. — Więcej — wychrypiałam, nawet gdy Rafail wypełniał mnie po brzegi, a Alyster zaśmiał się za mną.

— Chciwa mała anielica.

— Możesz mieć więcej — powiedział Rafail, po czym ułożył się na plecach, ciągnąc mnie na swoją pierś, a Alyster położył obie dłonie na moich pośladkach, rozsuwając je.

Wysoki skowyt wyrwał mi się z gardła, gdy członek Alystera naparł na ciasny pierścień mojego odbytu, a moje skrzydła zwinęły się, oplatając Alystera i przyciągając go bliżej. Głębiej, aż i on zanurzył się we mnie po samą rękojeść, a skowyt przeobraził się w zawodzenie, niemal krzyk.

— Taka ciasna — wysapał Alyster, jego palce wgniatały się w moje biodra.

— Muszę się ruszać; jesteś gotów, Alyster? — usłyszałam jak przez mgłę głos Rafaila, usłyszałam, jak Alyster potwierdza pomrukiem, a potem Rafail wypchnął się pode mną, jego gruby członek zaczął wchodzić i wychodzić z impetem. Po chwili Alyster dopasował swój rytm i zostałam unieruchomiona między dwoma silnymi ciałami, prawie wyjąc, gdy jednocześnie niemal się ze mnie wysuwali, by zaraz znów we mnie uderzyć.

Doznania były zbyt intensywne. Wciąż unosząc się na fali pierwszego orgazmu, szczytowałam znowu po paru chwilach, piskliwie wijąc się między nimi dwoma, ale oni nie przestali, pędząc mnie coraz dalej, aż nie wiedziałam, gdzie kończę się ja, a zaczynają oni.

Mijały minuty, a może godziny; cała trójka zlana potem, nieludzka wytrzymałość mężczyzn sprawiała, że nie słabli ani nie zwalniali, po prostu dalej mnie brali, aż rozkosz stała się jedną, długą, niekończącą się falą ekstazy, w której tonęłam z radością.

Wreszcie Rafail wydał z siebie gardłowy jęk i zesztywniał, zatrzymując pchnięcia, gdy gorący strumień eksplodował głęboko we mnie, a zaraz za nim Alyster wbił zęby w moje ramię, tracąc rytm i szarpiąc ostatni raz mocno w mój tyłek.

Nie mogłam się nawet poruszyć, unosiłam się na fali błogości. Bez sił pozwoliłam im ułożyć mnie tak, jak chcieli, delikatnie kładąc mnie między sobą.

— Dziękuję, że jesteście tu ze mną — wymamrotałam, zaciskając skrzydła, by przytulić ich obydwu mocno do siebie.

Alyster musnął pocałunkiem móje czoło. — Zawsze, Careena. Jesteśmy w tym razem.

Rafail odgarnął mi włosy z twarzy, jego oczy złagodniały, gdy na mnie patrzył. — Wiesz, że zrobimy wszystko, by cię chronić.

Skinęłam głową, zbyt ściśnięte gardło nie pozwoliło mi mówić. Ale wiedziałam, że mówią serio. Udowadniali to raz po raz. I ja zrobiłabym dla nich to samo. Niezależnie od tego, co nas czeka, stawimy temu czoła razem.

Ale gdy leżałam tak, wtulona w ich objęcia, nie mogłam pozbyć się uczucia zgrozy, które zasiadło w moim żołądku. Niebezpieczeństwo było dalekie od końca. I nie przestawałam się zastanawiać, czy to nie ostatnia chwila spokoju, jaką podzielimy, zanim uderzy burza.

Wzięłam głęboki oddech, gdy zbliżaliśmy się do lśniących białych murów Sanctuary, wyrastających przed nami jak latarnia bezpieczeństwa pośród skalistych szczytów Alp. Ale wiedziałam, że dostanie się do środka nie będzie proste, nie jeśli chciałam zatrzymać przy sobie moich mężczyzn — a nie było mowy, żebym zostawiła ich w tyle.

Groźne, niebiańskie wrota górowały nad nami, zastawiając przejście. Dwóch anielskich strażników o surowych twarzach stało na warcie w lśniących zbrojach, ze skrzyżowanymi włóczniami.

Wyprostowałam się i ruszyłam naprzód, z Rafailiem i Alysterem po bokach. Oczy strażników zwęziły się, gdy spojrzeli na moich towarzyszy.

— Careena Seraphiel. Minęło trochę czasu — odezwał się ten po lewej, zimnym głosem. — Śmie Pani przyprowadzać obcych do Sanctuary?

— Są ze mną, Hadranielu — odparłam spokojnie, spotykając jego wzrok bez cienia zawahania. — I muszę natychmiast porozmawiać z Aureliuszem. Chodzi o los samych światów.

Hadraniel prychnął. — Zawsze miała Pani skłonność do dramatyzowania, Careena. Dlaczego mamy pozwolić Pani... wspólnikom przekroczyć nasze bramy?

Rozpostarłam skrzydła za plecami i wyprostowałam się na całą wysokość. Powietrze wokół nas zaiskrzyło od mocy.

— Bo świat wisi na włosku. Starożytny bóg Set został uwolniony i jeśli go nie powstrzymamy, przyniesie zagładę nam wszystkim. Teraz nas przepuśćcie albo sami powiedzcie Aureliuszowi, że odesłaliście jego jedyną szansę na uniknięcie katastrofy.

Strażnicy wymienili spojrzenia, niepokój przemknął po ich kamiennych obliczach. Po chwili napiętego milczenia Hadraniel powiedział: — Nie możemy otwierać bram obcym bez wyższej autoryzacji. Zaczekajcie tutaj, a ja wezwę Strażnika, by podjął decyzję.

Czekając, sięgnęłam po dłonie Rafaila i Alystera, splatając z nimi palce. Myśl, że nasze skradzione chwile namiętności i ukojenia mogły być ostatnimi, ścisnęła mnie boleśnie w sercu.

Nie wiedziałam, jakie próby czekają przed nami, ale wiedziałam, że stawianie im czoła bez tych dwóch mężczyzn u boku było nie do pomyślenia. Ciepło ich dotyku, stałość ich obecności — to od nich czerpałam siłę, by stawiać krok za krokiem.

Hadraniel wrócił, a za nim pojawił się Aureliusz; jego szaty połyskiwały w słońcu, choć nie jaśniej niż srebrne skrzydła, na które aż trudno było patrzeć. Nie rozkazał otworzyć bramy, stanął za nią, a jego przeszywające, błękitne oczy omiotły naszą trójkę, zatrzymując się na Rafailu i Alysterze z nieukrywaną podejrzliwością.

— Careena. Dlaczego znajdujesz się w towarzystwie... — zawahał się, a jego wargi lekko się wygięły, gdy przyjrzał się mężczyznom — zmiennokształtnego i Fae? Proszę się wytłumaczyć.

Wytrzymałam jego spojrzenie bez mrugnięcia. — Przychodzimy prosić o schronienie i pomoc. Starożytny bóg Set został uwolniony z więzienia. Już teraz zbiera potęgę. Jeśli go nie powstrzymamy, pogrąży świat w mroku i chaosie.

Oczy Aureliusza nieznacznie się rozszerzyły, ale twarz pozostała surowa. — A skąd ma Pani te informacje? Powiedział je Pani towarzysz z ludu Fae, znanego z podstępów?

Alyster wystąpił naprzód, srebrne oczy błysnęły. — Niech Pan nie ocenia nas po pochodzeniu, lecz po czynach. Stoimy u boku Careeny, gotowi walczyć ze złem. Czy Pan może powiedzieć to samo?

Uścisk Rafaila na mojej dłoni się wzmocnił — niemy gest wsparcia. Czułam napięcie, które z niego promieniowało, jak instynkt walki i ucieczki ścierają się w nim nawzajem.

Odezwałam się znów, głosem spokojnym mimo zamętu wewnątrz. — Aureliuszu, wiem, że nie mam prawa prosić Pana o zaufanie. Ale to większe niż nasze dawne urazy. Set zagraża wszystkiemu, co jest nam drogie. Musimy stać razem, inaczej na pewno upadniemy.

Aureliusz milczał długą chwilę, jego wzrok wiercił się we mnie, jakby zaglądał w samą głębię mojej duszy. W końcu odezwał się: — Dobrze. Możecie wejść do Sanctuary. Ale proszę zapamiętać moje słowa: dojdę prawdy w tej sprawie, a jeśli którykolwiek z Pani towarzyszy jest tu podstępem, nie opuści tego miejsca żywy.

Aureliusz odwrócił się, szaty zaszumiały za nim. Skinął dłonią, a bramy rozwarły się, ukazując dziedziniec z lśniącego, białego kamienia.

Spojrzałam na Rafaila i Alystera, widząc w ich oczach czujność. Zdobyliśmy wejście, ale jakim kosztem? Podejrzliwość aniołów wisiała w powietrzu, ciężarem osiadając na moich barkach.

Gdy podążaliśmy za Aureliuszem na dziedziniec, czułam na sobie spojrzenia innych aniołów. Były chłodne, oceniające, jakby próbowali zważyć wartość naszych dusz.

— Musicie zrozumieć naszą niechęć — powiedział Aureliusz, nie odwracając się. — Lud Fae nie zawsze bywał sojusznikiem Zastępu Anielskiego. A wasz towarzysz zmiennokształtny... Jego obecność tutaj jest bez precedensu.

Zadrapało mnie przypomnienie mojego upadłego statusu, ale zmusiłam się do spokoju. — Jesteśmy tutaj, bo wymaga tego sytuacja. Nie możemy sobie pozwolić, by stare uprzedzenia nas dzieliły.

Aureliusz przystanął i obrócił się do nas. Jego oczy były jak kawałki lodu — twarde i nieustępliwe. — A jakie mamy gwarancje, że pani towarzysze nas nie zdradzą? Że nie wykorzystają tej okazji, by uderzyć w samo serce Zastępu Anielskiego?

Rafail wystąpił naprzód, szczęka miał zaciśniętą. — Nie jestem przyjacielem tych, którzy mnie przeklęli. Moja lojalność należy do Careeny i do powstrzymania Seta. Do niczego więcej.

Alyster skinął głową, srebrne oczy spoważniały. — Lud Fae może słynąć z podstępów, ale znamy też wartość honoru. Daję słowo, że jestem tu, by pomóc w tej walce.

Aureliusz długo ich studiował, jakby ważył szczerość ich słów. W końcu kiwnął głową. — Dobrze. Ale wiedzcie, że jesteście tu na cierpliwości gospodarzy. Jeden fałszywy ruch, a konsekwencje będą straszne.

— Skąd wiedział Pan, że jestem zmiennokształtnym? — zapytał z zaciekawieniem Rafail, gdy Aureliusz prowadził nas w głąb twierdzy.

To było interesujące pytanie; zobaczyłam, jak skrzydła Aureliusza zesztywniały i wiedziałam, że starożytny anioł nie spodziewał się tego. Odparł tylko: — Żyję od bardzo dawna i widziałem wiele istot różnych rodzajów. Minęło dużo czasu, odkąd widziałem kogoś z twojego gatunku.

Widziałam, że Rafail chciał dopytać — czy są inni tacy jak on? — ale dotarliśmy do gabinetu Aureliusza i ścisnęłam delikatnie dłoń Rafa. Mieliśmy teraz ważniejsze sprawy. Po chwili Raf skinął głową, przyjmując moją niema prośbę. Nie mogliśmy sobie pozwolić na drażnienie Aureliusza.

Wstąpiłam do gabinetu, czując ciężar starożytnych ksiąg i niebiańskich artefaktów, które nas otaczały. Powietrze brzęczało wyczuwalną energią — świadectwem mocy i wiedzy skrytych w tych murach. Aureliusz stanął za masywnym, dębowym biurkiem, srebrne skrzydła złożył równo za plecami, a nas przeszył ostrym spojrzeniem.

— Przyszliście po pomoc — stwierdził głosem, od którego biła władza. — A jednak nie wyjaśniliście w pełni powagi sytuacji. Co sprawia, że szukacie wsparcia Zastępu Anielskiego? Proszę się wytłumaczyć, Careena Seraphiel.

Nagle aż zagotowała się we mnie wściekłość. — Nie wyjaśniłam sytuacji? — *JA* się nie tłumaczyłam? — Wyrwałam dłoń z uścisku Rafaila, podeszłam i trzasnęłam obiema rękami o biurko, wbijając spojrzenie w Aureliusza. — Najpierw Pan, Aureliuszu! To Pan wysłał mnie w ciemno do sabatu niebezpiecznych wiedźm, żeby odzyskać grymuar, który zawiera inkantacje uwalniające jedną z najgroźniejszych istot, jaka kiedykolwiek chodziła po światach, i nie raczył mnie nawet ostrzec!

Oczy Aureliusza nieznacznie się rozszerzyły na mój gniew, ale powiedział tylko: — Zdobyłaś go?

— *Zdobyłam go?* — krzyczałam już, niezdolna się uspokoić. — Och, owszem, zdobyłam! — Wyciągnęłam miecz z pochwy i walnęłam nim w blat, szpicem w stronę Aureliusza. — Oto ten cholerny „tom"!

Nie spodziewałam się reakcji Aureliusza. Strażnik, najpotężniejszy anioł na Ziemi, liczący całe tysiąclecia i władający mocą, której ledwie byłam w stanie pojąć, wrzasnął i odskoczył w tył, jakbym cisnęła mu na biurko żywym wężem.

ROZDZIAŁ TRZECI

ALYSTER

STRZELISTE WROTA SANCTUARY MAJACZYŁY przed nami, ich perłowa poświata migotała w eterycznym świetle. Zmrużyłem oczy, chłonąc widok imponującej konstrukcji, która zdawała się sięgać bez końca aż po samo niebo. Obok mnie Careena niespokojnie się poruszyła, podczas gdy Rafail wpatrywał się szeroko otwartymi oczami, pełen zachwytu.

Dwaj anielscy strażnicy stali na warcie, ich zbroje lśniły, a skrzydła mieli starannie złożone na plecach. Gdy podeszliśmy, skrzyżowali włócznie, zastępując nam drogę.

Czułem ciężar ich spojrzeń, osądzających i oceniających. Czy wszyscy aniołowie patrzą na przybyszów z taką pogardą? Nie chcieli nas wpuścić, to było pewne, lecz Careena stawiła im czoła i w końcu jeden z nich poszedł po Strażnika; to musiał być Aurelius, ten, który wysłał Careenę na tę nieszczęsną misję.

Minuty mijały, rozciągając się w niezręczną ciszę. Rafail nerwowo wiercił się w miejscu, a Careena krążyła tam i z powrotem, z czołem zmarszczonym od natłoku myśli. Stałem nieruchomo, z dłonią spoczywającą na jelcu mojego przemienionego miecza. Jego moc pulsowała pod opuszkami palców, nieustannie przypominając o rozpaczliwych okolicznościach, które nas tu przywiodły.

Wreszcie strażnik wrócił, z twarzą nie do odczytania, a za nim zjawiła się istota tak jasna, że aż bolało od patrzenia. Skrzydła miał o barwie metalicznego srebra, ale to moc, która od niego biła, sprawiła, że odruchowo chciałem osłonić oczy. Niebiańska moc, którą widywałem u Careeny, była przy nim jak świeczka przy ognisku.

Przeszywające spojrzenie Aureliusa przesunęło się po nas, zatrzymując na mnie i Rafailu z niezawoalowaną pogardą. Odwzajemniłem to spojrzenie bez mrugnięcia, odmawiając ugięcia się przed jego autorytetem.

Careena stanęła naprzeciw Aureliusa, nieustraszona mimo jego jawnej dezaprobaty. Zauważyłem zmianę na jego obliczu, gdy wspomniała o Secie, i po chwili Aurelius skinął głową, dopuszczając nas do środka.

Wrota rozwarły się z ciężkim jękiem, ukazując krainę zapierającej dech w piersiach urody. Nieskazitelne trakty wiły się pośród bujnych ogrodów, a w oddali połyskiwały w słońcu wyniosłe gmachy z marmuru i złota. A jednak nawet w tym przepychu wisiało w powietrzu napięcie.

Gdy przekroczyliśmy próg Sanctuary, nie mogłem się pozbyć wrażenia, że nasza obecność jest tu niemile widziana. Czułem na sobie ciężar niezliczonych spojrzeń, osądzających i przenikliwych. Ale odwrotu nie było. Los światów wisiał na włosku, a w Sanctuary krył się klucz do odpowiedzi, których tak rozpaczliwie potrzebowaliśmy.

Nie spodziewałem się, że ten pradawny, potężny anioł zareaguje na widok miecza Careeny czymś, co w każdym świecie wyglądałoby jak... strach? A jednak stał tam, z plecami przyciśniętymi do starej, drewnianej boazerii, rozpostartymi skrzydłami i dłońmi uniesionymi w odruchu obrony.

Careena odwróciła się do mnie, z brwiami zmarszczonymi w konsternacji.

Zrobiłem krok naprzód, wbijając wzrok w Aureliusa. — Dość wykrętów — zażądałem. — Potrzebujemy odpowiedzi. Czym jest ten miecz i dlaczego tak Pana przeraża?

Usta Aureliusa zacisnęły się w wąską kreskę, a jego spojrzenie błądziło między mną a Careeną. Cisza przeciągała się, ciężka od niewypowiedzianych tajemnic i pradawnych brzemion.

W końcu przemówił, ledwie szeptem. — Byłem tam — przyznał, zapatrzony gdzieś w dal, zagubiony w dawno pogrzebanych wspomnieniach. — Byłem jednym z aniołów, którzy stanęli naprzeciw Seta w wielkiej bitwie eony temu.

Careena westchnęła ostro, przykładając dłoń do ust. Sam poczułem, jak rozszerzają mi się źrenice, a ciężar jego wyznania osiada na moich barkach niczym fizyczny ciężar.

On walczył z Setem? Ta myśl przemknęła mi przez głowę jak zawrotny wir domysłów i pytań. *Ile on ma lat? Set był uwięziony od tysiącleci!*

Aurelius mówił dalej, a jego głos nabierał siły, gdy snuł opowieść. — Myśleliśmy, że go pokonaliśmy, wygnaliśmy w nicość. Ale jego wpływ przetrwał, a wyznawcy szukali sposobów, by wskrzesić swego upadłego boga.

Pochyliłem się naprzód, serce dudniło mi w piersi. — A miecz? Jaką odgrywa w tym wszystkim rolę?

Spojrzenie Aureliusa znów powędrowało ku ostrzu u mego boku, w oczach mieszanina strachu i czci. — Miecz był przewodnikiem, naczyniem dla mrocznej mocy Seta. Nie mogliśmy go zniszczyć, więc...

Urwał, głos uwiązł mu w gardle. Widziałem w jego oczach zmaganie, jakby przygniatał go ciężar stuleci.

— No dalej, Aureliusie — ponagliłem, łagodząc ton, niemal błagalnie. — Musimy wiedzieć.

Careena podeszła bliżej, kładąc mu delikatnie dłoń na ramieniu. — Proszę — wyszeptała miękko, błagalnie. — Musimy wiedzieć wszystko, jeśli mamy powstrzymać Seta.

Aurelius spojrzał na nią, a jego wyraz twarzy na ułamek sekundy złagodniał. Potem ciężko westchnął, skinął głową, a ramiona opadły mu pod ciężarem wyznania.

— Dobrze — powiedział ledwie słyszalnie. — Opowiem wam wszystko.

Aurelius nabrał głęboko powietrza, oczy mu spoważniały, jakby sięgał w najgłębsze pokłady pamięci. — Wyznawcy Seta byli nieustępliwi. Odprawiali krwawe ofiary przy użyciu miecza, chcąc zgromadzić dość mocy, by zerwać kajdany więżące ich boga.

Dreszcz przebiegł mi po kręgosłupie, groza ich czynów osiadała we mnie lodem. — Zabijali ludzi? Żeby uwolnić Seta?

Aurelius ponuro skinął głową, w oczach miał widma wspomnień. — Wiedzieliśmy, że musimy działać, by uniemożliwić używanie miecza do tak nikczemnych celów. Ale jego moc była zbyt potężna, by dało się go zniszczyć.

Zamilkł na moment, spoglądając ku oknu, gdzie złote światło Sanctuary lało się do środka. — Zwróciliśmy się o pomoc do sabatu białych czarownic, tych, które władały magią dla większego dobra. Razem obmyśliliśmy plan.

Pochyliłem się jeszcze bardziej, serce waliło mi z oczekiwania. — Co zrobiły?

Głos Aureliusa stłumił się do szeptu, jakby bał się, że nawet ściany to usłyszą. — Nie mogliśmy odczynić miecza, wchłonął już zbyt wiele mocy. Zamiast tego go przemieniliśmy, ukształtowaliśmy jego istotę w nową formę. Grimuar, księgę zaklęć i rytuałów.

Careena wciągnęła ostro powietrze, oczy jej rozszerzyły się w nagłym zrozumieniu. — Księga zaklęć? Ta, po którą mnie wysłano?

Aurelius skinął głową, z twarzą śmiertelnie poważną. — Tak. Uwięziliśmy moc miecza w kartach księgi, czyniąc ją bezużyteczną przy krwawych ofiarach. Ale w ten sposób stworzyliśmy artefakt o ogromnym potencjale — taki, który w niepowołanych rękach nadal mógł posłużyć wielkiemu złu.

Oczy rozszerzyły mi się, gdy doniosłość wyznania Aureliusa w pełni do mnie dotarła. Miecz, broń używana przez wyznawców Seta do gromadzenia mocy poprzez krwawe ofiary, został przemieniony w księgę zaklęć. Tę samą księgę, po którą wysłano Careenę, tę, która sprowadziła tyle chaosu i niebezpieczeństw. A teraz, próbując ją odczynić, Careena niechcący przywróciła miecz do jego pierwotnej formy.

Nie mogłem powstrzymać narastającej frustracji; głos mi stwardniał, gdy mówiłem. — Dlaczego właśnie Careena? Dlaczego wysłaliście ją, żeby odzyskała księgę? Jak w ogóle mogliście stracić z oczu tak potężny artefakt?

Oczy Aureliusa zwęziły się, a postura stężała na mój oskarżycielski ton. — Proszę zrozumieć, ta decyzja nie zapadła lekkomyślnie. Uznaliśmy, że księga będzie bezpieczniejsza, jeśli ją ukryjemy, z dala od tych, którzy mogliby zapragnąć wykorzystać jej moc.

— Czemu więc nie trzymaliście jej tutaj? — wskazałem wokół, na rozległą twierdzę, niewidoczną dla zwykłych oczu. — Trzeba by samych legionów Piekła, żeby sforsować te mury.

Aurelius zawahał się, odwracając wzrok, a Rafail zaśmiał się cicho.

— Nie mogliście jej tu trzymać, prawda? Czuliście ją — tak jak ja potrafiłem wyczuć jej położenie.

Aurelius wyglądał, jakby chciał zaprotestować, ale w końcu szarpnięciem głowy przyznał rację. — Nie. Nie mogliśmy znieść jej obecności. Przez stulecia umieszczaliśmy ją w kilkunastu różnych skrytkach, ale jedna po drugiej upadały i za każdym razem musieliśmy interweniować, odebrać księgę, zanim trafiła w niepowołane ręce.

— Skrytki? — spojrzałem na niego z ciekawością. — Na przykład...?

— Troja. Biblioteka Aleksandryjska. Pompeje — wzruszył ramionami, niemal pogodzona rezygnacja przemknęła mu po twarzy. — Uznaliśmy, że sama obecność księgi mogła się za każdym razem przyczynić do wydarzeń.

— A w pewnym momencie ją zgubiliście — podsumowała Careena.

— Pompeje. Myśleliśmy, że została na zawsze pogrzebana, może nawet zniszczona, i spoczęliśmy na laurach jako strażnicy, kierując uwagę gdzie indziej. Ale w końcu ją znaleziono, a ten, kto ją odnalazł, miał dość silną magię, żeby ukryć ją przed nami.

— Może czarnoksiężnik, który mnie przeklął — zastanowił się głośno Rafail.

— A potem kto wie, dokąd trafiła, aż w końcu wylądowała w rękach Maeve — mruknąłem.

— Słucham? — wpatrzył się we mnie Aurelius. — Królowa Maeve?

— Miała ją — powiedziałem. — Ktoś ją ukradł i wysłała mnie, żebym ją odzyskał.

— Co ona z nią robiła? — Aurelius wyglądał na głęboko zaniepokojonego, i słusznie.

— Próbowała wskrzesić Seta. Zamierzała zostać jego służebnicą. Po co jej była jeszcze większa moc — nie mam pojęcia — wzruszyłem ramionami. Naprawdę nie wiedziałem. Maeve była Najwyższą Królową Fae; wystarczyło, że skinęła palcem, a jej wola stawała się faktem, a połowa Fae w jej orbicie i tak ustawicznie stawała na rzęsach, byle tylko jej dogodzić.

— Dla niektórych i nadmiar władzy to wciąż za mało — powiedział ponuro Rafail.

— Królowa Fae jako służebnica Seta — Aurelius przycisnął pięty dłoni do zamkniętych oczu, jakby chciał wypchnąć z głowy wizję wywołaną tą myślą.

— Nie mogłem tego zrobić — oznajmiłem, nie odwracając spojrzenia. — Nie będę współuczestniczył w wypuszczeniu takiego zła na świat. Nawet dla mojej Królowej.

Wyraz twarzy Aureliusa stwardniał, a głos stał się stalowy. — Wybrał Pan niebezpieczną drogę, Panie Alyster. Maeve nie przyjmie Pana zdrady łaskawie.

— Wiem — powiedziałem, choć w trzewiach wił się strach. — Moje życie będzie stracone, jeśli mnie dopadnie. Ale nie potrafię sobie wyobrazić okoliczności, w których wskrzeszenie Seta byłoby dobre dla Fae. Dla kogokolwiek.

Careena wyciągnęła rękę, kładąc mi dłoń na ramieniu w geście solidarności. — Stawimy temu czoła razem, Alysterze. Nie jesteś sam.

Udało mi się wykrzesać blady uśmiech, wdzięczny za jej wsparcie. Wiedziałem, że podjąłem właściwą decyzję. Nie mogłem stać z boku i patrzeć, jak świat płonie. Nawet dla mojej Królowej.

— Potrzebujemy planu — powiedziałem twardo. — Nie możemy pozwolić, by Set powstał. Bez względu na cenę.

Aurelius skinął głową, mina mu pociemniała. — Zgoda. Ale najpierw musimy upewnić się, że księga jest bezpieczna. A potem trzeba szykować się do wojny.

Spojrzenie Aureliusa przesunęło się i spoczęło na Rafailu z mieszaniną podejrzliwości i pogardy. — A gdzie, ośmielę się zapytać, znaleźliście tego... zmiennokształtnego? — Słowo spłynęło mu z języka jak jad, jakby mówił o zarośniętym kundlu.

Zjeżyłem się na ten lekceważący ton, nagłe poczucie opiekuńczości buchnęło we mnie jak płomień. Rafail okazał się cennym sprzymierzeńcem, a co ważniejsze — przyjacielem. Nie zamierzałem stać i patrzeć, jak Aurelius traktuje go jak kogoś gorszego.

— Ma na imię Rafail — powiedziałem ostro, z trudem panując nad gniewem. — I odegrał kluczową rolę w odzyskaniu grimuaru i odparciu sabatu. Bez niego by się nie udało.

Rafail wyprostował się u mojego boku, postawą rzucając wyzwanie pogardzie Aureliusa. Ale dostrzegłem w jego oczach błysk bólu, sposób, w jaki zacisnęła mu się szczęka na słowa anioła.

Zrobiłem krok naprzód, stając między Rafailiem a Aureliusem. — Jest z nami — powiedziałem tonem, który nie znosi sprzeciwu. — I nie pozwolę nikomu go poniżać. Nawet Panu, Panie Strażniku.

Oczy archanioła zwęziły się, a usta zacisnęły w cienką kreskę. Przez moment sądziłem, że wybuchnie, gdy powietrze wokół nas aż iskrzyło od jego mocy.

Głos Careeny przeciął napiętą ciszę. — Aureliusie, skąd Pan wie o zdolnościach Rafaila?

Spojrzenie archanioła przemknęło ku niej, w oczach na przekór utrzymującej się pogardzie błysnęła niechętna iskra szacunku. Zawahał się, jakby ostrożnie ważył słowa.

— Zaklęcie, które go zmieniło — powiedział wreszcie Aurelius rzeczowym, chłodnym tonem — miało stworzyć naczynie dla duszy Seta.

Krew mi zastygła w żyłach na dźwięk tych słów, lodowaty chłód spłynął mi po plecach. — Naczynie dla Seta?

Oczy Rafaila rozszerzyły się, twarz pobladła, gdy przyswoił sobie rewelację Aureliusa. Widziałem strach i dezorientację walczące na jego obliczu, drżenie dłoni zwisających wzdłuż ciała.

Aurelius ciągnął dalej, głosem klinicznie chłodnym, oderwanym. — Dusza Seta potrzebuje ciała, jeśli ma zostać wskrzeszony, a ciało zdolne do przemiany w dowolne zwierzę byłoby dla niego niezmiernie użyteczne.

Groza rozlała mi się po żyłach jak lodowata woda, gdy słowa Aureliusa we mnie zapadły. Głos Careeny zadrżał nieznacznie, gdy pilnie zapytała: — Czy da się powstrzymać Seta przed przejęciem ciała Rafaila? Co... co by się stało z Rafailiem, gdyby to zrobił?

Aurelius poruszył się niespokojnie, srebrne skrzydła zaszumiały. Uniknął przeszywającego spojrzenia Careeny. — Jeśli Set wcieli się w śmiertelne naczynie, pierwotna dusza zostanie... — urwał, odchrząkując.

Niewypowiedziana prawda zawisła ciężko w powietrzu. Zaginiona. Pochłonięta. Zniszczona. Widziałem to jasno w napięciu wokół oczu Aureliusa, w twardej linii jego ust.

Rafail zrobił się śmiertelnie blady, oczy rozszerzyły mu się w rodzącym się zrozumieniu i trwodze. Dłonie zacisnął w pięści, aż pobielały mu kłykcie. Odruchem wyciągnąłem rękę i ścisnąłem jego ramię w milczącym wsparciu.

— Jest coś jeszcze — dodał z niechęcią Aurelius. — Jeśli Set przybierze cielesną postać, będzie miał moc, by całkowicie podporządkować sobie wolę swojej służebnicy. Stałaby się niczym więcej jak przedłużeniem jego mrocznych pragnień.

Careena pobladła, jakby miała zaraz zemdleć. Jej skrzydła zadrżały, a ona spojrzała na miecz leżący na biurku z chorobliwym wstrętem.

— Kiedy próbowałam odczynić księgę i zmieniła się w miecz — wyznała niepewnie — on... związał się ze mną.

Aurelius westchnął i nagle wyglądał bardzo, bardzo staro. — Tego się obawiałem.

Co myśmy uwolnili? pomyślałem ponuro. Księga zaklęć, miecz, podstępny spisek Seta — wszystko było połączone, splątana sieć pradawnej magii i boskiej polityki. A my tkwiliśmy w jej środku, rozpaczliwie próbując rozplątać nici, zanim nas wszystkich uduszą.

Skrzyżowałem spojrzenie ze stalowym wzrokiem Aureliusa, zaciskając szczęki w determinacji. — Proszę nam powiedzieć, co mamy zrobić — powiedziałem niskim, zdecydowanym tonem. — Musi istnieć sposób, by to powstrzymać, ocalić Rafaila i Careenę i nie dopuścić do powstania Seta.

Proszę, dodałem w duchu, słowo jak żarliwa modlitwa do każdej siły, która mogłaby słuchać. *Niech istnieje jakiś sposób.*

Lecz nawet gdy kurczowo trzymałem się tej wątłej nici nadziei, czułem, jak zbierają się cienie, a mrok napiera ze wszystkich stron. I wiedziałem, z pewnością sięgającą kości, że prawdziwa bitwa dopiero się zaczyna.

Aurelius mierzył mnie milczącym, nieprzeniknionym spojrzeniem. Przez długą chwilę po prostu patrzył, a jego pradawne oczy zdawały się przenikać kolejne warstwy mojego jestestwa, szukając prawdy o mojej determinacji.

Wątpi w nas — uświadomiłem sobie, czując, jak iskrzy się we mnie gniew. *Uważa, że nie jesteśmy dość silni, dość zdeterminowani, by doprowadzić to do końca.*

Ale nie zamierzałem się cofnąć; odwzajemniłem jego spojrzenie niewzruszoną intensywnością. Wlałem w nie każdy gram postanowienia, całą moją zajadłą potrzebę chronienia Careeny i Rafaila, pragnąc, by Aurelius dostrzegł głębię mojego zaangażowania.

Wreszcie, po czasie, który wydawał się wiecznością, jego postura odrobinę złagodniała. Subtelna zmiana, ledwie uchwytne rozluźnienie sztywnej pozy, ale mówiło to wiele.

Skinął raz głową, niechętnie akceptując sojusz. — W porządku — powiedział, wciąż zimno i z dystansem, ale z cieniem szacunku. — Będziemy współpracować, by powstrzymać powstanie Seta.

Ulga spłynęła na mnie, mieszając się z odnowionym poczuciem celu. Zyskaliśmy wsparcie Aureliusa, choćby i niechętne. To był krok w dobrą stronę, iskra nadziei w gęstniejącym mroku.

— To was troje macie w tej walce najwięcej do stracenia — przyznał, omiatając nas wzrokiem. — Wasza motywacja, by zatrzymać Seta, jest poza sporem.

Zawahał się, jakby ostrożnie dobierał kolejne słowa. — Pomogę wam znaleźć sposób na zatrzymanie powrotu Seta — oznajmił, a w jego wyważonym tonie zabrzmiała nuta determinacji. — Jednak najpierw muszę skonsultować się z Radą Archaniołów.

Spiąłem się na wzmiankę o Radzie, świadom jej władzy i wpływów. Skrzydła Careeny drgnęły lekko, zdradzając jej niepokój.

Aurelius mówił dalej, jakby nie dostrzegając naszych reakcji. — Proszę, abyście pozostali w Sanctuary przez kilka dni, podczas gdy będę naradzał się z Radą. — Jego oczy spotkały się z moimi, niemy rozkaz. — Daję wam pełen dostęp do biblioteki na potrzeby badań. Polecę bibliotekarzom, by wskazali właściwe teksty.

Skinąłem głową, przyjmując propozycję. Dostęp do przepastnego skarbca wiedzy Sanctuary mógł okazać się bezcenny w naszej misji.

Gdy odwróciliśmy się do wyjścia z gabinetu Aureliusa, uchwyciłem kątem oka twarz Careeny. Jej brwi były ściągnięte, a w hebanowych oczach błysnął cień niepokoju.

Kiedy znaleźliśmy się poza zasięgiem uszu, lekko dotknąłem jej ramienia. — Co się stało? — spytałem cicho.

Careena zawahała się, rzucając niespokojne spojrzenia po korytarzu. — Tylko że... — urwała, przygryzając wargę.

— Rada Archaniołów. Delikatnie mówiąc, nie darzą mnie sympatią.

Zmarszczyłem brwi, poczułem, jak podnosi się we mnie fala opiekuńczości. — Dlaczego? Co się stało?

Pokręciła głową, a jej krucze włosy rozsypały się wokół twarzy. — To długa historia — mruknęła z nutą smutku. — Powiedzmy tylko, że moja ciekawość i niepokorność nie zjednały mi ich łaski. To oni wyrzucili mnie z Nieba na samym początku.

Uścisnąłem jej ramię pokrzepiająco, składając milczącą obietnicę wsparcia. — Niezależnie od ich opinii, to nie zmienia tego, kim jesteś — powiedziałem stanowczo. — I na pewno nie umniejsza twojej wartości w tej walce.

Careena obdarzyła mnie wdzięcznym uśmiechem, ale cień zmartwienia nie zniknął do końca z jej oczu.

— Przecież wasze zaszłości z Radą nie będą miały znaczenia wobec zagrożenia, jakie stanowi Set — powiedział Rafail, tonem w równych częściach pewnym i uspokajającym.

Spojrzałem na Careenę, wypatrując reakcji. Jej twarz pozostała czujna, ale w oczach zamigotała iskierka nadziei.

— Masz rację — odparła cicho, a z każdym słowem głos nabierał jej mocy. — Stawka jest zbyt wysoka na małostkowe urazy. Musimy skupić się na tym, co najważniejsze.

Skinąłem głową, czując, jak w piersi pęcznieje duma. Niezłomność Careeny nie przestawała mnie zadziwiać. Pomimo ciężaru przeszłości nie pozwalała, by ją definiował.

Gdy weszliśmy do biblioteki, otulił nas stęchły zapach starożytnych tomów. Wieżowe regały ciągnęły się po horyzont, uginając się pod księgami, które szeptały o zapomnianej wiedzy.

Gdzieś tutaj — pomyślałem, omiatając wzrokiem bezkresne zbiory — *kryje się klucz do powstrzymania Seta i ochrony tych, którzy są nam drodzy.* Przynajmniej miałem taką nadzieję. Alternatywa była nie do przyjęcia.

Odwróciłem się do Careeny i Rafaila z błyskiem determinacji w oczach. — Do dzieła — powiedziałem stanowczo. — Musimy przechytrzyć boga i ocalić więcej niż jedno królestwo.

Z tym postanowieniem zapuściliśmy się w głąb biblioteki, zjednoczeni w poszukiwaniu odpowiedzi. Droga przed nami była niepewna, ale jedno było jasne: razem stawimy czoła każdej próbie, bez względu na koszt.

Rozdział czwarty

Careena

Nasze kroki niosły się echem po ogromnej bibliotece, potęgowane przez zimne marmurowe ściany i sklepione sufity. Zadrżałam, poruszyłam skrzydłami. To była jedna z najstarszych części Sanctuary, od dawna rzadko już używana, poza uczonymi i mędrcami.

Alyster kroczył przodem, rozglądając się z ledwie skrywaną fascynacją. — Nigdy nie widziałem tylu książek w jednym miejscu. — Mówił przyciszonym głosem, jakby nie chciał zakłócić ciężkiej ciszy.

Rafail szedł z tyłu, ręce wsadzone do kieszeni, wyraźnie skrępowany. — Weźmy, czego potrzebujemy, i wyjdźmy. To miejsce przyprawia mnie o ciarki.

Przewróciłam oczami. — To tylko biblioteka, Rafail. Co niby mogłoby się wydarzyć?

— Przy naszym szczęściu? Kto to wie. — Zmarszczył brwi.

Ignorując jego zrzędzenie, podeszłam do masywnego frontowego biurka, misternie rzeźbionego z ciemnego mahoniu. Wiekowy anioł w uczonych szatach zerkał na nas znad okularów. — W czym mogę państwu pomóc?

— Aureliusz przysłał nas, byśmy zbadali sprawę najwyższej wagi i tajności. Powiedział, że Pan nam pomoże.

Brwi bibliotekarza powędrowały niemal do rzadkich włosów na głowie. — Rozumiem. Dobrze, proszę tędy. — Skinął sękatą dłonią.

Gdy podążaliśmy za nim w głąb labiryntu regałów, nie mogłam powstrzymać dreszczu zakazanego podniecenia. Tyle wiedzy, ukrywanej przez stulecia... Jakie sekrety mieliśmy odkryć? Opuszki palców aż mnie świerzbiły z niecierpliwości.

Obok mnie Alyster rzucił mi porozumiewawcze spojrzenie, a jego srebrne oczy błysnęły. Wyczuwał moją żarliwość. Odwzajemniłam półuśmiech. Może tym razem moja przeklęta ciekawość na coś się przyda.

Kiedy kluczyliśmy przez korytarze niczym labirynt, nie mogłam nie zauważyć pogardliwych spojrzeń, które rzucali nam mijani aniołowie. Ich szepty, ledwie dosłyszalne, wisiały w powietrzu jak uporczywy brzęk.

— Upadła...

— ...zadawanie się z Fae i Zmiennokształtnymi...

— ...Aureliusz postradał zmysły, wpuszczając ich tutaj ...

Zacisnęłam zęby i uniosłam wysoko głowę, postanawiając zignorować ich wrogość. Niech sobie gadają. Miałam zadanie do wykonania i ich małostkowe sądy mnie nie powstrzymają.

Alyster nachylił się blisko, jego oddech musnął mi ucho.
— Twarda publika, co? Jakbyśmy im utopili szczeniaki.

Parsknęłam. — Anioły nie mają szczeniąt, Alyster.

— Szkoda. Przydałoby im się trochę się rozluźnić. — Rzucił łobuzerski uśmiech, który pewnie łamał niezliczone serca przez stulecia.

Rafail natomiast z każdym krokiem jakby się kurczył, niespokojnie zerkając po strzelistych półkach. Nie mogłam mieć mu tego za złe. Ciężar anielskiej dezaprobaty dusił.

Sięgnęłam i ścisnęłam jego dłoń krótko, pokrzepiająco. — Po prostu ich ignoruj, Rafail. Nie mają znaczenia.

Zdołał się uśmiechnąć krzywo. — Łatwo ci mówić. Ty jesteś przyzwyczajona do bycia buntowniczką.

— A ty nie? — Uniosłam brew.

W jego oczach błysnęła nutka psoty. — Trafione.

W końcu bibliotekarz zatrzymał się przed starą, drewnianą drzwią, a zawiasy jęknęły protestem, gdy ją pchnął. — Jesteśmy. Zastrzeżona sekcja staroegipska. Wszystko, co mamy o Secie i jego pokroju, powinno być tutaj.

Skinęłam mu głową w podziękowaniu i weszłam do środka, a Alyster i Rafail tuż za mną. Drzwi zamknęły się za nami z złowieszczym łomotem.

Alyster cicho zagwizdał. — No, przytulnie.

Musiałam przyznać mu rację. Pokój był mały i ciasny, a każda powierzchnia zastawiona kruszejącymi zwojami i oprawionymi w skórę tomami. Wszystko pokrywała cienka warstwa kurzu, a powietrze było gęste od stęchłej woni starego pergaminu.

Ale dla mnie to było idealne. Ukryta wiedza, czekająca, aż ją odkryjemy. Zatarłam dłonie z niecierpliwości.

— No dobrze, chłopcy. Do pracy.

Podeszłam do najbliższego stosu tekstów, przesuwając z czcią palcami po wiekowych grzbietach. Od czego zacząć? Sam ogrom informacji przytłaczał, ale nie mogłam się poddać. Cały świat na nas liczył, choć o tym nie wiedział.

Wybrałam obiecujący zwój i ostrożnie go rozwinęłam, bacząc na kruchość papirusu. Hieroglify były wyblakłe i trudne do odczytania, ale rozpoznałam kilka kluczowych znaków. Imię Seta wyskoczyło mi przed oczy, wraz z czymś, co wyglądało na listę jego znanych mocy i słabości.

— Chyba coś znalazłam — zawołałam przez ramię.

Alyster i Rafail pospiesznie do mnie dołączyli, zaglądając mi przez ramiona na starożytny zapis.

— Co tam jest napisane? — zapytał Rafail, marszcząc czoło w skupieniu.

Przesuwałam palcem wzdłuż linii, tłumacząc. — To opis umiejętności Seta. Władza nad burzami i chaosem, zmiennokształtność, wtargnięcia do snów... — Głos mi zamarł, gdy dotarły do mnie konsekwencje. Jeśli Set potrafi wdzierać się do snów, nikt z nas nie jest bezpieczny, nawet podczas snu.

Dłoń Alystera mocniej zacisnęła się na głowicy miecza. — Jest coś o tym, jak go powstrzymać?

Przebiegłam wzrokiem resztę zwoju i serce mi opadło. — Nic nie widzę. Ale musi tu być coś, co nam pomoże. Musimy po prostu szukać dalej.

I tak właśnie robiliśmy, przez godziny, które ciągnęły się w nieskończoność. Zwój za zwojem, księga za zakurzoną księgą, aż piekły mnie oczy i pulsowała głowa. A mimo to nic konkretnego. Tylko strzępki, okruszki, kuszące wskazówki większej całości, która wciąż pozostawała frustrująco poza zasięgiem.

Osunęłam się na oparcie krzesła, pocierając skronie. — To niemożliwe. Jak układanie puzzli, z których połowa elementów zaginęła.

Rafail podniósł wzrok znad tomu, który studiował, ze współczuciem w spojrzeniu. — Znajdziemy sposób, Careena. Musimy.

Chciałam mu wierzyć. Ale gdy cienie się wydłużały, a świece dopalały, zwątpienie zaczynało pełzać w serce. Co, jeśli nie znajdziemy potrzebnych odpowiedzi? Co, jeśli zawiedziemy Maeve i Selene, a ciemność Seta pochłonie wszystko, co było nam drogie?

Pokręciłam głową, przeganiając mroczne myśli. Nie. Nie poddam się. Musiało istnieć coś, czego nie dostrzegaliśmy, jakiś kluczowy element układanki, który sprawi, że wszystko wskoczy na swoje miejsce.

Godziny mijały, świece paliły się coraz niżej. Oczy bolały, plecy pulsowały, ale nadal brnęłam naprzód. Rafail i Alyster pomagali, jak mogli, lecz większość tekstów była poza ich zrozumieniem, napisana językami martwymi na długo, zanim urodził się nawet Alyster. Zostałam z nimi sama — dwaj mężczyźni wycofali się, by zejść mi z drogi, i usiedli na ławce po drugiej stronie pokoju, rozmawiając po cichu.

Przymknęłam powieki na moment, zbierając myśli. Frustracja narastała, a za skroniami pulsował budzący się ból. Żałowałam, że nie miałam rozsądku poprosić Aureliusza o dodatkową pomoc. Nawet dwoje innych aniołów byłoby nieocenione przy odsiewaniu nieistotnych tekstów. Znaki zdawały się pływać po stronach, ich sens umykał tuż poza zasięgiem. Musiałam znaleźć sposób, by to wszystko poukładać, by wydobyć sekrety ukryte w tych kruszących kartach. Gdzieś w tym labiryncie wiedzy krył się klucz do zrozumienia mocy Seta i byłam zdeterminowana go odnaleźć.

Spojrzałam na Rafaila i Alystera, pochylonych blisko siebie, jak szeptali. Ukłuła mnie samotność i przez moment zatęskniłam, by do nich dołączyć, podzielić z nimi rozmowę i towarzystwo.

Ale nie mogłam, jeszcze nie. Miałam misję, cel, który pchał mnie naprzód. I dopóki nie znajdę tego, czego szukam, będę szukać dalej.

Wróciłam wzrokiem do zwoju przede mną — i zastygłam. Tam, wyblakłym atramentem, widniał znak, który rozpoznawałam: widziałam go w księdze zaklęć i był jednym z tych wyrytych na głowni miecza. Serce przyspieszyło, gdy rozwinęłam papirus dalej, chciwie chłonąc kolejne słowa.

To była częściowa kopia jednego z zaklęć z księgi, ale z adnotacjami nabazgranymi na marginesach. Pochyliłam się, próbując rozczytać ciasne pismo. Notatki wyglądały na komentarz do składników zaklęcia, sugerowały zmiany i ulepszenia.

Oparłam się o oparcie krzesła, z myślami w rozsypce. To mogło być to, przełom, na który liczyłam. Drżącymi dłońmi rozpostarłam zwój na stole, wygładzając pomarszczone brzegi. Czułam na sobie spojrzenia Rafaila i Alystera, ale nie uniosłam wzroku. Jeszcze nie mogłam.

Zamiast tego skupiłam się na słowach, czytając i czytając ponownie każdą linię, aż wryły mi się w pamięć. Adnotacje były złożone, pełne odwołań do starożytnych tekstów i niejasnych teorii magicznych. Ale powoli, kawałek po kawałku, zaczęłam rozplątywać ich sens.

Świat się zachwiał i sapnęłam, gdy nagła wizja uderzyła we mnie z impetem. Maeve i Selene, twarze wykrzywione złośliwością, sylwetki spowite w mrok. Wpływ Seta przylegał do nich jak miazma, zniekształcając rysy do granic rozpoznania.

Zacisnęłam palce na krawędzi stołu, aż pobielały kłykcie, walcząc o utrzymanie równowagi. Wizja była tak wyrazista, tak namacalna, że na moment zapomniałam, gdzie jestem.

— Careena? — Głos Alystera, niski i pełen troski, przebił się przez mgłę. W jednej chwili był przy mnie, jego dłoń spoczęła na moim ramieniu, stabilizując mnie. — Co się stało? Co zobaczyłaś?

Pokręciłam głową, próbując strząsnąć z umysłu zalegające obrazy. — Maeve i Selene — wydusiłam drżącym głosem. — Wpływ Seta... jest silniejszy, niż myśleliśmy. Myślę, że teraz, gdy się obudził, potrafi do nich sięgnąć, chociaż żadna z nich nie ma księgi.

Rafail do nas dołączył, oczy zwęziły mu się z niepokoju. — Co masz na myśli? Co widziałaś?

Opisałam wizję najlepiej, jak umiałam, słowa potoczyły się potokiem pilności i strachu. Zniekształcone sylwetki, mrok, który się do nich kleił, poczucie złowrogości przenikające każdy detal.

— Musimy coś zrobić — zakończyłam, serce waliło mi w piersi. — Selene i Maeve są obie piekielnie niebezpieczne; Set może zdołać użyć jednej z nich albo obu, by w jakiś sposób się uwolnić, nawet bez miecza czy księgi.

Alyster i Rafail wymienili spojrzenia, twarze mieli posępne. Wiedziałam, że rozumieją powagę sytuacji, zagrożenie, przed którym stoimy.

— Znajdziemy sposób — powiedział Alyster cicho, ale ze stanowczością. — Będziemy szukać dalej, szukać odpowiedzi. Nie pozwolimy, by Set wygrał.

Rafail skinął głową, szczękę miał zaciśniętą z determinacją. — Jesteśmy z tobą, Careena. Cokolwiek będzie trzeba.

Poczułam falę wdzięczności, iskierkę nadziei pośród strachu i niepewności. Byliśmy w tym razem, zjednoczeni wspólnym celem, wspólną misją.

Ale nawet czerpiąc siłę z ich wsparcia, nie potrafiłam strząsnąć poczucia grozy czającego się na skraju świadomości. Wizja była ostrzeżeniem, mignięciem ciemności, która nas czekała.

I wiedziałam — z pewnością, od której mroziły się kości — że to dopiero początek.

Rafail przetarł oczy, zmęczenie wyryte było w każdej linii jego twarzy. — Powinniśmy zrobić przerwę, coś zjeść i odpocząć. Cały dzień podróżowaliśmy, żeby tu dotrzeć, a nikomu nie pomożemy, jeśli padniemy ze zmęczenia.

Chciałam zaprotestować, uparcie ciągnąć dalej, ale czułam, jak własne ciało ogarnia ołów, a umysł osiada mgłą. Choć niechętnie, musiałam przyznać Rafailowi rację.

— Dobrze — zgodziłam się niechętnie, a mój wzrok jeszcze na moment zawisł na starożytnych tekstach porozrzucanych po stole. — Ale tylko na chwilę. Nie możemy pozwolić sobie na marnowanie czasu.

— Myślisz, że tutejsze zabezpieczenia nie dopuszczą Seta do twoich snów? — zapytał cicho Rafail, z niepokojem w głosie, kiedy opuszczaliśmy sekcję zastrzeżoną i kierowaliśmy się do wyjścia z biblioteki.

— Mam nadzieję — wyszeptałam, nienawidząc drżenia, które wkradło się w moje słowa. — Nie wiem, czy dam radę znów stanąć z nim twarzą w twarz, nie po tej wizji.

Rafail wyciągnął dłoń i zamknął ją na mojej, ciepło wsiąkało w moją zziębniętą skórę. — Nie jesteś sama, Careena. Jesteśmy przy tobie na każdym kroku.

Uczepiłam się jego dłoni jak koła ratunkowego, czerpiąc siłę z tego prostego kontaktu. Nie mogłam strząsnąć wrażenia, że Set jest gdzieś tam, czeka, patrzy, gotów uderzyć w każdej chwili. I w głębi duszy wiedziałam, że choćbym nie wiem jak pragnęła, żadne zabezpieczenie ani czar nie odgrodzą go od moich snów na zawsze.

— Chodźcie — powiedziałam, prostując się. — Pokażę wam drogę do jadalni.

— Będzie tam jedzenie? Jest bardzo późno.

— Tam zawsze jest jedzenie. Anioły nie trzymają się sztywno modelu trzech posiłków dziennie. — Wydobyłam z siebie uśmiech.

Jadalnia była cicha, ale srebrne przykrywy na kredensach kryły mnóstwo gorącego jedzenia i wkrótce nałożyliśmy sobie pełne talerze, po czym usiedliśmy przy stole. Jęknęłam z rozkoszy, gdy przełknęłam pierwszy kęs; minęło więcej dni, niż wolałabym pamiętać, odkąd ostatnio jadłam porządny posiłek, i gdy tylko zaczęłam jeść, uświadomiłam sobie, jak bardzo jestem głodna. Wciąż nie byłam dość oswojona z koniecznością jedzenia zwykłego pokarmu, więc czasem o tym zapominałam.

Zabrzmiały kroki i wyprostowałam się na krześle, gdy do jadalni weszła grupa aniołów. Ich wzrok przesunął się po nas, zimny i oceniający, po czym zasiedli przy stole po drugiej stronie sali, jak najdalej od nas.

Zjeżyłam się, gniew zapiekł mnie w piersi na ich bezczelne lekceważenie. Traktowali Rafaila i Alystera jak pariasów, jakby sama ich obecność kalała świętość Sanctuary. Otworzyłam usta, gotowa wylać swoją frustrację, lecz dłoń Alystera na moim ramieniu mnie powstrzymała.

— To nie ma znaczenia — powiedział cicho, a jego srebrne oczy spotkały się z moimi w rezygnującym zrozumieniu. — Przez wieki Fae dawały aniołom niewiele powodów do zaufania.

Wpatrywałam się w niego, a gniew opadł, gdy przetrawiłam jego słowa. Ciężar historii wisiał między naszymi ludami, przepaść, która w takich chwilach wydawała się nie do zasypania. Ale patrząc na Alystera i Rafaila, widziałam nie błędy przeszłości, lecz potencjał lepszej przyszłości.

— Dla mnie ma — powiedziałam cicho, ale ostro. — Nie jesteście swoimi przodkami, tak jak i ja nie jestem. Jesteśmy tu, teraz, próbujemy powstrzymać Seta przed zniszczeniem wszystkiego, co wszyscy mamy za drogie. To powinno się liczyć.

Kąciki ust Alystera drgnęły w lekkim uśmiechu i ścisnął delikatnie moje ramię, nim je puścił. — To znaczy wszystko, Careena. Ale zmiana wymaga czasu, a stare rany goją się powoli.

Westchnęłam, dłubiąc w jedzeniu na talerzu, apetyt prysł. Do moich uszu dochodziły szepty aniołów — zbyt ciche, by rozróżnić słowa, ale ton był nieomylny. Podejrzliwość, strach, nieufność. Te same emocje, które pchnęły ich do wygnania mnie, do odwrócenia się od jednej ze swoich.

Rafail milczał, gdy opuszczaliśmy jadalnię, ale czułam kłębiący się w nim zamęt. Napięte ramiona, ściągnięte kąciki oczu — znałam go już na tyle, by odczytywać te znaki. Znów zamartwiał się swoją klątwą, zastanawiając się, czy zaklęcie stworzone po to, by uczynić zeń doskonałe naczynie dla duszy Seta, nie skalało samego jego jestestwa.

Wzięłam go za rękę, splatając palce z jego i delikatnie ścisnęłam. — Nie jesteś wynaturzeniem, Rafail — wyszeptałam. — Bez względu na to, jaka magia cię zmieniła, twoje serce pozostaje prawe.

Kąciki jego ust lekko drgnęły na moje słowa, ale uśmiech nie sięgnął oczu. — Łatwo ci mówić, aniele. Ciebie nie uczyniono potworem mroczną czarną magią.

— Cicho. Nie będę słuchać takich słów. — W moim głosie brzmiała stanowczość, ale i czułość. Wolną ręką sięgnęłam, by musnąć policzek Alystera. — Żaden z was nie jest potworem. Nie dla mnie.

Alyster wtulił się w mój dotyk, a jego szmaragdowe oczy zalśniły niewypowiedzianym wzruszeniem. Więcej słów nie było trzeba, gdy krętymi korytarzami dotarliśmy do moich komnat. W środku objęłam ich obydwu mocno, wlewając całą moją miłość w ten prosty gest.

Runęliśmy na łóżko w plątaninie kończyn, przytuleni tak, jakby od tego zależało nasze życie. W tej chwili świat zewnętrzny przestał istnieć. Żadnych potępiających spojrzeń, żadnych wiszących nad nami zagrożeń, tylko nasza trójka, uczepiona więzi, która nas łączyła. Jutro zmierzymy się z wyzwaniami, które czekają, ale tej nocy, otulona ciepłem moich ukochanych, pozwoliłam sobie na tę chwilę wytchnienia.

Rozdział piąty

Rafail

Leżałem, wpatrując się w sufit; Careena i Alyster spali obok mnie w wielkim łożu, ich oddechy wolne i miarowe. Blask ognia migotał, rzucając tańczące cienie, które odbijały moje buzujące myśli.

Jak mogłem zostać tutaj, w Sanctuary, i narażać ich samą swoją obecnością? Kiedy Aurelius powiedział mi, że klątwa, która uczyniła mnie zmiennokształtnym, została stworzona po to, bym stał się naczyniem dla Seta, o mało nie zwaliłem się z nóg. Niemal czułem w sobie moc mrocznego boga, wijącą się jak wąż czekający na uderzenie.

A jeśli stracę kontrolę, choćby na moment, i Set wyrwie mi ciało z rąk? Obrazy przemknęły przez moją głowę — rozświetlone zielenią oczy Careeny rozszerzone ze strachu, urokliwy uśmiech Alystera wykrzywiony bólem. Serce ścisnęło mi się boleśnie na samą myśl.

Przeciągnąłem dłonią po włosach, próbując uciszyć burzę w głowie. Może dla wszystkich lepiej byłoby, gdybym odszedł teraz, pod osłoną nocy. Zniknął jak widmo i oddalił się od tych, na których mi zależało, tak bardzo, jak tylko zdołam.

Samolubna część mnie zaprotestowała. Po raz pierwszy od niepamiętnych czasów znalazłem ludzi, którzy widzieli więcej niż moją klątwę, więcej niż maskę oszusta, którą na siebie nakładałem. Ludzi, przy których czułem, że należę. Że mam znaczenie.

Wysunąłem się z łóżka i zacząłem krążyć po komnacie, niezdolny stać w miejscu, kiedy myśli tak wirowały. Zerknąłem na ich śpiące sylwetki, a w piersi zakwitł osobliwy ból. Włosy Careeny, czarne jak noc, rozsypały się po poduszce, a bruzdy zmartwień, które szpeciły jej piękno, wreszcie wygładziły się w śnie. Obok niej Alyster lśnił złocisto, a smukłe mięśnie rycerza Fae wyglądały, jakby w każdej chwili był gotów zerwać się do akcji.

Czy naprawdę potrafiłbym od nich odejść, od tej kruchej więzi, którą wykuwaliśmy w trudzie i niebezpieczeństwie? Zacisnąłem pięści u boków, rozdarty między pragnieniem, by ich chronić, a tęsknotą, by zostać i zobaczyć, dokąd ta droga nas zaprowadzi. By nie wypuścić tego uczucia przynależności, tak zwodniczo słodkiego, którego nigdy w życiu nie znałem.

Ale ryzyko... klątwa... wiszący cień Seta... jak mógłbym igrać w ten sposób z ich życiem? Ciężar decyzji przygniatał mnie, duszny jak zatęchłe powietrze w komnacie. Wznowiłem krążenie po izbie, ani o krok bliżej odpowiedzi niż wcześniej.

Starożytna warownia jęczała wokół mnie, każdy trzask i szept wyostrzony przez moje zmysły zmiennokształtnego. Słyszałem tupot maleńkich gryzoni w ścianach, odległe kapanie wody odbijające się echem w pustych korytarzach. Każdy dźwięk napinał mi nerwy, bezlitośnie przypominając, jak krucha była nasza sytuacja.

Próbowałem skupić się na miarowym oddechu towarzyszy, licząc, że w ich spokojnym śnie znajdę odrobinę ukojenia. Lecz nawet to splugawiły podstępne macki strachu, wijące się w moich trzewiach.

A jeśli Set znajdzie sposób, by przejąć nade mną kontrolę? By nagiąć moją klątwę do swoich niegodziwych celów? Na tę myśl podeszła mi do gardła żółć. Careena i Alyster znaleźliby się na linii strzału.

Zadrżałem, zimny pot wystąpił mi na skórze. Jeśli Set wbiłby we mnie pazury, zamieniając w swoją marionetkę...

Nawet nie potrafiłem dokończyć tej myśli. Obrazy, które migały mi przed oczami, były zbyt potworne, zbyt rozdzierające, by je roztrząsać. Careena i Alyster, złamani i zakrwawieni u mych stóp, zgasłe, martwe spojrzenia. A wszystko przeze mnie. Bo byłem zbyt słaby, zbyt przeklęty, by oprzeć się machinacjom Seta.

Delikatna dłoń na ramieniu wyrwała mnie z tej spirali myśli. Odwróciłem się gwałtownie, odruchowo sięgając po broń, której przy mnie nie było — i stanąłem twarzą w twarz z Careeną.

Jej oczy ciemne jak północ zmiękły troską, zmarszczone brwi śledziły uważnie moją twarz. — Rafail? Co się dzieje?

Przełknąłem z trudem, próbując ubrać w słowa szalejący we mnie zamęt. — To... to nic. Po prostu nie mogłem zasnąć.

Kąciki ust Careeny uniosły się w niedowierzającym uśmiechu. — Marny z ciebie kłamca, wiesz o tym?

Z gardła wyrwał mi się bezbarwny chichot. — Jedna z moich wielu zalet, jak sądzę.

Zrobiła krok bliżej, a jej dłoń zsunęła się po moim przedramieniu, by spleść palce z moimi. Ciepło jej dotyku było zarazem kojące i elektryzujące, jak balsam na postrzępione nerwy. — Porozmawiaj ze mną, Rafail. Proszę.

Zawahałem się, ścierając się między potrzebą zamknięcia lęków na cztery spusty a desperacką chęcią zwierzenia się komuś, komukolwiek. Lecz gdy spojrzałem w oczy Careeny i ujrzałem w nich prawdziwą troskę i współczucie, poczułem, jak moja rezerwa kruszeje.

— Boję się, Careena — wyszeptałem ochryple od emocji. — Boję się tego, kim mogę się stać. Tego, w co Set może mnie przerobić.

Ścisnęła moją dłoń, osadzając mnie w teraźniejszości. — Jesteś silniejszy, niż ci się wydaje, Rafail. Silniejszy niż jakakolwiek klątwa czy mroczny bóg.

Pokręciłem głową, wysuwając się z jej uścisku. — Naprawdę? Skąd możesz mieć taką pewność?

Careena uniosła ręce i ujęła moją twarz w dłonie. Jej dotyk był jak iskra, aż ciarki przebiegły mi po kręgosłupie. — Bo cię znam, Rafail. Widziałam twoje serce, twoją duszę. I nie ma w tobie takiej ciemności, której nie da się pokonać.

Chciałem jej wierzyć. Chciałem kurczowo trzymać się nadziei, którą mi rzucała niczym linę ratunkową na wzburzonym morzu. Lecz wątpliwości wciąż się czaiły, jak podszepty w tyle głowy.

— A jeśli... jeśli nie będę umiał z tym walczyć? — spytałem prawie szeptem. — Jeśli Set przejmie nade mną kontrolę i ja... zrobię krzywdę tobie albo Alysterowi? Nie mógłbym sobie tego wybaczyć.

Kciuk Careeny musnął mój kości policzkowej, ścierając łzę, której nawet nie zauważyłem. — Rafail, jesteś kimś więcej niż klątwa, którą cię obciążono. Twoja siła, twoja odporność płyną z wnętrza. Set może próbować przejąć kontrolę, ale nigdy nie zgasi światła, które świeci w twoim sercu.

Jej słowa spłynęły na mnie jak kojący balsam dla skołatanej duszy. Chciałem jej wierzyć, zaufać własnej zdolności oporu wobec wpływów Seta. Lecz wątpliwości trwały, jak cienie tańczące na obrzeżach świadomości.

— Boję się, Careena — przyznałem niemal bezgłośnie. — Boję się, że kiedy przyjdzie pora, nie będę dość silny. Że zostanę tylko marionetką, tańczącą w rytm pokręconej melodii Seta.

— Nie jesteś w tej walce sam, Rafail. Stoimy przy tobie, Alyster i ja. Razem stawimy czoła wszystkim przeciwnościom.

Jej przekonanie było namacalne, jakby wypełniało sobą pokój. Czerpałem z niego siłę, pozwalając, by jej niewzruszona wiara we mnie zmyła część strachu, który zapuścił korzenie w moim sercu.

— Ale co, jeśli Set znajdzie sposób, by mnie kontrolować? By wykorzystać mnie przeciwko wam? — Słowa miały gorzki smak, ale zmusiłem się, by je wypowiedzieć, musiałem nadać głos dręczącemu mnie koszmarowi.

Spojrzenie Careeny nie odrywało się od mojego, jej oczy, ciemne jak północ, błyszczały zawziętą determinacją. — Wtedy znajdziemy sposób, by cię przywrócić. Nieważne, ile to będzie kosztować i jak daleko będziemy musieli się posunąć, nigdy się ciebie nie wyrzekniemy, Rafail. Jesteś już częścią nas i będziemy walczyć o ciebie do ostatniego tchu.

Jej słowa poruszyły coś głęboko we mnie, współbrzmiały z prawdą, którą od dawna starałem się negować. W krótkim czasie, odkąd się poznaliśmy, Careena i Alyster stali się kimś więcej niż tylko sprzymierzeńcami. Byli moją rodziną, jedynymi, którzy naprawdę widzieli, kim jestem, pod warstwami ostrożnych murów, które budowałem latami.

Jej wiara we mnie koiła sponiewieraną duszę, ale natrętna wątpliwość trwała, podstępny szept, którego nie dawało się uciszyć.

Zacisnąłem pięści tak mocno, że paznokcie wbiły mi się w dłonie, walcząc z narastającą falą paniki. A jeśli wpływ Seta był zbyt silny? A jeśli nie zdołam oprzeć się przyciąganiu jego mrocznej mocy, choćbym nie wiem jak się starał?

Moje ciało wydawało się obce, naczynie, które w każdej chwili ktoś mógł porwać. Na samą myśl o utracie kontroli, o staniu się pionkiem w pokręconej grze Seta, przebiegł mnie dreszcz.

Spojrzałem na Careenę; w jej oczach mieszały się troska i determinacja. Ona wierzyła we mnie, w moją siłę — ale czy ja wierzyłem w siebie?

Odwróciłem wzrok, garbiąc ramiona, i wbiłem spojrzenie w drżące światło świec. Cienie tańczyły po ścianach niczym makabryczny balet, jakby szydziły z mojego wewnętrznego chaosu.

Umysł podsuwał mi kolejne scenariusze, każdy straszniejszy od poprzedniego. Jeśli Set przejąłby kontrolę, czy musiałbym bezradnie patrzeć, jak moje własne ręce krzywdzą tych, na których zależa mi najbardziej? Ta myśl była nie do zniesienia, jak nóż skręcający się w trzewiach.

Wziąłem drżący oddech, próbując się uspokoić. Słowa Careeny znów odbiły się echem w mojej głowie, niczym lina rzucona w ciemności. Wierzyła we mnie, w moją zdolność, by stawić czoła wpływom Seta.

Ale wątpliwość trwała, jak zatrute ziarno, które zapuściło korzenie w głębi duszy. Jak mogłem chronić Careenę i Alystera, skoro nie ufałem nawet sobie?

Znów odwróciłem się do Careeny, szukając w jej oczach odpowiedzi, co do których nie byłem pewien, czy w ogóle istnieją. Ciężar moich lęków przygniatał mnie, dławiący brzemieniem, które mogło mnie zmiażdżyć.

— Może powinienem odejść — powiedziałem w końcu, a słowa miały gorzki smak. — Moja obecność może was oboje narażać i zagrozić bezpieczeństwu Sanctuary.

Oczy Careeny rozszerzyły się; przez jej twarz przemknął błysk bólu. — Rafail, nie. Razem jesteśmy silniejsi. Nie możesz stawić temu czoła sam.

Pokręciłem głową, a moja determinacja zachwiała się. — Ale co, jeśli nie będę umiał tego kontrolować? Jeśli Set przejmie nade mną władzę i zrobię ci krzywdę?

Znajomy głos przeciął napięcie. — No proszę, proszę. Cóż my tu mamy?

Alyster usiadł na łóżku, jego srebrne oczy błysnęły figlarnie. Mimo powagi sytuacji, usta wygięły mu się w czarujący uśmiech. — Wygląda na to, że ominęła mnie niezła zabawa.

Skrzywiłem się, nie w nastroju na jego gierki. — To nie żart, Alyster.

Uniósł ręce w udawanej kapitulacji. — Spokojnie, lisku. Przychodzę w pokoju.

Careena westchnęła, a jej skrzydła zadrżały z niepokojem. — Alyster, proszę. To poważne.

Uśmiech zniknął mu z twarzy, zastąpiony autentyczną troską. — Wiem, wiem. Czułem napięcie z daleka. — Odwrócił się do mnie, a jego spojrzenie przenikało na wskroś. — Nie myślisz chyba o tym, żeby nas zostawić, prawda, Rafail?

Uciekłem wzrokiem, ramiona mi opadły. — Już sam nie wiem, co mam myśleć.

Alyster wstał i zbliżył się, mówiąc nisko, nagląco. — Posłuchaj mnie, Rafail. Ucieczka niczego nie rozwiąże. Potrzebujemy cię tutaj, z nami.

Pokręciłem głową, a wątpliwości wzbierały we mnie jak sztorm. — A co, jeśli będę ciężarem? Co, jeśli Set użyje mnie, żeby dobrać się do was?

Dłoń Alystera ścisnęła moje ramię, zaskakująco łagodnie. — Zmierzmy się z tym razem, jak zawsze. Nie jesteś w tym sam, Rafail. Już nie.

Podniosłem wzrok, spotykając się z jego spojrzeniem. Po raz pierwszy nie było w nim ani krzty podstępu ani ukrytych motywów. Tylko zaciekła determinacja i niezachwiana lojalność.

Careena stanęła po mojej drugiej stronie, a jej obecność koiła postrzępione nerwy. — Alyster ma rację. Jesteśmy drużyną, Rafail. Nie pozwolimy, by Set nas rozdzielił.

Poczułem, jak ciężar ich słów osiada we mnie, a przez ciemność moich lęków przebija się promień nadziei. Mimo to natrętna wątpliwość wciąż szeptała gdzieś z tyłu głowy.

— Ja... nie wiem, czy mam dość siły, żeby z nim walczyć — przyznałem ledwie słyszalnie.

Uścisk Alystera na moim ramieniu się wzmocnił. — Jesteś silniejszy, niż sam sobie przyznajesz, Rafail. Widziałem to. Wszyscy to widzieliśmy.

Careena skinęła głową, jej oczy błyszczały pewnością. — Już tyle pokonałeś. To tylko kolejna przeszkoda, z którą zmierzymy się razem.

Spojrzałem to na jedno, to na drugie, zdumiony ich niezachwianą wiarą we mnie. To było obce uczucie — tak pełna akceptacja i wsparcie. Część mnie pragnęła je przyjąć, pozwolić sobie oprzeć się na nich.

Ale blizny mojej przeszłości sięgały głęboko, a zaufanie było kruche.

Alyster, jakby wyczuwając moje wahanie, pochylił się bliżej, a jego głos nabrał hipnotycznej barwy. — Pomyśl, Rafail. Jeśli odejdziesz, zagrasz dokładnie tak, jak Set sobie życzy. On chce nas podzielić, osłabić.

Mógł mieć rację. Set karmił się chaosem i niezgodą. Izolując się, dałbym mu dokładnie to, czego pragnął. Może to on siał te myśli w mojej głowie już teraz...

Careena powiedziała łagodnie: — Jesteśmy najsilniejsi, kiedy trzymamy się razem, Rafail. Zjednoczeni mamy szansę go pokonać. Podzieleni — upadniemy.

Oczy Alystera błysnęły figlarnym blaskiem, a słowa zatańczyły w świetle ognia niczym cienie. — Poza tym, Rafail, gdzie tu frajda w odchodzeniu teraz? Pomyśl, ile zamieszania moglibyśmy razem narobić.

Zmrużyłem oczy, próbując odczytać warstwy ukryte pod jego żartobliwym tonem. — A jaki dokładnie kłopot masz na myśli?

Uśmiech mu się poszerzył, a w oczach zamigotała znajoma iskra. — Och, wiesz, standard. Łamanie pradawnych klątw, bitwy z mrocznymi siłami, a po drodze może odrobina psot. Wszystko to część przygody, prawda?

Coś w sposobie, w jaki to powiedział, kazało mi się zawahać. Pod słowami krył się podtekst, sugestia czegoś więcej niż tylko frywolnego rajdu. Nie mogłem pozbyć się wrażenia, że Alyster ma swój własny plan, którego nie był jeszcze gotów ujawnić.

— A co ty z tego masz? — zapytałem bez ogródek, nie odrywając od niego spojrzenia. — Dlaczego tak ci zależy, żeby mnie zatrzymać?

Wyraz twarzy Alystera się zmienił; przez rysy przemknęło coś nieczytelnego. — Czy to nie oczywiste? Jesteśmy drużyną, Rafail. Potrzebujemy się nawzajem, jeśli mamy mieć choć cień nadziei na powstrzymanie Seta.

Mówił gładko, brzmiał szczerze. A jednak nie mogłem przestać się zastanawiać, czego nie dopowiada. Alyster był mistrzem manipulacji, potrafił wykręcać słowa i emocje tak, by mu służyły. Jak mogliśmy mu ufać? Zdradził już przysięgi złożone Królowej Maeve, przysięgi złożone krwią i magią. Co mogłoby powstrzymać go przed zdradą mnie i Careeny, gdyby Set zaoferował mu dość władzy?

Na samą myśl ciarki przebiegły mi po plecach, a na czole wystąpił zimny pot. Spojrzałem na miecz oparty o dalszą ścianę — ostrze, które niegdyś należało do samego Seta. Czy gdybym oddalił się od tego przeklętego oręża, osłabiłbym uścisk Seta na mnie?

Lecz zaraz wynurzyła się inna możliwość, straszniejsza od poprzedniej. Jeśli Careena przegra swoją wewnętrzną walkę z wpływem Seta, jeśli ulegnie jego woli i stanie się jego służebnicą... czy ja także byłbym skazany na ten sam los?

Czy Alyster i Careena stanowili dla mnie jeszcze większe zagrożenie, niż ja dla nich?

Powietrze zgęstniało od napięcia, ciężar moich lęków przycisnął mnie niemal fizycznie. Wziąłem chwiejny oddech, serce łomotało mi jak oszalałe o żebra.

— Rafail? — Głos Careeny przeciął mrok, miękki i pełen troski. — Porozmawiaj ze mną. Co ci chodzi po głowie?

Odwróciłem się do niej twarzą, dręczony własnym odbiciem w jej spojrzeniu. — Po prostu... jestem przerażony, Careena. Przerażony, że bez względu na to, co zrobię, Set znajdzie sposób, by użyć mnie przeciwko tobie. Przeciwko wszystkiemu, o co walczymy.

Zbliżyła się, a jej dłoń odnalazła moją w półmroku. — Razem jesteśmy silniejsi, Rafail. Wiesz o tym. Jeśli się teraz rozdzielimy, zagramy Setowi na rękę.

Chciałem jej wierzyć, uchwycić się pociechy, którą niosły jej słowa. Lecz wątpliwości wciąż szeptały mi do ucha, nieustępliwe.

— A jeśli Set przejmie nade mną kontrolę? — spytałem niemal szeptem. — Jeśli zrobi ze mnie marionetkę, broń? Skąd pewność, że zostanie to właściwy wybór?

Uścisk Careeny się wzmocnił, jej spojrzenie było ostre i niezachwiane. — Bo wierzę w ciebie, Rafail. W twoją siłę, twoją odporność. Nie jesteś w tej walce sam i nigdy nie będziesz.

Na komnatę spłynęła ciężka cisza, a ciężar mojej niepewności zawisł w powietrzu niemal namacalnie. Czułem spojrzenie Careeny, które badało moją twarz, szukając śladu decyzji. Po drugiej stronie pokoju Alyster stał nieruchomo, z brwiami ściągniętymi troską.

Wymienili spojrzenie, cicha rozmowa przemknęła między nimi. W tej chwili dostrzegłem głębię ich niepokoju, autentyczną troskę, jaką mnie darzyli. Dziwne to było uczucie — stać się obiektem tak niezachwianego wsparcia. Część mnie pragnęła je przyjąć, pozwolić sobie na ich obecność jak na ukojenie.

Ale inna część, ta zaciekle niezależna, która trzymała mnie przy życiu przez tyle lat, szeptała swoje wątpliwości. Nawoływała do ucieczki, bym oddalił się od tych, na których mi zależy, tak daleko, jak tylko zdołam. Bo jeśli zostanę, jeśli Set przejmie kontrolę...

Zamknąłem oczy, a serce rozdzierało się między dwiema równie potężnymi potrzebami. Chęć ochrony — osłonięcia Careeny i Alystera przed niebezpieczeństwem, jakie stanowiłem — walczyła z pragnieniem pozostania u ich boku i stawienia czoła temu zagrożeniu razem.

— Zostanę, dopóki Aurelius nie wróci z narady z Najwyższą Radą — powiedziałem wreszcie, a w moim głosie pobrzmiewała ostrożność. — Ale potem... niczego nie obiecuję.

Uśmiech Careeny nieco przyblakł, lecz skinęła ze zrozumieniem. — Zajmiemy się tym, kiedy przyjdzie pora — powiedziała. — Na razie skupmy się na teraźniejszości.

Alyster klasnął mnie dłonią w ramię, jego dotyk okazał się kojącą kotwicą. — A teraz mamy siebie nawzajem — powiedział, a w jego słowach zadźwięczała rzadka szczerość. — I to się liczy.

Chciałem mu uwierzyć, zanurzyć się w uldze, jaką dawała ich obecność. Ale nawet kiedy pozwoliłem sobie oprzeć się na ich wsparciu, nie mogłem pozbyć się wrażenia, że nasze kłopoty wcale się nie skończyły.

Starożytne mury Sanctuary zdawały się napierać na nas, ciężar wieków kładł się na naszym małym kręgu światła. Na zewnątrz świat był mroczny i niepewny, a cień wpływu Seta majaczył nieustannie na horyzoncie.

Powietrze było gęste od napięcia, przyszłość — jednym wielkim znakiem zapytania. Gdy Careena ujęła mnie za rękę i poprowadziła z powrotem do łóżka, łagodnie prosząc, żebym spróbował zasnąć, zaufanie wydało mi się najrzadszym i najcenniejszym skarbem ze wszystkich.

ROZDZIAŁ SZÓSTY

CAREENA

Przerzucałam karty zatęchłej księgi, pożółkłe strony trzaskały pod opuszkami palców. Obok mnie Rafail śledził palcem linię starożytnych run, podczas gdy Alyster studiował iluminowany manuskrypt. Cisza biblioteki otulała nas jak płaszcz.

— Ten fragment wspomina o nazwie „Kieł Szaka la"... — mruknęłam. — Czy to może być inne miano miecza Seta, zastanawiam się? Ostrze zwisało przy moim boku, niepokojąco ciężkie.

Drzwi do małej sali badawczej otworzyły się ze skrzypnięciem. Do środka wkroczył anioł, a jego srebrne szaty chwytały blask świec. Jego spojrzenie przemknęło po Rafailu i Alysterze, usta wykrzywiły się w wyrazie niesmaku.

— Careena Seraphiel. — Głos anioła, melodyjny, przeciął powietrze. — Opiekun prosi Panią do siebie. Czeka w swoim gabinecie.

Serce zabiło mi szybciej. Aurelius już wrócił ze spotkania z Wysoką Radą? Zastanawiałam się, czy to dobry, czy zły znak. Czy podjęli szybką decyzję, czy odesłali go, by obmyślić kolejny ruch, czy może chcą zobaczyć mnie, przesłuchać mnie?

Wstałam, zatrzaskując książkę. Alyster i Rafail również podnieśli się z miejsc, w ich oczach mignęła czujność.

— Czy Aurelius powiedział, o co chodzi? — zapytałam.

Twarz anioła pozostała nieprzeniknioną maską. — Nie do mnie należy kwestionowanie rozkazów Opiekuna. Oczekuje Pani. Natychmiast.

Po tych słowach obrócił się na pięcie i wypłynął z pokoju, a srebrne szaty zaszemrały po marmurowej posadzce.

Wzięłam uspokajający oddech. — Cokolwiek Rada postanowiła, stawimy temu czoła razem. Rafailu, Alyster ze... dziękuję. Za wszystko.

Alyster posłał zawadiacki uśmiech, choć nie dotarł on do jego oczu. — Prowadź.

Rafail tylko skinął głową; na jego rysach osiadła zacięta determinacja.

Wyprostowałam się i ruszyłam z biblioteki, a Alyster i Rafail flankowali mnie. Gdy szliśmy przez echodające korytarze Sanctuary, starałam się zignorować ucisk w żołądku. Decyzja Wysokiej Rady miała ukształtować bieg naszej misji — i nasze losy.

Okazałe drzwi do gabinetu Aureliusa majaczyły przed nami, a misternie rzeźbione ornamenty zdawały się wić i poruszać w eterycznym świetle. Zawahałam się, dłoń zawisła nad wypolerowaną klamką. Obok mnie dłoń

Alystera, zaciśnięta na rękojeści miecza, drgnęła, zdradzając niepokój. Mięsień w policzku Rafaila zadrżał.

Pchnęłam drzwi.

Aurelius siedział za swoim biurkiem, z wyrazem nie do odczytania. Jego srebrne skrzydła były równo złożone na plecach, błyszcząc w miękkim świetle sączącym się przez łukowate okna. Te przeszywające oczy wbiły się we mnie, a ja walczyłam z odruchem, by się skulić.

— Careena. — Jego głos był chłodny, wyważony. — Proszę wejść.

Zrobiłam krok naprzód, czując za plecami obecność Alystera i Rafaila. Napięcie w pokoju było niemal namacalne, żywe, oplatało nas niczym wąż gotów do ataku.

— Czy są postępy w badaniach? — Aurelius splótł palce w daszek, nie spuszczając ze mnie wzroku.

Przełknęłam ślinę. — Pracujemy bez wytchnienia, przeczesując każdy starożytny tekst i zwój w poszukiwaniu wzmianek o Secie, grymuarze albo mieczu.

— I? — Jedna srebrna brew drgnęła w górę.

Serce waliło mi o żebra. To było to. Chwila prawdy.

Uniosłam podbródek, patrząc Aureliusowi prosto w oczy. — Trafiliśmy na obiecujące tropy, ale wciąż mamy wiele do odkrycia. Klucz do pokonania Seta wciąż nam się wymyka. Szczerze? Wierzę, że w Pana pamięci jest o wiele więcej wiedzy, niż zdołalibyśmy znaleźć w bibliotece przez rok poszukiwań. Walczył Pan z Setem; Pana wiedza z pierwszej ręki byłaby nieoceniona, jeśli zechce się Pan nią podzielić.

Aurelius odchylił się w fotelu, z twarzą nie do czytania. Sekundy rozciągnęły się w wieczność, gdy mnie badał, a te pradawne oczy jakby przenikały samą moją duszę.

Co postanowiła Rada? Pytanie paliło mnie na języku, ale ugryzłam się w niego. Aurelius ujawni ich werdykt we własnym czasie. Jedyne, co mogliśmy zrobić, to czekać.

Aurelius podniósł się z krzesła, poruszając się powoli, z rozmysłem. Odwrócił się do okna, splecione dłonie trzymając za plecami. Cisza między nami rozciągnęła się, jak przepaść, która z każdą chwilą się poszerzała.

Powiedz mi, miałam ochotę krzyknąć. *Powiedz, co ustaliła Rada.* Ale ugryzłam się w język, wiedząc, że naciskanie Aureliusa tylko utwierdzi go w postanowieniu.

Wreszcie przemówił. — Zrozumiałe jest, że polegacie na mojej wiedzy, Careena. — Jego głos był niski, z nutą emocji, której nie umiałam nazwać. — Zagrożenia ze strony Seta nie wolno lekceważyć.

Skinęłam głową, choć nie mógł tego zobaczyć. — Potrzebujemy wskazówek, Aureliusie. Bez nich błądzimy po omacku.

Westchnął, a jego ramiona ugięły się pod ciężarem odpowiedzialności. — Jestem świadom powagi sytuacji.

Aurelius znów się do nas odwrócił, a mnie uderzyło zmęczenie w jego oczach. Po raz pierwszy zobaczyłam nie tylko surowego Opiekuna, ale istotę obarczoną brzemieniem wyborów, które musi podjąć.

Skrzyżował ze mną spojrzenie i dostrzegłam w nim wahanie — niechęć do wypowiedzenia słów, które uksztaltują nasz los.

— Wysoka Rada podjęła decyzję — zaczął, tonem starannie neutralnym.

Zebrałam się w sobie, palce zwinęły mi się w pięści u boków. Obok czułam, jak Alyster i Rafail sztywnieją, ich napięcie było w pokoju niemal dotykalne.

Szczęka Aureliusa się zacisnęła, a oczy stwardniały od determinacji. — Zdecydowali...

Zawiesił głos, a cisza między nami napięła się jak cięciwa łuku. Wstrzymałam oddech, krew dudniła mi w uszach.

Proszę, modliłam się, do każdego bóstwa, które może słuchać. *Proszę, niech nam pomogą.*

Ale gdy spojrzenie Aureliusa znów spotkało się z moim, ujrzałam w tych pradawnych oczach wypisaną prawdę.

I wiedziałam, z narastającą jak kamień pewnością, że nasze nadzieje były płonne.

— Zdecydowali, że nie wesprą walki z Setem — powiedział Aurelius, a jego słowa uderzyły mnie w pierś.

Wpatrywałam się w niego, umysł wirował. — *Co?* — Słowo wyrwało mi się bez tchu, z niedowierzaniem i szokiem w żyłach.

Skrzydła Aureliusa niemal niezauważalnie opadły — jedyny zewnętrzny znak jego rozczarowania. — Rada uważa, że sprawy Ziemi ich nie dotyczą. Nie zamierzają interweniować ani przekazać wiedzy, której szukacie.

Pokręciłam głową, a w gardle zakłębił się gorzki śmiech. — I to by było na tyle? Po prostu nas porzucą?

Na arystokratycznych rysach Aureliusa było coś na kształt politowania. — Ostatnie słowa Uriela brzmiały: „Careena Seraphiel stworzyła ten problem. Niech go rozwiąże, jeśli pragnie zasłużyć na powrót do Nieba".

Te słowa ugodziły mnie jak cios, wybijając powietrze z płuc. Cofnęłam się o krok, a moje skrzydła odruchowo rozwarły się, by mnie ustabilizować.

Obok mnie oczy Alystera błysnęły ledwie trzymanym w ryzach gniewem. Dłonie zacisnęły mu się w pięści, a mięśnie żuchwy drgnęły, gdy zgrzytnął zębami.

— Nie mogą tego zrobić — zawarczał nisko, niebezpiecznie. — Nie mogą umyć rąk od tego bałaganu i zostawić nas samych, byśmy się z nim mierzyli.

Rafail milczał, ale widziałam porażkę w opadniętych ramionach i zmęczenie wyryte w liniach jego twarzy. Wyglądał jak ktoś, kto za długo walczył z góry przegraną bitwę i właśnie doszedł do kresu sił.

Zmusiłam się do głębokiego oddechu, próbując uspokoić kipiel emocji we mnie. Szok, gniew, strach, rozpacz — wszystkie domagały się uwagi, grożąc, że mnie zatopią.

Ale nie mogłam im ulec. Nie teraz. Nie kiedy tak wiele było na szali.

Wyprostowałam się, unosząc podbródek wyzywająco. — Niech i tak będzie — powiedziałam, a mój głos zabrzmiał w ciszy pokoju czysto i mocno. — Skoro Rada nie pomoże, znajdziemy inną drogę.

Alyster obrócił się gwałtownie do Aureliusa, oczy zapłonęły oskarżeniem. — To wszystko wasza wina — warknął, szturchając palcem pierś archanioła. — Wy, aniołowie, stworzyliście ten problem, kiedy zmieniliście miecz w grymuar, a potem nie potrafiliście go upilnować. A teraz macie czelność zostawić nam sprzątanie po waszym bałaganie?

Słowa Alystera zawisły w powietrzu, ostre i kąśliwe. Czułam, jak napięcie iskrzy między nim a Aureliusem, namacalna siła, która w każdej chwili mogła wybuchnąć.

— A co z Rafaiłem? — zażądał Alyster. — Czy jego klątwa też jest problemem Careeny? Aktywowano ją wieki, zanim się urodziła. A królowa Maeve i sabat Selene — wszyscy polowali na grymuar na długo przed tym, nim Careena została wygnana z Niebios.

Alyster się nie mylił. Pytania, które postawił, były zasadne, choć sposób ich przedstawienia pozostawiał nieco do życzenia. Wyciągnęłam rękę i położyłam mu dłoń na ramieniu, chcąc go uspokoić.

— Alysterze — powiedziałam miękko, z łagodną naganą. — Atakowanie Aureliusa nam nie pomoże.

Spojrzał na moją dłoń, potem na twarz. Przez chwilę myślałam, że mnie strąci. Ale westchnął, a część zapału z niego uszła.

— Dobrze — mruknął, odsuwając się. — Ale i tak chcę odpowiedzi.

Zwróciłam się do Aureliusa, patrząc mu prosto w oczy. — Ja również — powiedziałam równym tonem. — Pytania Alystera zasługują na odpowiedź.

Szczęka Opiekuna drgnęła, mięsień zapulsował mu w policzku. Przez dłuższą chwilę milczał.

Potem, ku mojemu zdumieniu, Aurelius uniósł dłonie w uspokajającym geście. — Nie zgodziłem się z decyzją Wysokiej Rady — przyznał cicho, wyważonym głosem. — Wycofali się z Ziemi na długo przed wojną z Setem. Ale ja... — Urwał, a przez jego srebrne oczy przemknął mroczny, nawiedzony cień. — Widziałem na własne oczy, jak wielkie spustoszenie potrafi siać bóg chaosu.

Pochyliłam się, zaintrygowana. — Co Pan ma na myśli? — zapytałam, wpatrzona uważnie w twarz Aureliusa.

Spojrzenie Opiekuna stało się odległe, jakby patrzył w przeszłość, którą tylko on mógł zobaczyć. — Podczas wojny widziałem, jak moc Seta zostaje spuszczona ze smyczy i uderza w świat. Zniszczenie, cierpienie... — Głos mu się załamał i pokręcił głową. — To było coś, z czym nigdy wcześniej się nie zetknąłem. Czysty, nieskażony chaos.

W jego słowach była szczerość i rana, jakiej nigdy wcześniej u Aureliusa nie dostrzegłam. Uświadomiłam sobie, że pod surową fasadą nosi własne blizny.

— Walczyłem u boku innych aniołów, by powściągnąć wpływy Seta — ciągnął Aurelius, a ton nabierał stanowczości. — Ledwie zdołaliśmy go zapieczętować. Sama myśl, że wróci, że ten chaos zostanie znów uwolniony... — Urwał, a dłonie zacisnęły mu się w pięści u boków.

Dreszcz przebiegł mi po kręgosłupie na skutek implikacji jego słów. Jeśli Aurelius, jeden z najpotężniejszych aniołów, tak drżał na myśl o powrocie Seta...

— Więc rozumie Pan, dlaczego musimy go powstrzymać — powiedziałam cicho, nie odrywając wzroku od Aureliusa. — Dlaczego to takie ważne.

Archanioł skinął głową, a na jego rysach osiadła ponura determinacja. — Tak — potwierdził. — Dlatego uważam, że powstrzymanie Seta musi być naszym najwyższym priorytetem, niezależnie od stanowiska Wysokiej Rady.

Oczy rozszerzyły mi się ze zdumienia na tę deklarację. — Jest Pan gotów nam pomóc? — zapytałam, ledwie śmiąc wierzyć własnym uszom. — Mimo że Wysoka Rada odmówiła?

Aurelius wytrzymał moje spojrzenie, a jego srebrne oczy błyszczały przekonaniem. — Wysoka Rada odmówiła wsparcia, ale nie zabroniła mi działać — odparł. — Może nie mogę rozkazać innym aniołom, by pomogli, ale sam decyduję, jakich zadań się podejmę.

Zawiesił głos, a jego wyraz twarzy stężał w postanowieniu. — I uważam, że powstrzymanie Seta powinno być moim priorytetem.

Wpatrywałam się w niego, przez moment oniemiała. Aurelius, nieugięty egzekutor niebiańskiego prawa, wybierał sprzeciw wobec decyzji Wysokiej Rady. Że postanowił zająć takie stanowisko...

— Dziękuję — wydusiłam, a głos zadrżał mi od emocji. — Pana pomoc znaczy więcej, niż Pan przypuszcza.

Aurelius skinął głową, a na surowych rysach przemknęło ciepło. — Nie zawsze zgadzam się z Pani metodami, Careena — przyznał — ale w tej sprawie jesteśmy zgodni. Powrót Seta przyniósłby światu niewyobrażalne spustoszenie. Nie możemy do tego dopuścić.

Skinęłam, a nowa determinacja wezbrała we mnie. Z Aureliusem po naszej stronie może jednak mieliśmy szansę.

Rafail wystąpił naprzód, a jego ostrożny wyraz złagodniał w nieśmiały uśmiech. — Pana obecność po naszej stronie może odwrócić losy tej walki — przyznał, spotykając spojrzenie Aureliusa. — Pana wiedza i zasoby mogą wypełnić luki, z którymi zmagamy się od dawna.

Patrzyłam, jak ramiona Rafaila nieco się rozluźniają, jak jego postawa zmienia się z obronnej w ostrożnie otwartą. To była subtelna zmiana, ale mówiła wiele o wpływie decyzji Aureliusa.

Alyster jednak pozostał nieprzekonany. Jego srebrne oczy zmrużyły się, a w ich głębi zamigotał kalkulujący błysk. — I co, konkretnie, ma Pan nadzieję zyskać na tym sojuszu? — zapytał, melodyjnym, lecz podszytym podejrzliwością głosem. — Aniołowie nigdy nie przejmowali się losem Fae ani innych nieludzi.

Powietrze w pokoju zgęstniało, gdy słowa Alystera zawisły między nimi. Czułam ciężar wieków nieufności i sprzecznych celów, przygniatający nas i grożący rozbiciem kruchego porozumienia, które dopiero co zaczęliśmy tworzyć.

Aurelius bez mrugnięcia odwzajemnił spojrzenie Alystera, a jego własne oczy stwardniały. — Pragnę jedynie zachować równowagę i ochronić świat przed chaosem, który Set mógłby uwolnić — odparł, ważąc słowa. — W tej sprawie nasze interesy się pokrywają, Rycerzu Fae, niezależnie od tego, czy zechcesz w to uwierzyć, czy nie.

Wstrzymałam oddech, obserwując niemy pojedynek woli. Sceptycyzm Alystera był wyczuwalny — nieufność wobec aniołów miał wdrukowaną głęboko. A jednak w nieugiętym przekonaniu Aureliusa było coś, co zdawało się go powstrzymywać.

Chwila się dłużyła, a ciszę przerywał tylko cichy szelest starożytnych zwojów i odległe szepty nieziemskich mieszkańców biblioteki. W końcu ramiona Alystera niemal niedostrzegalnie się rozluźniły, a na jego twarzy przemknęła iskra niechętnej akceptacji.

— W porządku — ustąpił cicho. — Ale wiedz jedno, Opiekunie: jeśli Pana działania okażą się sprzeczne z naszymi celami, nie zawaham się odpowiednio zareagować.

Aurelius pochylił głowę, w oczach zamigotał cień szacunku. — Niczego innego bym się nie spodziewał.

W piersi zamigotała mi iskra nadziei — mała, ale uporczywa iskierka pośród przytłaczającej ciemności, jaka spowiła nasz świat od powrotu Seta. Odmowa Wysokiej Rady była druzgocącym ciosem, jednak gotowość Aureliusa, by stanąć u naszego boku, brzmiała jak lina ratunkowa — szansa, by walczyć dalej, mimo wszystko.

Zwróciłam się do Aureliusa, głos miałam pewny, mimo burzy emocji kłębiących się we mnie. — Dziękuję —

powiedziałam, a moje słowa były ciężkie od wdzięczności. — Pana wsparcie znaczy więcej, niż Pan sądzi.

Spojrzenie Opiekuna złagodniało, zza surowej fasady przebiło się ciepło. — To moja porażka do naprawienia, Careena. Nie Pani. Alyster miał rację. — Rzucił spojrzenie ku rycerzowi Fae i lekko skinął. — Powinniśmy byli lepiej pilnować grymuaru, mocniej starać się go odnaleźć, kiedy zniknął nam z oczu.

Jego słowa zawisły ciężko w powietrzu, a srebrne skrzydła Aureliusa rozpostarły się obok niego, kiedy Opiekun położył dłoń na rękojeści niebiańskiego miecza u boku i złożył uroczystą przysięgę.

— Tym razem nie przerwę swoich starań, dopóki Set nie zostanie pokonany. Ostatecznie.

Rozdział siódmy

Alyster

Nie pasuję tutaj.

Myśl dudniła mi w głowie, gdy błąkałem się po korytarzach Sanctuary, a chłodne kamienne ściany jakby się na mnie zaciskały. Kiedy tu przybyłem, uznałem to miejsce za twierdzę, lecz im dłużej zostawałem, tym bardziej przypominało więzienie. Nie pasowałem tutaj, do tego świata aniołów i istot niebiańskich, i z każdą godziną coraz wyraźniej rozumiałem, że nigdy nie będę.

Moje kroki odbijały się echem od murów, dźwięk tak samo obcy jak cała reszta tego miejsca. Nie było tu ciepła ani życia. Powietrze pachniało pergaminem i atramentem, kamieniem i metalem, a ja tęskniłem za wonią ziemi i tego, co rośnie — kwiatów, drzew i dzikich ostępów mojego domu. Musiałem wyjść na zewnątrz, pod gołe niebo, poczuć słońce na twarzy i wiatr we włosach.

Musiałem robić coś pożytecznego.

Miałem nadzieję, że pomogę Careenie i Aureliusowi, ale prawda była taka, że nie miałem pojęcia, co robią. Nazywali to badaniami, lecz polegało głównie na czytaniu i gadaniu, a na działanie zostawało niewiele. Byłem wojownikiem, nie uczonym. Nie miałem cierpliwości do siedzenia i rozprawiania o starożytnych tekstach i proroctwach. Chciałem być tam, gdzie toczy się walka z wrogiem, a nie kryć się w tym zimnym, bez życia miejscu.

Skręciłem za róg w bibliotece i trafiłem do kolejnej, pozornie identycznej sali. Ściany obudowane były półkami wypełnionymi księgami i zwojami. Zastanawiałem się, czy ktokolwiek przeczytał je wszystkie. Pewnie nie. Było tu więcej tomów, niż kiedykolwiek widziałem w jednym miejscu, a w życiu zwiedziłem niejedną imponującą bibliotekę.

Westchnąłem i poszedłem dalej, wracając myślami do własnej frustracji. Czułem się tu bezużyteczny, jak piąte koło u wozu. Careena i Aurelius byli tak skupieni na swoich badaniach, że większości czasu ledwie mnie zauważali. Rafail był bardziej przyjazny, ale teraz był wyraźnie przestraszony — wieść, że jego klątwa ma przemienić jego ciało w naczynie dla duszy Seta, wstrząsnęła nim, więc zamknął się w sobie. Zostałem pozostawiony sam sobie i nie miałem pojęcia, co ze sobą zrobić.

Tęskniłem za krainą Fae. Za lasami i górami, rzekami i jeziorami. Za magią w powietrzu i poczuciem więzi z ziemią. Za dreszczem bitwy, przypływem adrenaliny, gdy stawałem twarzą w twarz z wrogiem. Za towarzystwem moich druhów, przekomarzankami i śmiechem, za poczuciem przynależności.

Brakowało mi zapachu ziemi, dotyku bryzy na skórze. Tutaj nie było żadnego wiatru, żadnego ruchu powietrza. Stało zastałe i miałem wrażenie, że się duszę. Kamienne ściany były zimne i twarde pod palcami, a ja pragnąłem dotknąć kory i liści, trawy i mchu.

Tak pogrążyłem się w myślach, że niemal nie usłyszałem szczęku zderzających się broni. Zatrzymałem się, przechylając głowę. Dźwięk był słaby, ale wyraźny — znajomy brzęk stali o stal. Serce zabiło mi żywiej, więc ruszyłem za odgłosem, przyspieszając kroku w labiryncie korytarzy.

Wyszedłem z mrocznych przejść na dziedziniec, mrużąc oczy, aż wzrok przywykł do nagłej jasności. Słońce było ciepłe na skórze, powietrze świeże i czyste; zaczerpnąłem tchu głęboko, rozkoszując się zapachem kwiatów i trawy. Szczek metalu był już głośniejszy, rytmiczny, niemal muzyczny, od którego serce znów przyspieszyło.

Rozejrzałem się, zaintrygowany. Dziedziniec pełen był aniołów; ich skrzydła lśniły w słońcu, gdy sparowali ze sobą, szybkie stopy sunęły po zielonej trawie. To był zupełnie inny świat niż zimne, martwe korytarze, które przed chwilą opuściłem, i poczułem dziwną tęsknotę, patrząc na nich. O to chodziło. Do tego byłem przyzwyczajony, tego pragnąłem. Widok aniołów na treningu, ich ciała poruszające się z gracją i mocą, niemal hipnotyzującą, był miłą odmianą od mojej obcości.

Zawsze ciągnęło mnie do walki, do tańca ostrzy i dreszczu bitwy. Miałem to we krwi, w samej naturze. Byłem wojownikiem z krwi i kości, a widok tych trenujących aniołów poruszył we mnie coś głębokiego. Puls przyspieszył, zmysły się wyostrzyły, a ja poczułem dziwne, satysfakcjonujące ukłucie, gdy na nich patrzyłem.

Jeden z aniołów dostrzegł mnie i skinął mi na powitanie. Rozpoznałem w nim Hadraniela, strażnika bramy, który nas zatrzymał, kiedy przybyliśmy do Sanctuary. Był wysokim, barczystym mężczyzną o złotych włosach i przeszywających błękitnych oczach, a jego skrzydła połyskiwały ciemnym brązem.

— Witaj, Fae — odezwał się głosem głębokim i dźwięcznym. — Co cię sprowadza na nasz plac treningowy?

Uśmiechnąłem się, czując iskrę psoty. — Głównie nuda — przyznałem. — Zastanawiałem się, czy mógłbym do was dołączyć?

Hadraniel uniósł brew, wyraźnie zaciekawiony. — Chcesz z nami posparować?

— A czemu nie? — wzruszyłem ramionami.

Na ustach Hadraniela pojawił się uśmiech. — Dobrze. Byłoby ciekawie skrzyżować ostrza z Fae. Nigdy nie miałem takiej okazji.

Wskazał, żebym do nich dołączył, a ja ruszyłem naprzód, dobywając miecza. Zapadła nagła cisza, gdy pozostali aniołowie zauważyli mnie, a ich oczy rozszerzyły się na widok broni w mojej dłoni.

Oczy Hadraniela zmrużyły się, gdy spojrzał na mój miecz, a jego wyraz stężał. — To niebiańskie ostrze — powiedział twardo. — Skąd je masz?

— Careena mi je zrobiła — odparłem, nie mrugając nawet. — Gdy razem walczyliśmy ze sługami Seta.

Twarz Hadraniela pociemniała i dostrzegłem w jego oczach gniew. — Niebiańskim ostrzem nie szasta się lekkomyślnie.

Wzruszyłem ramionami. — Zrobiła je po to, żebym mógł ocalić nas obu. Jeśli uważasz, że na nie nie zasłużyłem, śmiało — spróbuj mi je odebrać.

Wyraz Hadraniela się zmienił, coś jakby rozbawienie przemknęło mu po twarzy. Wskazał, żebym wszedł w krąg, a ja poczułem ukłucie satysfakcji, gdy to zrobiłem. Przynajmniej tutaj, na placu treningowym, byłem przyjęty. Nie byłem obcym, przybyszem z dziwnej krainy. Byłem wojownikiem — a to aniołowie rozumieli.

Wchodząc w krąg, czułem na sobie ciężar ich spojrzeń. Ruchy aniołów ustały, cała ich uwaga skupiła się na mnie, jakby gęstniejąc w powietrzu. Zgiełk treningu wyciszył się w oczekującą ciszę; słychać było tylko cichy szelest skrzydeł i szept wiatru w dziedzińcu.

Aniołowie patrzyli na mnie z ostrożną ciekawością, oczy mieli we mnie wlepione. Niektórzy mocniej zacisnęli dłonie na broni, inni nieznacznie ustawili ciała przodem, jakby gotowi do skoku. Słońce rzucało ostre cienie na dziedziniec, jakby scena była oświetlona reflektorami, co tylko potęgowało napięcie.

Widziałem w ich twarzach sceptycyzm, sposób, w jaki mnie oceniali, sądzili. Ale pobłyskiwało też zaciekawienie. Fae z niebiańskim ostrzem nie trafiał im się codziennie i czułem, że są ciekawi, co potrafię.

Uśmiechnąłem się, czując przypływ pewności. To był mój żywioł, moja arena. Może i nie pasowałem do Sanctuary, ale tutaj, w ogniu walki, byłem u siebie.

Słońce połyskiwało na mieczu Hadraniela, kiedy uniósł go do postawy, a klinga łapała światło i rozsiewała jasne błyski po dziedzińcu.

Uniosłem swój miecz, a niebiańskie ostrze błysnęło własnym blaskiem; misterny wzór na klindze chwytał promienie i odbijał je olśniewającą grą świateł. Poczułem, jak broń roznieca moc, jak energia pulsuje przeze mnie. To ostrze było moje — wiedziałem to aż do głębi duszy. Sam wykułem je jako sztylet, lejąc w nie krew, pot i łzy, nosiłem je i używałem w boju przez setki lat, zanim Careena tchnęła weń niebiańską magię i przemieniła w broń wyższej próby. Na to ostrze zapracowałem — i potrafiłem się nim posługiwać.

Poczułem dreszcz oczekiwania, kiedy stanąłem naprzeciw Hadraniela. Tego mi brakowało, za tym tęskniłem. Okazja, by się sprawdzić, by zmierzyć swoje umiejętności z godnym przeciwnikiem.

W oczach Hadraniela błysnęło wyzwanie, gdy uniósł miecz, a jego wyraz stwardniał. — Zobaczmy więc, czy jesteś tego ostrza godny, Fae — powiedział niskim, niebezpiecznym tonem.

Wyszczerzyłem się, czując przypływ ekscytacji. — No to spróbuj je zabrać, aniele — odparłem równie wyzywająco. — Jeśli potrafisz.

To było moje ostrze, moja broń, i nie zamierzałem go oddać. Nikomu.

Dziedziniec ucichł, powietrze zgęstniało od oczekiwania, gdy aniołowie nas obserwowali. Czułem ich spojrzenia, ciężar ich uwagi, ale nie drgnąłem. Byłem Fae i byłem z tego dumny. Nie dam się spłoszyć tym istotom niebiańskim, choćby były nie wiadomo jak potężne.

Ostrze jaśniej zapłonęło w mojej dłoni, jakby odpowiadając na mój bunt, a ja poczułem przypływ mocy.

Cisza przeciągała się, napięcie w powietrzu było niemal namacalne. Widząc ciekawość aniołów i ich zainteresowanie mną oraz moją bronią, wiedziałem, że to próba.

Próba mojej wartości, mojego prawa do dzierżenia niebiańskiego ostrza.

Mieli się zaraz przekonać, że rycerz Dworu Fae potrafi stanąć z nimi do walki na ich własnym terenie!

Pierwsze uderzenie Hadraniela miało taką siłę, że o mało nie posłało mnie na tyłek.

Ostry trzask zderzającego się metalu poniósł się po dziedzińcu i aż zadudnił mi w ramieniu; cofnąłem się o krok, rozszerzając oczy. Anioł był szybki. Szybszy, niż się spodziewałem.

Przez moment przemknęła mi wątpliwość. Siła Hadraniela była potężna. Był godnym przeciwnikiem i nagle nie byłem pewien, czy dam radę go pokonać.

W oczach Hadraniela błysnęło rozbawienie, gdy dostrzegł moją wahanie, a kąciki ust ułożyły mu się w sceptyczny uśmiech. Nie odezwał się ani słowem, ale drwina była aż nadto czytelna. Pozostali aniołowie milczeli, obserwując nas, a ja czułem ich wzrok, ciężar spojrzeń.

Wziąłem głęboki oddech, czerpiąc z doświadczenia i sprytu. Stoczyłem w życiu wiele bitew i nie zamierzałem pozwolić, by anioł mnie ograł.

Poprawiłem chwyt na rękojeści, znów uniosłem miecz i spojrzałem Hadranielowi prosto w oczy. — Będziesz musiał postarać się bardziej, aniele — powiedziałem pewnym głosem, a moja wiara w siebie wróciła.

Uśmiech Hadraniela się rozszerzył i znów uniósł miecz, gotów do ataku.

Tym razem byłem gotowy. Przyjąłem jego cios własnym, przygotowany i pewny, nie ustępując kroku.

Wątpliwości zniknęły, zastąpione zaciętą determinacją. Zamierzałem się wykazać, pokazać tym aniołom, że zasługuję na swoją broń.

I wtedy walka rozgorzała na dobre.

Szczęk naszych kling niósł się daleko, ostry dźwięk metalu o metal odbijał się echem po dziedzińcu. Sypnęły iskry, gdy ostrza się spotykały, a niebiańskie ostrze w mojej dłoni płonęło jasnym blaskiem w starciu z mieczem Hadraniela. Czułem moc broni, energię pulsującą w niej, odpowiadającą na moją wolę i zamiar.

Hadraniel był szybki, jego ciosy spadały z oślepiającą prędkością, ale ja byłem szybszy. Przewidywałem ruchy, kontrowałem ciosy swoimi, a szczęk stali układał się w jednostajny rytm. Słońce chwytało krawędzie naszych kling, rzucając migoczące wzory na kamienną posadzkę, a ja widziałem w oczach Hadraniela narastającą intensywność i rosnący szacunek, gdy uświadamiał sobie, że jestem przeciwnikiem godnym.

Uśmiechnąłem się, czując przypływ satysfakcji. Tego mi brakowało, za tym tęskniłem. Okazja, by się sprawdzić, by zmierzyć swoje umiejętności z godnym przeciwnikiem.

Walczy z automatu. Myśl przemknęła mi przez głowę, gdy Hadraniel uderzył ponownie, stosując dokładnie ten sam manewr co przed chwilą. Jak dawno temu ten anioł walczył z kimś innym niż inny anioł, na lekkim sparingu dla podtrzymania formy? Ja przez setki lat broniłem Królowej Fae przed bardzo realnymi zagrożeniami, nie wspominając już o ostatnich kilku tygodniach, kiedy walczyłem o życie z mrocznymi czarownicami i sługami boga chaosu.

Znów zmieniłem postawę, zmieniając kąt ataku, i zobaczyłem, jak oczy Hadraniela rozszerzają się ze zdziwienia, gdy zaskoczyłem go znienacka. Docisnąłem przewagę, moje ciosy posypały się szybko i mocno, a w oczach Hadraniela szacunek urósł. Był znakomitym wojownikiem, ale przywykł do pojedynków z innymi aniołami, do ich przewidywalnych ruchów. Ja byłem czymś innym, nieoczekiwanym i miał kłopot, by dotrzymać mi kroku.

Zalała mnie fala satysfakcji, że wreszcie robię coś, co wydaje się właściwe. Miałem dość poczucia bezużyteczności, dość tkwienia w miejscu, które było mi tak obce. Tęskniłem za krainą Fae, za swojskimi widokami i dźwiękami mojej ojczyzny. Nawet tutejsze światło słońca było inne, uświadomiłem sobie — ostrzejsze i bardziej oślepiające niż miękka, nakrapiana zieleńmi poświata krainy Fae. Powietrze też było inne, pozbawione bogatej, ziemistej woni lasów i pól, do których byłem przyzwyczajony. Wszystko w tym miejscu było mi obce, co tylko potęgowało poczucie wykorzenienia, tego, że jestem nie na swoim miejscu.

Całe życie poświęciłem służbie krainie Fae, walcząc, by chronić ją przed zagrożeniami od wewnątrz i z zewnątrz. Mam tam przyjaciół, bliskich, i nie mogłem ich po prostu porzucić. Może Maeve nie była już obiektem mojej lojalności, ale wciąż czułem odpowiedzialność za mój lud, za ojczyznę. Chciałem wiedzieć, co knuje Maeve, jaki ma plan. Chciałem zrozumieć, czemu sprzymierzyła się z Setem i co zamierza na tym ugrać. Musiałem wiedzieć, co dzieje się w domu, pojąć plany Maeve i — jeśli się da — je udaremnić.

Moje ruchy stały się płynniejsze, bardziej agresywne — włożyłem frustrację i gniew w walkę. To nie był już zwykły sparing z Hadranielem; walczyłem o coś więcej, o coś głębszego. Walczyłem za dom, za mój lud, za przyjaciół. Walczyłem, by się wykazać, by pokazać, że wciąż jestem siłą, z którą trzeba się liczyć. By pokazać, że nie należy mnie lekceważyć, że jestem groźnym wojownikiem, królewskim rycerzem Fae.

Widziałem napięcie na twarzy Hadraniela, gdy z trudem dotrzymywał mi kroku. Pchałem go do granic, wystawiałem na próbę jego umiejętności. Udowadniałem coś — jemu i pozostałym aniołom — że nie jestem kimś, kogo można zbyć.

Czułem pot spływający mi po plecach, błyszczący na skórze, i widziałem te same krople na twarzy Hadraniela, skupionej do granic możliwości.

Poczucie psoty wygięło mi usta w uśmiech, gdy zdecydowałem o następnym ruchu. Zawsze byłem przebiegłym wojownikiem, równie chętnie używałem sprytu co siły, i nie widziałem powodu, by teraz to zmieniać. Ledwie dostrzegalnie zmieniłem postawę, pozwalając Hadranielowi dostrzec błysk w oku zapowiadający fintę.

Zafintowałem w lewo, buty lekko zadźwięczały po kamieniu, dźwięk odbił się echem po dziedzińcu i ściągnął uwagę Hadraniela w złą stronę. Skręciłem nadgarstek i pchnąłem w prawo, a klinga przecięła powietrze z zabójczą precyzją. Płaz ostrza z rozmachem uderzył w wewnętrzną stronę jego nadgarstka.

Oczy Hadraniela rozszerzyły się ze zdumienia, chwyt mu się zachwiał, a broń zadźwięczała o ziemię. Wśród widzów przeszedł pomruk oklasków, kilku aniołów skinęło głowami, uznając mój kunszt.

Wyprostowałem się, mój miecz lśnił w słońcu, a pot mienił mi się na czole, gdy przez krótką chwilę napawałem się zwycięstwem.

Twarz Hadraniela przez moment zastygła w szoku, po czym spoważniał, złożył dłonie przed piersią i skłonił mi się lekko.

— Zwycięstwo należy do ciebie... Sir Alyster.

Po raz pierwszy którykolwiek z aniołów poza Aureliusem nazwał mnie z imienia, zamiast pogardliwie brzmiącego *Fae*, a już na pewno nie poprzedził go rycerskim tytułem. Odwzajemniłem szczery uśmiech, schowałem miecz do pochwy i wyciągnąłem dłoń do uścisku.

— Dzięki za walkę, Hadranielu. Dawno nie miałem tak dobrego sparingu.

Ale ekscytacja po pojedynku już gasła, nawet gdy Hadraniel ściskał mi dłoń, zostawiając we mnie znów pustkę. Sanctuary nie było moim miejscem, nie było moim domem.

Głosy aniołów brzmiały jak daleki szum, gdy stałem zamyślony. Wszystko w tym miejscu było mi obce i czułem głębokie poczucie wykorzenienia, braku przynależności.

Przynajmniej walka była znajoma. Byłem wojownikiem, rycerzem krainy Fae, a starcie miałem we krwi. Szczęk stali, taniec ostrzy, dreszcz bitwy — to rzeczy, które rozumiałem, w których byłem dobry. Ale tutaj, w Sanctuary, byłem nikim. Nie miałem roli ani celu. Byłem cudzoziemcem w obcej krainie i nie pasowałem.

Rozejrzałem się po dziedzińcu, czując pod stopami chłodny kamień, rażące słońce i obce twarze aniołów. Nie pasowałem tutaj, a co więcej, byłem potrzebny gdzie indziej.

Aniołowie się rozchodzili, ich trening dobiegł końca. Zatrzymałem się na dziedzińcu na moment, pozwalając słońcu ogrzać skórę, czując chłodny powiew na twarzy i trawę pod stopami. Wiedziałem, co muszę zrobić. Musiałem wrócić do krainy Fae, dowiedzieć się, co knuje Maeve, i jeśli zdołam — ją powstrzymać. Musiałem chronić mój lud, moich przyjaciół, moją ojczyznę.

Musiałem porozmawiać z Careeną i Rafailiem, powiedzieć im o mojej decyzji. Ale nie teraz. Na razie zatrzymam to dla siebie, moje plany pozostaną moje. Działam, kiedy przyjdzie odpowiedni moment, i ani chwili wcześniej.

Rzuciwszy ostatnie spojrzenie na dziedziniec, odwróciłem się i odszedłem, a mój umysł już huczał od planów i możliwości.

Rozdział ósmy

Rafail

Potarłem skronie, próbując uśmierzyć ból głowy, który dręczył mnie od dni. Sanctuary miało być miejscem wytchnienia, ale dla tych z nas, którzy nie byli aniołami, bywało męczące. Tęskniłem za lasami, które stały się moim domem, i widziałem, że Alyster też czuł się nieswojo. Rycerz Fae, zwykle gotów do ciętej riposty czy sarkastycznej uwagi, zamilkł. Rzadko widywaliśmy Careenę, która spędzała cały czas z Aureliusem w bibliotece; oboje desperacko szukali sposobu, by powstrzymać Seta przed wyrwaniem się z więzienia i sianiem spustoszenia.

Drzwi komnaty zaskrzypiały i weszła dwójka aniołów, o których właśnie myślałem; srebrne skrzydła Aureliusa błyszczały w blasku lamp. Ciemne włosy Careeny lśniły falującymi, obsydianowymi pasmami na tle jej skórze o barwie północy. Jak zawsze, nie mogłem oderwać od niej wzroku.

Nakryli mnie, jak leżę na łóżku, podrzucając w górę i łapiąc z powrotem małą piłeczkę, śmiertelnie znudzony czekaniem. Wyraz ich twarzy mówił jednak, że przyszli w poważnej sprawie, więc natychmiast się poderwałem, a piłeczka spadła zapomniana na materac za mną.

— Rafail, nasze badania przyniosły intrygujące wyniki — oznajmił bez wstępów Aurelius, jak zawsze surowym tonem. — Być może znaleźliśmy sposób, by uchronić Pana przed wpływem Seta.

Serce mi zadrżało. Czy to możliwe? Uwolnić się na zawsze od cienia mrocznego boga?

Careena musiała wyczuć, jak wzbiera we mnie nadzieja. Położyła delikatną dłoń na moim ramieniu, a jej nocne oczy spotkały się z moimi. — Na tym etapie to wciąż teoria. I są ryzyka... — zawahała się.

Przełknąłem ślinę. Oczywiście, że były ryzyka. Kiedy w moim życiu cokolwiek było łatwe albo bezpieczne? Ale obietnica wyzwolenia była syrenim śpiewem, którego nie potrafiłem zignorować.

— Powiedzcie mi — zażądałem, mój głos zabrzmiał ochryple. Odchrząknąłem. — Cokolwiek to jest, chcę wiedzieć.

Aurelius skinął poważnie. — Proponujemy użyć magii niebiańskiej, by spróbować przeciąć więź, która łączy Pana z Setem. Jeśli się powiedzie, uniemożliwi mu to przejęcie Pana ciała, nawet jeśli odzyska wolność. Sabat musiałby stworzyć nowe naczynie, co byłoby trudne, bo nie mają już księgi zaklęć.

Wypuściłem drżące powietrze, po czym naszła mnie nagła, lodowata myśl. Spojrzałem na swoje dłonie, na ciało, które było zarazem przekleństwem i darem.

— A moja zmiennokształtność? — zapytałem cicho, niemal bojąc się usłyszeć odpowiedź. — Stracę ją też? Czy ja... — słowa utknęły mi w gardle. — Czy znów będę człowiekiem?

Dłoń Careeny zacisnęła się na moim ramieniu, jej dotyk palił przez cienką tkaninę koszuli. Czułem ciężar jej spojrzenia na sobie, ale nie byłem w stanie go odwzajemnić.

W środku myśli pędziły mi w głowie. Zmiennokształtność była częścią mnie tak długo, nawet jeśli dopiero niedawno zdołałem ją w pełni okiełznać. Ratowała mi życie tyle razy, że nie zliczę. Myśl o tym, by ją utracić, by znów być tylko zwykłym mężczyzną... Przerażała mnie niemal tak samo jak wizja, że Set przejmie stery.

Ale jeśli to jedyny sposób, by powstrzymać mrocznego boga przed zrobieniem ze mnie marionetki, czy naprawdę miałem jakiś wybór?

Wyraz twarzy Aureliusa pozostał nieprzenikniony, jego srebrne oczy — nieczytelne. — Nie mogę powiedzieć tego z całą pewnością — przyznał neutralnym tonem. — Rytuał ma przeciąć więź między Panem a Setem, ale skutki dla pańskiej zmiennokształtności są nieznane.

Zawahał się i przez moment zdawało mi się, że w jego spojrzeniu błysnęło coś więcej. Współczucie, może? Lecz zanim zdołałem się upewnić, zniknęło, ustępując miejsca zwyczajowej surowości.

— To niezbadane terytorium, Rafailu, nawet dla Aureliusa — powiedziała łagodnie Careena. — Mamy do czynienia ze starożytną, potężną magią. Mogą wystąpić nieprzewidziane konsekwencje.

Przełknąłem z trudem, a usta nagle mi zaschły. *Nieprzewidziane konsekwencje.* Słowa zadźwięczały w mojej głowie, każde jak ciężar, który osiadał na barkach.

Pomyślałem o wszystkich razach, gdy moja zmiennoksztaltność wyciągała mnie z opresji, o tym, jak stała się integralną częścią tego, kim jestem. Czy naprawdę mógłbym z niej zrezygnować? Czy po tym wszystkim mógłbym wrócić do bycia po prostu Rafail — człowiek?

Ale nie mogłem ryzykować, że zostanę marionetką Seta, narzędziem jego zła. Jeśli utrata zdolności przemiany była ceną, jaką musiałem zapłacić, by go powstrzymać, niech tak będzie.

Wyprostowałem się, stawiając czoło spojrzeniu Aureliusa. — Rozumiem — powiedziałem głosem pewniejszym, niż się czułem. — Jeśli to jedyny sposób, by powstrzymać Seta, jestem gotów podjąć to ryzyko.

Careena wyciągnęła dłonie i ujęła moją twarz. — Rafail — wyszeptała głosem gęstym od emocji. — Jesteś najdzielniejszym mężczyzną, jakiego znam.

Przylgnąłem do jej dotyku, rozkoszując się ciepłem jej skóry na swojej. W tej chwili pragnąłem tylko zatracić się w jej objęciach, zapomnieć o Secie, rytuale i niepewności, która czekała przede mną.

Ale nie mogłem. Jeszcze nie.

Delikatnie odsunąłem jej dłonie, zatrzymując je w swoich. — Nie jestem odważny, Careena — powiedziałem, kciukiem kreśląc kółka na jej dłoni. — Po prostu robię to, co trzeba.

Pokręciła głową, a kąciki jej ust uniosły się w ledwie widocznym uśmiechu. — Nie, Rafailu. Wybierasz, by cudze potrzeby postawić ponad własnymi. To jest właśnie definicja odwagi.

Zanim zdołałem odpowiedzieć, przyciągnęła mnie do ciasnego uścisku. Oplotłem ją ramionami, wtulając twarz w zagłębienie jej szyi. Jej zapach mnie otulił — upajająca mieszanka jaśminu i światła gwiazd, od której kręciło mi się w głowie.

Wciągnąłem głęboko powietrze, zapamiętując uczucie Careeny w moich ramionach, zapach jej włosów, miękkość skóry. Jeśli to miał być nasz ostatni uścisk, chciałem zapamiętać każdy szczegół.

— Careena — wyszeptałem, głosem ochrypłym od emocji. — Jeśli to się nie powiedzie, jeśli po tym nie będę... taki sam, musisz wiedzieć—

Odsunęła się i przyłożyła palec do moich ust. — Nie — powiedziała, a jej oczy zalśniły niewylanymi łzami. — Nie żegnaj się. To się uda. Musi.

Chciałem jej uwierzyć, mieć jej pewność, ale zwątpienie mnie trawiło. Co, jeśli rytuał się nie powiedzie? Co, jeśli zamiast uwolnić mnie od Seta, tylko utoruje mu drogę, by przejął kontrolę?

Jakby wyczuwając moje myśli, Careena ujęła moją twarz w dłonie, zmuszając mnie, bym spojrzał jej w oczy. — Wierzę w ciebie, Rafailu. W nas. Cokolwiek się stanie, to się nie zmieni.

Przełknąłem ślinę i skinąłem głową. — Kocham cię — powiedziałem, choć słowa wydawały się zbyt blade, by oddać głębię moich uczuć.

Uśmiechnęła się, a po jej policzku spłynęła pojedyncza łza. — Ja też cię kocham.

Po ostatnim, gorącym pocałunku cofnąłem się, prostując ramiona. Nadszedł czas. Rytuał nie mógł dłużej czekać.

Wziąłem głęboki oddech, próbując się wyciszyć, odnaleźć spokój, który miał mi być potrzebny, by stawić czoło temu, co nadejdzie.

Careena ścisnęła raz jeszcze moją dłoń, po czym przeszła do Aureliusa. Gdy zaczęli intonować, starożytne słowa w języku, którego nie rozpoznawałem, zamknąłem oczy, przygotowując się na ból, o którym wiedziałem, że nadejdzie.

Czułem, jak magia narasta, ciśnienie w powietrzu utrudniało oddychanie. Iskrzyło mi na skórze, unosząc włoski na przedramionach.

Potem uderzyło, wbiło się we mnie z siłą rozpędzonej ciężarówki. Zachwiałem się, a tylko czysta siła woli utrzymała mnie na nogach. Ból przeszył mnie na wylot, jakby płonął każdy nerw. Zacisnąłem zęby, by nie krzyknąć.

W samym centrum nawałnicy wyczułem obecność Seta, jego okrutną uciechę. — Cóż, to intrygujące — syknął jego głos w mojej głowie. — Jakie użyteczne ciało.

Odepchnąłem go całą swoją siłą, ale to było jak próba powstrzymania przypływu. Powoli, nieubłaganie czułem, jak mnie wciąga, jak wymyka mi się kontrola.

Gdzieś w oddali usłyszałem, jak Careena woła moje imię, jej głos drżał od strachu i desperacji. Próbowałem odpowiedzieć, uspokoić ją, ale nie mogłem zmusić ciała do posłuszeństwa. Już nie należało do mnie.

Śmiech Seta rozbrzmiewał w mojej czaszce, gdy poczułem, jak moje ciało zaczyna się zmieniać, kości przesuwają się i przestawiają. Sierść wystrzeliła na skórze, a ja opadłem na cztery łapy.

Nie! Zebrałem się w sobie, rzucając wszystko, co miałem, w ostatniej, desperackiej próbie odzyskania kontroli.

Jestem Rafail Rubakis — przypomniałem sobie wściekle. *Nie pozwolę ci wygrać.*

Słyszałem tylko ten okrutny chichot, a z moją postacią było coś nie tak — to nie był czerwony lis, który był moją ulubioną formą. Było większe, cięższe, o dłuższych łapach, bardziej spiczastym pysku, sierść złota zamiast rudej... szakal, uświadomiłem sobie mętnie, gdy świadomość zaczęła mi się rozmywać.

Czułem, jak mroczna obecność Seta wzbiera w moim umyśle niczym niepowstrzymana fala. Jego złowroga wesołość odbijała się echem w mojej czaszce, zagłuszając wszelkie inne myśli.

— Naprawdę sądzisz, śmiertelniku, że zdołasz mi się oprzeć? — grzmiał głos Seta. Czułem jego potęgę — starożytną i przerażającą — która groziła zmiażdżeniem mojej woli.

Próbowałem walczyć, wyrzucić go z siebie, ale to było jak próba powstrzymania oceanu gołymi rękami. Siła Seta była przytłaczająca, nieporównanie większa niż wszystko, z czym dotąd się mierzyłem. Strach podszedł mi do gardła, niemal odbierając oddech.

Desperacko trzymałem się poczucia własnego ja, wspomnień o tym, kim byłem — Rafail, zmiennokształtny, ocalały. Lecz ciemność Seta była nieustępliwa, z każdą sekundą podmywała moją tożsamość.

— Jesteś niczym — syknął Set. — Naczyniem dla mojej woli, pionkiem w mojej grze.

Chciałem krzyknąć, zaprzeczyć jego słowom, ale nie mogłem wydobyć głosu. Jakby Set ukradł powietrze z moich płuc. Byłem bezsilny, uwięziony we własnym umyśle, gdy bóg chaosu przejmował kontrolę.

Nigdy w życiu nie czułem się tak bezsilny, tak absolutnie przerażony. Złośliwość Seta zalewała mnie duszącymi falami i czułem, jak się wymykam, przegrywając walkę o własną duszę.

Czy tak to miało się skończyć? Po wszystkim, co wycierpiałem, po każdej próbie, którą pokonałem — miałem zostać po prostu wymazany, wchłonięty przez pradawne zło? Sama myśl była nie do zniesienia, ale nie widziałem wyjścia.

Śmiech Seta stawał się coraz głośniejszy, coraz triumfalniejszy, gdy wyczuwał mój rozpaczliwy brak nadziei. Wymuszona przezeń szakalowa postać skręcała się i wypaczała pod jego wpływem, przemieniając się w koszmarny twór cienia i wściekłości.

Nigdy nie byłem człowiekiem wiary, ale w tamtej chwili złapałem się na modlitwie — do każdego boga, który zechciałby wysłuchać, do każdej siły we wszechświecie, która mogłaby ofiarować ocalenie. Bo jeśli nie znajdę w sobie siły, by się przeciwstawić, by odzyskać własny umysł i ciało, to cała nadzieja przepadnie.

Nawet gdy ciemność Seta groziła, że pochłonie mnie całkowicie, kurczowo trzymałem się jednej ostatniej, rozpaczliwej myśli: że jakoś, wbrew wszelkim przeciwnościom, znajdę sposób, by to przetrwać. Że Rafail Rubakis nie da się tak łatwo wymazać. To była krucha nadzieja, ale jedyna, jaka mi została.

Przez mgłę przytłaczającej obecności Seta dojrzałem przebłyski chaosu wokół. Careena i Aurelius, z twarzami wyrytą determinacją, ciskali w mrocznego boga potoki niebiańskiej magii. Wybuchy oślepiającego światła i palącego żaru rozdzierały komnatę, lecz Set tylko się śmiał, strząsając ich ataki jak krople deszczu.

— Głupie anioły — warknął przez moje usta, mój głos skrzywił się w coś okrutnego i szyderczego. — Nie macie cienia szansy dorównać mojej mocy!

Ale oni nie odpuścili. Wlali w walkę wszystko, co mieli, a ich magia splatała się w oszałamiający pokaz surowej potęgi.

Wtedy mój wzrok padł na Alystera, stojącego spokojnie, gotowego na skraju zawieruchy, z mieczem w dłoni. Jego srebrne oczy spotkały się z moimi i w tej chwili zrozumiałem, co zamierza. Co jest gotów zrobić, jeśli wszystko inne zawiedzie.

Wdzięczność wezbrała we mnie, choć serce ścisnęła głęboka rozpacz. Alyster, mój przyjaciel, towarzysz broni. Zrobi to, co trzeba, by zatrzymać Seta. By zatrzymać mnie. To brzemię, którego nikomu bym nie życzył, ale cieszyłem się, że to on. Miał dość siły, by je unieść.

Próbowałem przekazać mu to wszystko jednym spojrzeniem, mając nadzieję, że odczyta niewypowiedziane słowa w moich oczach. *Dziękuję. Przepraszam. Zrób, co musisz.*

Potem wola Seta uderzyła we mnie ponownie jak fala i zostałem wciągnięty z powrotem w otchłań własnego umysłu. Świat zniknął, zastąpiony bezkresną pustką mroku i rozpaczy.

A więc tak to się kończy, pomyślałem, gdy ostatnie strzępy mojej świadomości zaczęły się osuwać. *Nie hukiem, lecz skomleniem.* Ostatnie, gorzkie spostrzeżenie — pożegnalny strzał czarnego humoru w obliczu nicości.

Zebrałem się na to, co miało nastąpić, na moment, w którym ostrze Alystera znajdzie swój cel. Modliłem się, by było szybko, by oszczędziło moim przyjaciołom najgorszych konsekwencji. I modliłem się, by jakoś zdołali mi wybaczyć, że ich zawiodłem.

Chwiejąc się na krawędzi unicestwienia, kurczowo trzymałem się jednej, ulotnej myśli: *Careena*. Nikogo nigdy nie kochałem tak jak jej; ciałem i duszą. Zrobiłbym dla niej wszystko. Wszystko. Nawet umrzeć.

Cóż to jest, śmiertelniku? Głos Seta zabrzmiał w pustce, w połowie szyderczy, w połowie zaintrygowany. *To uczucie, które czujesz? Ta czynna gotowość, by położyć życie za kogoś innego? Wy, śmiertelnicy, zawsze byliście dziwnymi stworzeniami, ale to...*

Czułem jego konsternację, niezdolność do pojęcia pojęcia miłości czy poświęcenia. Dla nieśmiertelnego boga sama idea dobrowolnego oddania życia musi być zupełnie obca.

Bo są rzeczy, za które warto umrzeć — odparłem, mój mentalny głos ledwie szeptem. *Bo nie pozwolę ci użyć mnie do ranienia ludzi, których kocham.*

Przez chwilę panowała cisza. A potem, niewiarygodnie, poczułem, jak uścisk Seta na moim umyśle odrobinę słabnie. Niewiele, ale wystarczyło. Maleńki promyk nadziei w mroku.

Wykorzystałem okazję, zbierając w garść postrzępione resztki silnej woli. Skupiłem się na Careenie, na Alysterze, na Aureliusie — na wszystkich, którzy przy mnie trwali, walczyli o mnie, wierzyli we mnie. Czerpałem siłę z ich miłości, lojalności, niewzruszonej wiary.

A potem, z rykiem, który zatrząsł samymi fundamentami mojej istoty, odepchnąłem wpływ Seta. Czułem, jak niebiańska magia aniołów przepływa przeze mnie, wzmacniając mój wysiłek, wypychając mrocznego boga z mojego umysłu.

To była bitwa na wole, zmaganie o samą istotę tego, kim jestem. Ale ostatecznie zwycięzca mógł być tylko jeden.

Ostatnim, desperackim wysiłkiem wyrzuciłem Seta ze świadomości. Poczułem, jak ciało się zmienia, przestawia, wraca do ludzkiej postaci.

Znów byłem Rafail Rubakis. Poniżony, poturbowany, ale nie złamany.

Runąłem na zimną kamienną posadzkę, a moje kończyny drżały z wyczerpania. Bolał każdy mięsień, każdy oddech palił płuca. Ale żyłem. Byłem sobą.

Przez zamglone spojrzenie zobaczyłem, jak Careena pędzi ku mnie. Uklękła przy mnie i łagodnie ujęła moją głowę, układając ją sobie na kolanach. — Rafail — wyszeptała, a miłość w jej głosie była balsamem dla mojej skołatanej duszy.

Próbowałem mówić, ale gardło miałem zdarte, słowa więzły. Przełknąłem z trudem i spróbowałem jeszcze raz. — Czy to... czy to koniec?

W polu widzenia pojawił się Alyster; w jego srebrnych oczach błysnęła ulga, a miecz wrócił do pochwy. — Udało ci się, Rafailu. Pokonałeś go.

Wypuściłem drżący oddech, ledwo śmiąc w to uwierzyć. Set zniknął, wypchnięty z mojego umysłu siłą mojej woli i potęgą anielskiej magii. Ale zwycięstwo miało swoją cenę.

Wysiliłem się, by usiąść, syknąłem, gdy ciało zaprotestowało. Careena pomogła mi, jej ramię wokół moich barków było oparciem. Spojrzałem na Aureliusa, niemal bojąc się zadać pytanie, które paliło mnie od środka.

— Moje... moje moce — wychrypiałem. — Czy one...?

Aurelius spojrzał na mnie uważnie, z nieczytelnym wyrazem twarzy. — Nie wiem — przyznał. — Tylko czas pokaże, czy magia niebiańska zmieniła pańskie zdolności przemiany.

Skinąłem głową, a we mnie osiadła ponura zgoda. Cokolwiek by się okazało, wiedziałem, że dokonałem właściwego wyboru. Nawet jeśli miałbym resztę życia przeżyć jako zwykły człowiek, to mała cena za powstrzymanie Seta.

Czekaj.

Czy udało nam się powstrzymać Seta?

— Czy więź została przerwana? — zapytałem, nagle przerażony odpowiedzią.

Aurelius zawahał się dłuższą chwilę, a potem powoli pokręcił głową.

Mój rozpaczliwy krzyk zatrząsł krokwiami.

ROZDZIAŁ DZIEWIĄTY

CAREENA

MOJE SKRZYDŁA DRŻAŁY, GDY stałam pośród następstw nieudanego rytuału. Pokój był skąpo oświetlony, powietrze ciężkie od woni spalonych ziół i zalegającej magii. Dłonie, zazwyczaj tak pewne, trzęsły mi się, gdy patrzyłam na Rafaila, a we mnie ścierały się groza i poczucie winy.

Byłam tak pewna, że to się uda. Tak pewna, że zdołamy oddzielić go od magii Seta.

Rafail krzyknął z bólu, wściekłości, furii; odrzucił głowę, to było niemal wycie. Alyster stał z dłonią wciąż na rękojeści miecza, a Aurelius pochylił srebrną głowę, a na jego twarzy wyraźnie malował się żal z powodu naszej porażki.

— Rafail... — wyszeptałam, cicho, przepełniona winą. Wyciągnęłam do niego rękę, lecz cofnął się przede mną, a w jego oczach płonął ból i gniew.

— Nie dotykaj mnie — warknął zachrypniętym głosem. — Nie... po prostu nie.

Opuściłam rękę, czując ciężar naszego wspólnego brzemienia. — Przepraszam — powiedziałam cicho. — Myślałam, że to zadziała. Myślałam...

— Myślałaś źle — odparł ostro Rafail. Zamknął oczy, wziął głęboki oddech. — Przepraszam. Wiem, że chciałaś dobrze. Ale... nie zadziałało.

— Nie. — Przełknęłam ślinę. — Nie. Ale znajdziemy inny sposób. Obiecuję ci.

Rafail otworzył oczy, spojrzał na mnie. — Obyś miała rację — powiedział po cichu.

Wyciągnęłam do niego rękę ponownie i tym razem nie odsunął się. Delikatnie dotknęłam jego policzka, czując ciepło skóry. — Znajdziemy — szepnęłam miękko. — Znajdziemy.

Oczy Rafaila zwęziły się nieznacznie, jego spojrzenie stwardniało, gdy mi się przyglądał. Zaciął szczękę; widziałam frustrację w napiętych rysach twarzy, sposób, w jaki zaciskał usta w cienką linię. Uciekło mu krótkie westchnienie, niemal zagubione w półmroku i cieniach pokoju.

— Zostawię was — odezwał się cicho Aurelius, a ja zerknęłam na niego z zaskoczeniem, zapomniawszy, że tu był. Strażnik wyglądał na strapionego; miał zmarszczone brwi, srebrne skrzydła mu opadły. — Postaram się dociec, co poszło źle, Rafailu. Naprawimy to. Jakoś.

Rafail drgnął głową w krótkim skinieniu, ale widziałam jego sceptycyzm i zranienie. Aurelius wyszedł, a trzaśnięcie drzwi rozległo się głośno w ciszy.

Pokój tonął w półmroku, cienie zbierały się w kątach, pogłębiając intymność przestrzeni. Cisza była ciężka, pełna niewypowiedzianych emocji, zbliżyłam się więc do Rafaila, dotykając go delikatnie, nieśmiało. Czułam się winna, wiedząc, że zadałam mu ból, i musnęłam palcami jego ramię.

Rafail drgnął, ciało miał napięte, wyraz twarzy — czujny. W jego oczach widziałam gniew, ból, zawahałam się więc, niepewna, czy powinnam iść dalej. Ale Alyster przyglądał nam się spokojnie swoimi srebrnymi oczami, wyciągnął rękę i lekko dotknął ramienia Rafaila.

— Już dobrze — powiedział cicho Alyster. — Pozwól nam ci pomóc.

Rafail rzucił mu krótkie spojrzenie i widziałam, jak napięcie odrobinę schodzi mu z barków. Znów spojrzał na mnie; w jego oczach dostrzegłam wewnętrzny konflikt, ostrożność. Ale nie odsunął się — uznałam to za zgodę.

Pochyliłam się, musnęłam wargami jego policzek i poczułam, jak się wzdryga. Skóra była ciepła pod moim dotykiem, pozwoliłam więc palcom sunąć wzdłuż jego ramienia, czując siłę mięśni. Dłoń Alystera zsunęła się po plecach Rafaila, jego dotyk koił, a ja czułam, jak napięcie w ciele Rafaila odrobinę ustępuje.

Powietrze iskrzyło od napięcia, od pożądania; czułam żar ciała Rafaila, ciepło Alystera. Czułam ich emocje, niewypowiedziane porozumienie między nami, wsunęłam więc palce pod koszulę Rafaila, dotykając gładkiej skóry jego pleców.

Oddech Rafaila zadrżał, a we mnie wezbrało dla niego współczucie. Przeszedł już tak wiele, pragnęłam mu pomóc, ukoić jego ból. Pochyliłam się, musnęłam ustami jego ucho i znów poczułam, jak się wzdryga.

— Pozwól nam ci pomóc — wyszeptałam miękko. — Pozwól nam zabrać ten ból.

Nasze spojrzenia się spotkały i ujrzałam w jego oczach zmaganie, rozdarcie. Skinął jednak głową, a ja poczułam ulgę. Pochyliłam się, dotknęłam jego ust, a on odpowiedział; najpierw niepewnie, potem coraz pewniej.

Pozwoliłam sobie zagubić się w tej chwili, w dotyku ich ciał, w cieple skóry. Lecz umysł wciąż błądził — myślałam o Secie, o grożącym nam niebezpieczeństwie.

Odepchnęłam te myśli, skupiając się na teraźniejszości, na dotyku warg Rafaila na moich, na cieple jego ciała.

Gorąco skóry Rafaila ostro kontrastowało z chłodem w pokoju, jego ciepło przesiąkało we mnie, gdy przywierałam bliżej.

Dłonie Alystera zsunęły się po moich plecach, kojąco, a ja poczułam do niego wdzięczność. Zawsze był taki spokojny, stały — oparłam się na nim, pozwalając, by jego obecność mnie ugruntowała. Dłonie Rafaila spoczęły na moich biodrach, uchwyt był mocny; czułam, jak trzyma się na wodzy. Chciałam go uspokoić, powiedzieć, że wszystko w porządku, ale nie wiedziałam, co powiedzieć. Nie wiedziałam, czego ode mnie potrzebuje. Czegokolwiek by to było, dam to. Czegokolwiek zapragnie.

Gdy nasze ciała poruszały się zgodnie, próbowałam odegnać zmartwienia, skupiając się na doznaniach pulsujących w żyłach. Usta Rafaila odsunęły się od moich, zostawiając rozżarzone pocałunki na mojej szyi, od których dreszcze przebiegały mi po kręgosłupie. Dłonie Alystera błądziły po moich kształtach, badając każdy cal, jakby chciał wryć je sobie w pamięć.

— Careena — wyszeptał mi do ucha Alyster, głos miał ciężki od pożądania. — Czujesz się... niewiarygodnie.

Brakło mi słów na odpowiedź. Zamiast tego wygięłam plecy, prosząc o więcej jego dotyku. Napięcie w pokoju było niemal namacalne, gdy troje nas uległo pragnieniom.

Choć pełen namiętności, czułam, że Alyster się powstrzymuje, pozwalając Rafailowi przewodzić. Brać to, czego potrzebował.

Pocałunki Rafaila wędrowały jak płynny ogień, rozpalając każdą nerwową końcówkę w moim ciele. Był utalentowany zarówno w sztuce czułości, jak i w niepokoju, i czułam, jak w nim toczy się wojna. To tylko wzmagało moją chęć, by go uspokoić, pokazać, że nie jest sam, że ta święta przestrzeń między nami jest azylem od ciężaru naszych brzemion.

— Rafail — odetchnęłam, cofając się odrobinę, by zajrzeć w jego oczy. — Cokolwiek się wydarzyło, stawimy temu czoła razem.

Ku mojemu zaskoczeniu zdołał się uśmiechnąć krucho pośród burzy emocji; jego twarz złagodniała na tyle, by odsłonić cień mężczyzny, którego pokochałam. Zbliżył się jeszcze bardziej i poczułam, jak napięcie w jego ciele nieco słabnie — nieosłonięta chwila zaufania.

— Jesteśmy w tym razem — potwierdził Alyster, głosem pewnym jak ziemia po nawałnicy. — Nikt z nas nie musi dźwigać tego ciężaru samotnie.

Nieskażona szczerość jego słów rozwinęła we mnie coś głębokiego — przypomnienie, że jesteśmy spleceni w tej dziwnej, burzliwej wędrówce.

Czułam, jak sztorm emocji w Rafailu powoli cichnie, i zbliżył się, opierając czoło o moje. — Po prostu... nie chcę stracić żadnego z was na rzecz mroku, Seta — wyznał, a kruchość rozdarła pancerz buntu, którym zwykle się okrywał.

Czułam w nim tę wojnę, walkę między bólem a pragnieniem więzi. Oplotłam ramionami jego szyję, przyciągając go bliżej, chcąc być balsamem na jego rany, pokazać mu, że mimo chaosu za oknem wciąż można odnaleźć ciepło.

— Nie musisz się hamować — wyszeptałam przy jego wargach, przykuwając jego spojrzenie. — Nie przy nas, nie teraz.

Jego oddech zadrżał i przez chwilę niepewność przemknęła mu po twarzy. Cienie wątpliwości wciąż się go czepiły, ale stała obecność Alystera obok nas zdawała się dawać mu siłę, której potrzebował. Byliśmy tutaj i byliśmy zjednoczeni, troje splecionych w delikatnym tańcu bliskości i uzdrawiania.

Rafail zawahał się ledwie przez uderzenie serca, po czym przyciągnął mnie mocniej do siebie; jego usta znów musnęły moje, rozpalając płomień, który wypędził zalegające cienie rozpaczy. Czułam, jak poddaje się chwili, jak napięcie z jego ciała odpływa, gdy pozwala pochłonąć się azylowi naszej bliskości.

Zbyt szybko nasze oddechy się uspokoiły, serca spowolniły. W pokoju zapadła cisza, przerywana jedynie naszym urywanym oddechem, a po chwili ustał i on. Alyster i Rafail wkrótce zasnęli, zaspokojeni.

Leżałam bez ruchu, wtulona między Alystera i Rafaila, ale myślami byłam daleko. W pokoju panował półmrok, rozproszone światło rzucało cienie na ściany, przez okno sączyła się blada poświata księżyca. Ciepło piersi Alystera przy moim policzku i oddech Rafaila na mojej szyi kontrastowały z chłodem moich zmartwień.

Łóżko lekko zaskrzypiało, gdy się poruszyłam, a moje oczy śledziły wzory cieni na suficie. Umysł nie przestawał pędzić. Ciężar odpowiedzialności przygniatał mnie, ołowiane brzemię aż łamało mi ramiona.

Wiele miałam do przemyślenia. Wciągnęłam Alystera i Rafaila w moją walkę z Setem i teraz byli tak samo zagrożeni jak ja. Może nawet bardziej. Choć utraciłam łaskę, wciąż byłam aniołem, a Zastępy mnie chroniły. Oni byli o wiele bardziej bezbronni.

Przeniosłam wzrok na okno; ciemność za nim odbijała zamęt w mojej głowie. Jak mogłam pokonać Seta i uwolnić Rafaila od klątwy, która go pętała? Aurelius nie zdołał odciąć magii Seta od duszy Rafaila. Jakie mieliśmy inne możliwości?

Zacisnęłam pięści, skrzydła drgnęły nerwowo. Ciepło dwóch mężczyzn u mego boku kontrastowało z chłodem moich zmartwień.

Rafail tak wiele wycierpiał. Zasługiwał na coś więcej niż bycie opętanym przez pradawnego boga. Choć klątwę rzucono na niego, zanim przyszłam na świat, to ja domknęłam ją, niewinnie sądząc, że ulżę mu w cierpieniu, umożliwiając bezbolesne i dowolne przemiany. Zamiast tego zrobiłam krok bliżej do spełnienia planu Seta. Nie mogłam się uwolnić od poczucia, że to moja wina.

Musiałam znaleźć sposób, by pokonać Seta, by uwolnić Rafaila od klątwy, która go wiązała. Ale jak?

Sen przyszedł niechętnie, wyrywając mnie z kojącego ciepła łóżka i wciągając w zimną, przytłaczającą atmosferę więzienia Seta. Powietrze było gęste i ciężkie, trudno było oddychać; cienie zdawały się pulsować własnym życiem. Nie było żadnych dźwięków, jedynie upiorna cisza.

Zatrzymałam się, serce waliło mi w piersi, i rozejrzałam się ostrożnie po więzieniu. Ściany były mroczne, złowrogie, zdawały się pulsować złowieszczą energią. Moc Seta.

To miejsce było przytłaczające, ale ciemność mnie nie kalała. Moje wewnętrzne światło pozostało nieskalane, skrzydła w półmroku migotały lekką tęczą.

Zwiedzałam więzienie Seta wiele razy, odkąd przeklęto mnie, bym dzieliła jego sny, znałam je więc dobrze. Stałam na niewielkim balkonie, patrząc w dół, do głównej komnaty. Widziałam Seta krążącego tam i z powrotem; na jego obliczu malowała się furia.

Cisza w więzieniu Seta była niemal namacalna, gruba, dławiąca, jak koc, który tłumił nawet szmer mojego oddechu. Zadrgał mi mięsień w szczęce, gdy starałam się utrzymać oddech płytki i kontrolowany, każdy wdech był zmaganiem z przytłaczającym powietrzem. Słyszałam najdrobniejsze rzeczy w tej martwej ciszy — szum krwi w uszach, szybkie łomotanie tętna i niski, drapieżny warkot, który wydawał Set, przemierzając swoje więzienie.

Nie ruszałam się. Gdybym była śmiertelna, może drżałabym ze strachu, ale byłam nieruchoma i cicha, ciało miałam sztywne, każdy mięsień napięty. Najlżejszy dźwięk mógłby zdradzić Setowi moją obecność, a ja sama zorientowałam się, że wstrzymuję oddech. Wypuszczałam go drobnymi, płytkimi porcjami, zmuszając ciało do rozluźnienia i bezruchu.

Napięcie w powietrzu było gęste, niemal dotykalne, a ja czułam ciężar obecności Seta, przygniatający mnie. Cienie w kątach komnaty pulsowały jego gniewem, migotały i przesuwały się, jakby były żywe. Wydawało się, że same ściany się zbliżają, ciężkie kamienie dławiły i przytłaczały.

Ruchy Seta były szybkie i pełne gracji, a jego ciało stanowiło dziwną mieszaninę ludzkiego i zwierzęcego. Długi, spiczasty pysk drgał, gdy węszył, i zastanawiałam się, czy czuje mój zapach. Nie śmiałam nawet sięgnąć ku jego umysłowi, by go nie zaalarmować.

Czułam, jak pot spływa mi po kręgosłupie, chłodne krople przesuwały się między łopatkami. Skrzydła miałam spięte, mięśnie napięte, zmusiłam się więc, by je rozluźnić, by pióra przylgnęły płasko do pleców. Serce waliło mi w piersi, ale zmuszałam się do bezruchu i milczenia.

Cisza była jak żywe stworzenie, przygniatała mnie, czułam jego gniew jak siłę fizyczną, napierającą na mnie, utrudniającą oddech. Każdy wdech był jak wciąganie ołowiu, walczyłam z odruchem kaszlu, by oczyścić płuca.

Nie wiem, jak długo tam stałam, patrząc, jak Set krąży, ale zdawało się, że minęła wieczność. Mięśnie paliły od wysiłku, by zachować bezruch, ciało buntowało się przeciw mojej samokontroli. Lecz wiedziałam, że jeśli się poruszę, jeśli wydam dźwięk, Set zorientuje się, że tu jestem — nie mogłam zaryzykować.

Napięcie w powietrzu było niemal nie do zniesienia, pragnęłam się poruszyć, uciec z tej przytłaczającej atmosfery więzienia Seta. Lecz wiedziałam, że gdybym to zrobiła, mogłabym zginąć, uwięziona w miejscu, gdzie nie mam mocy ani kontroli. Więc trwałam bez ruchu, w milczeniu, wpatrzona w twarz Seta, z ciałem skamieniałym od strachu i determinacji.

Nie musiałam sięgać do jego umysłu, by wiedzieć, co myśli. Był wściekły, rozjuszony, że był tak blisko odzyskania wolności w nowym ciele — ciele Rafaila — tylko po to, by ktoś udaremnił to w ostatniej chwili.

Set nagle przerwał krążenie i zaczął rzucać inkantację. Co on robił? Wszystko, co mówił mi Aurelius, wskazywało, że więzienie Seta jest odporne na magię. Magia nie miała stąd go wypuścić, więc co próbował osiągnąć?

Cienie na ścianie zaczęły się poruszać, pulsować energią. Czułam rytm, czułam, jak moje własne serce się do niego dostraja. Powietrze zaczęło migotać, najpierw ledwo, potem niemal namacalnie — zasłona energii, która zniekształcała przestrzeń wokół Seta.

Wciąż milczałam, ukryta. Gdyby Set zdał sobie sprawę, że tu jestem, gdyby mnie wyczuł... Nie chciałam się przekonać, co by zrobił.

Inkantacja była krótka, a głos Seta — niski, syczący. Moc słów sprawiła, że skóra mi ścierpła, włoski stanęły dęba na ramionach i na karku. Skrzydła drgnęły, zmusiłam je jednak do bezruchu, zmusiłam siebie do nieruchomości.

Powietrze wokół Seta zafalowało, zasłona energii przesłoniła go przed wzrokiem. Czułam moc w powietrzu, czułam, jak magia dudni mi w żyłach. To było upajające, oszałamiający pęd, który niemal kazał wyciągnąć rękę, dotknąć tej energii, posmakować jej.

Lecz tego nie zrobiłam. Trwałam bez ruchu, w ciszy, patrząc, jak powietrze migocze i pulsuje magią Seta.

Powietrze wokół Seta znów zadrżało, jak od żaru, i jedna ze ścian jego więzienia zmieniła się, stając się niczym lustro. A w lustrze pojawiła się inna twarz.

Królowa Maeve.

Maeve była olśniewająca; długie, rude włosy spływały jej po plecach spod złotej korony, szmaragdowe oczy połyskiwały złośliwością. Miała na sobie lśniącą zielono-złotą suknię, materiał opinał jej kształty; wyglądała jak ucieleśnienie królowej Fae. Jej uroda była tak doskonała, że niemal bolało na nią patrzeć.

W jej spojrzeniu nie było cienia uległości wobec Seta, żadnego śladu podporządkowania.

— Panie Secie. — Jej głos był chłodny, spokojny. — Wezwałeś mnie.

Usta Seta odsłoniły zęby w kpiącym grymasie. — Nie zapominaj o swoim miejscu, Maeve. Służysz mi.

Oczy Maeve zabłysły, ale ugięła przed nim kolano, skłoniła głowę. — Oczywiście, mój panie.

— Dobrze. — Uśmiech Seta się poszerzył, a jego spojrzenie drgnęło w bok, jakby patrzył na coś, czego nie widziałam. — Zostaniesz moją boginią-królową, Maeve. Będziesz rządzić u mego boku, nad wszystkimi krainami.

— Tak, mój panie. — Oczy Maeve błysnęły mieszaniną gniewu i ekscytacji. — Jak mogę ci służyć?

— Zbierz armię Fae i przyprowadź mi ją. — Głos Seta był pomrukiem, a ja dostrzegłam, jak oczy Maeve zwężają się nieznacznie.

— Jestem twoją wierną służebnicą, mój panie Secie. — Głos Maeve był gładki, ale widziałam, jak jej spojrzenie drga, jak kąciki ust się unoszą. — Lecz Fae nie tak łatwo rozkazać. Zebranie ich potrwa.

— Zrobisz to. — Głos Seta zamienił się w warkot, a oczy Maeve znów się rozszerzyły, usta rozchyliły w westchnieniu. — Sprowadzisz ich do mnie i uklękniesz przede mną jako moja bogini-królowa.

Oczy Maeve połyskiwały ambicją; skłoniła znów głowę, a usta wygięły się w uśmiech. — Jak rozkażesz, mój panie Secie.

Usta Seta skrzywiły się w pogardliwym grymasie; wyciągnął rękę, a dłoń przeszła przez lustrzaną powierzchnię ściany. Oczy Maeve rozszerzyły się; cofnęła się o krok, a dłoń powędrowała do rękojeści miecza u jej boku.

— Nie zapominaj, Maeve — warknął nisko Set — że jesteś moja. Albo będziesz mi służyć, albo zginiesz.

Oczy Maeve zapłonęły gniewem, ale znów skłoniła głowę, z uśmiechem na ustach. — Będę ci służyć, mój panie Secie. Sprowadzę ci armię Fae i uklęknę przed tobą jako twoja bogini-królowa.

— Dopilnuj tego. — Głos Seta był warczeniem; cofnął rękę, a lustrzana powierzchnia ściany zadrżała jak woda. Obraz Maeve zamigotał, po czym znikł, pozostawiając jedynie mroczną, duszną ciszę więzienia Seta.

Serce waliło mi jak oszalałe, myśli pędziły. Maeve zamierzała zebrać armię Fae i przyprowadzić ją Setowi? Co to dla nas znaczyło? Dla świata?

Cisza oplotła mnie na balkonie, powietrze było ciężkie od niewypowiedzianej groźby, tak że każdy oddech był jak wciąganie ołowiu. Set krążył pode mną, jego ruchy były niespokojne, niemal drapieżne, a cień migotał na mrocznych ścianach, przybierając to psie, to ludzkie kształty. Bezruch był złowieszczy, taka cisza, że każdy uderzający puls wydawał się głośniejszy. Czułam jego gniew jak namacalną siłę, napierającą na mnie, utrudniającą oddech. Samo powietrze pulsowało jego wściekłością, a cienie migały i tańczyły, jakby były żywe.

Trwałam cicho i nieruchomo, obserwując go. Gdyby wiedział, że tu jestem, sięgnąłby po mój umysł, drwiłby ze mnie. Byłam zdeterminowana, by go nie zaalarmować.

Set rzucił inkantację po raz drugi i ściana znów zadrżała. Tym razem pojawił się obraz pięknej kobiety o długich, ciemnych włosach i przeszywających, zielonych oczach. Miała na sobie czarną suknię, która opinała jej kształty, usta pomalowane głęboką czerwienią. Rozpoznałam ją natychmiast. Selene, przywódczyni sabatu, który miał w posiadaniu księgę zaklęć i ścigał Alystera, Rafaila i mnie przez pół Europy, próbując ją odzyskać, przyzywając demony i piekielne ogary bez względu na niewinnych ludzi wplątanych w tę zawieruchę.

Oczy czarownicy błyszczały ekscytacją. Patrzyła na Seta z mieszaniną strachu i pożądania, usta miała rozchylone, jakby miała zaraz coś powiedzieć, ale Set uprzedził ją.

— Selene. — Głos Seta był lodowaty, aż dreszcz przebiegł mi po kręgosłupie.

— Mój panie. — Selene skłoniła głowę, jej oczy błyszczały przebiegłością.

Usta Seta wygięły się w szyderczy uśmiech. — Naczynie, które dla mnie przygotowałaś, jest skompromitowane. Mogę go nie przejąć.

Spojrzenie Selene spochmurniało, wyostrzyło się. — Zmiennokształtny, Rafail?

— Tak. — Głos Seta był pomrukiem. — Anielska energia w nim jest zbyt silna. Może uniemożliwić mi przejęcie jego ciała. Potrzebuję, byś przygotowała inne naczynie.

Uśmiech Selene zgasł, skłoniła głowę, ale nie zanim dostrzegłam cień strachu w jej oczach. — Bez księgi zaklęć nie przygotujemy nowego naczynia. Ale znajdziemy sposób, mój panie. Nie zawiedziemy cię.

Wściekłość Seta była namacalna, poczułam ją jak podmuch żaru. Cienie wiły się i skręcały, a ja mimowolnie zrobiłam krok w tył, serce znów łomotało w piersi.

— Lepiej, żeby nie. — Warknięcie rozniosło się echem po komnacie.

Selene skłoniła po raz wtóry głowę. — Tak jest, mój panie.

— Jeśli chcesz zostać moją boginią-królową, musisz mi się dowieść — głos Seta spłynął jedwabiem. — Czyż nie tego pragniesz, Selene? Rządzić krainami u mego boku?

— Pragnę jedynie ci służyć, mój panie Secie — odparła Selene, choć w oczach miała nagą ambicję.

— W takim razie przygotuj mi nowe ciało! — Odprawił ją ruchem dłoni, a lustrzana ściana zadrżała, po czym pociemniała.

Cisza była niemal ogłuszająca, stałam bez ruchu, serce mi waliło. Co to znaczyło dla Rafaila? Dla nas? Jeśli Set nie mógł wziąć ciała Rafaila, co zrobi?

Zamarłam w przytłaczającej ciszy więzienia Seta, każdy zmysł wyostrzony. Powietrze było gęste i duszne, naciskało na skórę jak namacalny ciężar. Trudno się oddychało, każdy oddech był wysiłkiem, czułam, jak ciemność mnie otacza, przydusza.

Słowa Seta o Rafailu ugodziły mnie jak cios, serce przyspieszyło, zimny dreszcz spłynął mi po kręgosłupie. Rafail wciąż był celem. Jeśli Set nie zdołałby przejąć jego ciała, zniszczyłby go. Nie miałam co do tego wątpliwości.

Strach ścisnął mnie za gardło, walczyłam o oddech, myśli pędziły. Co mogliśmy zrobić? Jak ochronić Rafaila? Myśl o jego stracie była nie do zniesienia; zacisnęłam pięści tak mocno, że paznokcie wbiły mi się w dłonie. Oddech utknął w krtani, zmusiłam się więc do powolnych wdechów, próbując uspokoić serce.

Cisza była niemal ogłuszająca; słyszałam własny puls, czułam, jak krew dudni mi w żyłach. Mięśnie miałam napięte, każdy instynkt krzyczał, by biec, by uciec z tego miejsca. Ale nie mogłam się ruszyć, nie mogłam oderwać wzroku od Seta.

Nagły, wściekły ryk Seta sprawił, że serce podeszło mi do gardła, a ja obudziłam się gwałtownie, łapiąc powietrze, z sercem tłukącym się, jakby resztki snu lepiły się do mnie jak tłusty osad.

Usiadłam jak rażona piorunem na łóżku. Chłodne prześcieradła sunęły po mojej nagrzanej skórze, wciągnęłam ostry oddech, oczy miałam szeroko otwarte, błądziły po półmroku pokoju w poszukiwaniu zapewnienia. Strach po śnie nie chciał minąć i pół spodziewałam się ujrzeć Seta stojącego nade mną z oczami płonącymi gniewem.

Lecz nie było tam nikogo, tylko miękkie odgłosy nocy: szelest liści na wietrze za oknem, ciche skrzypnięcia starej twierdzy Sanctuary, która się układała. Duszna cisza więzienia Seta znikła, zastąpiona subtelnymi dźwiękami nocy dookoła.

Skrzydła drgnęły mimowolnie, pióra zaszumiały, a mnie przebiegł dreszcz, napięcie wciąż dudniło we mnie. Przeciągnęłam dłonią po włosach, próbując strząsnąć resztki snu, tłusty osad obecności Seta, który czepiał się moich myśli.

Musiałam się uspokoić, pomyśleć. Myśli pędziły, a konsekwencje tego, co zobaczyłam, wirowały w głowie. Rafail wciąż był celem. Set go zniszczy, jeśli nie zdoła przejąć jego ciała. A czarownica, Selene... była ambitna, niebezpieczna. Zrobi wszystko, by zyskać przychylność Seta. I Maeve! Zbierająca armię Fae! Teraz rozumiałam, czemu była w to wplątana; Set obiecał uczynić ją boginią-królową, władającą wszystkimi krainami, nie tylko Fae. Ale to samo obiecał Selene; czy jego dwulicowe kłamstwa da się obrócić na naszą korzyść? Nie widziałam jak.

Wzięłam głęboki oddech, próbując się ustabilizować. Chłodne powietrze wypełniło płuca, a ja powoli wypuściłam je, zakotwiczając się w teraźniejszości. Pościel była miękka na skórze, materac twardy pod ciałem. Pokój tonął w półmroku, zasłony były zaciągnięte przed nocą. Alyster i Rafail leżeli obok, oddychali równo i spokojnie, ciepło ich ciał koiło.

Ostrożnie wyswobodziłam się spomiędzy nich i podeszłam do okna; usiadłam na parapecie z kolanami podciągniętymi pod brodę, obejmując je ramionami. Wpatrywałam się w horyzont, aż bladoniebieska szarość zaczęła przebijać niebo, zwiastując świt — a ja wciąż nie miałam odpowiedzi na pytania, które dręczyły mój umysł.

ROZDZIAŁ DZIESIĄTY

ALYSTER

Poranne słońce muskało mi twarz, wyrywając mnie z niespokojnego snu. Przewróciłem się na obcym łóżku, a ciało bolało mnie w kilkunastu miejscach od twardego kamienia pod cienkim materacem. Daleko temu do miękkiego, mszystego posłania w moim leśnym domu.

Wciągnąłem głęboko powietrze, licząc na zapach dzikich kwiatów i nagrzanej słońcem ziemi, ale tutaj było chłodne i sterylne, niosło ze sobą tylko najlżejszą woń morza. Westchnąłem, otwierając oczy. Szare kamienne ściany, jedno wąskie okno. Sanctuary.

Mój wzrok powędrował ku oknu, a światło rzucało długie cienie przez pokój. Świtał kolejny dzień, kolejny dzień wygnania z krainy Fae. Z lasów o srebrnych pniach i słodkich, kwiatowych powiewów mojej ojczyzny.

Careena siedziała przy oknie, twarzą zwrócona ku światłu, z dalekim wyrazem w oczach. Jej długie, ciemne włosy spływały jedwabistą kaskadą na ramiona, lśniąc w porannym słońcu. Wyglądała jak posąg wyrzeźbiony z czarnego marmuru, a jej bezruch był niepokojący. Ramiona miała lekko zgarbione, a skrzydła drżały nieznacznie, jakby ciężar myśli był zbyt wielki do uniesienia. Rzadko widywałem ją inną niż doskonale opanowaną, doskonale pełną gracji, nawet pośród bitwy, ale teraz...

Teraz wyglądała, jakby dźwigała na barkach ciężar całego świata.

Przez chwilę tylko na nią patrzyłem, podziwiając jej urodę. Tak różniła się od kobiet z mojego ludu, z ich jasnymi włosami i oczami, śmiechem i pieśnią. Careena była jak ciemny klejnot — jej piękno chłodne i ostre, a moc wyczuwalna w powietrzu wokół niej.

Wstałem z łóżka, poruszając się powoli i ostrożnie. Ciało bolało mnie w kilkunastu miejscach po brutalnym sparingu z Hadranielem, ale był to ból dobry, znajomy. Przeszedłem przez pokój do Careeny i położyłem dłoń na jej ramieniu.

Odwróciła głowę, by na mnie spojrzeć, jej oczy ciemne i nieprzeniknione. — Alyster — powiedziała cicho. — Obudziłam cię?

— Nie. — Pokręciłem głową. — Nic ci nie jest, Careena?

Careena nie odpowiedziała od razu, a ja skorzystałem z okazji, by się jej przyjrzeć. Poranne światło obrysowywało jej sylwetkę, podkreślając delikatny łuk skrzydeł, fiołkowy poblask tańczący na piórach. Skrzydła miała wpół złożone

— znak niepokoju — a palce tak mocno ściskały parapet, że zbielały jej kłykcie.

Jej oczy były jak bliźniacze sadzawki o północnej głębi, odbijające światło wschodzącego słońca, i dostrzegłem w nich i strach, i determinację. Błysk zawziętej decyzji ścierał się z cieniem lęku, jak burza na horyzoncie.

— Śniła mi się Maeve — odezwała się Careena, głosem równym, choć słyszałem w nim ciężar emocji. — Rozmawiała z Setem. Zamierza zebrać armię Fae pod jego sztandarem.

Wpatrywałem się w nią, zaniemówiłem z wrażenia na moment. — Co?

Skrzydła Careeny znów zadrżały, gdy nabrała powietrza. — Widziałam ich w śnie. Maeve i Seta. Maeve była piękna jak zawsze, ale było w niej coś... władczego. Wyglądała jak królowa.

— Ona *jest* królową — odparłem sucho, a usta Careeny drgnęły w bladym uśmiechu.

— Tak, ale... wyglądała jak królowa z dawnych czasów. Wyniosła. Potężna. A Set... — zadrżała. — Był... przerażający. Wyglądał jak człowiek, ale było w nim coś nie tak. Coś... nieludzkiego. Oczy miał jak czarne dziury, wciągające światło. A jego głos...

Uścisnąłem delikatnie jej ramię. — Co mówili?

— Maeve powiedziała Setowi, że zbierze armię Fae dla jego sprawy. Że przyprowadzi mu ich, by dla niego walczyli. Powiedziała... — głos Careeny lekko zadrżał. — Powiedziała, że przyprowadzi mu armię nieśmiertelnych.

Zastygłem, oczy rozszerzyły mi się, gdy dotarły do mnie konsekwencje. Maeve, moja królowa, zwołująca armię Fae dla Seta? To było nie do pomyślenia. Niewyobrażalne. A jednak... wizje Careeny nigdy się nie myliły.

Zacząłem krążyć po pokoju, każdy krok odbijał mój narastający niepokój. — Maeve — wymamrotałem, z frustracją przeczesując dłonią włosy. — Co ty wyprawiasz?

Oczy Careeny śledziły mnie, gdy chodziłem tam i z powrotem, ale milczała. Ledwie to zauważałem, myśli pędziły. Maeve zawsze była bezwzględna, ambitna, ale to wykraczało poza wszystko, co kiedykolwiek sobie wyobrażałem. Zdradzić własny lud, poprowadzić go do boju dla szalonego boga...

Spojrzałem w stronę okna, czując ukłucie tęsknoty za krainą Fae. Zbyt długo nie widziałem lasów ojczyzny ani nie czułem magii ziemi pod stopami. A teraz... teraz mój lud był w niebezpieczeństwie, a tylko ja o tym wiedziałem.

Musiałem wrócić. Musiałem ich ostrzec. Ale...

Spojrzałem na Careenę, na ból w jej oczach, i serce mi ścisnęło. Przysiągłem ją chronić, stać u jej boku. Jak mógłbym teraz ją zostawić, kiedy mnie potrzebuje?

A jak mógłbym zostać, skoro mój lud był w niebezpieczeństwie?

Myśli pędziły, urywki wspomnień przewracały się jedne przez drugie. Przypomniałem sobie lasy krainy Fae, strzeliste drzewa i miękki, zielony mech pod stopami. Śmiech przyjaciół, ciepło słońca na twarzy. To uczucie przynależności, bycia częścią czegoś większego niż ja sam.

I twarze mojego ludu, dumę w ich oczach, gdy na mnie patrzyli. Nie mogłem ich zawieść. Nie mogłem pozwolić, by Maeve poprowadziła ich na śmierć.

Musiałem wrócić.

Zamknąłem oczy, czując, jak przygniata mnie ciężar obowiązku. — Muszę wrócić — powiedziałem, a słowa spadły w ciszę jak kamienie. — Muszę ją powstrzymać.

— Tak — głos Careeny był miękki. — Musisz.

Odwróciłem się do Careeny, znów kładąc dłoń na jej ramieniu, by tym dotykiem uziemić wzburzone emocje. Spojrzenie mimowolnie odpłynęło ku oknu, pozwalając, by poranne światło rozjaśniło pokój. Złote promienie jakby wniosły odrobinę klarowności do moich myśli.

Przez długą chwilę milczałem, w głowie wirował huragan wspomnień i zobowiązań. Zesztywniały mi ramiona, spojrzenie miałem twarde, a jednak głos zabrzmiał łagodnie, gdy przyznałem: — Od jakiegoś czasu myślę, że muszę wrócić do domu. Maeve trzeba powstrzymać, a tylko ja wiem, że sprzymierzyła się z Setem.

Postawa Careeny nieznacznie się zmieniła, uznając powagę moich słów, nie zrywając jednak więzi między nami. Mój wzrok spoczął na jej skrzydłach — połyskujące czernią pióra były przejmującym przypomnieniem tego, co zostawiałem. Lecz nie miałem wyboru. Tylko ja znałem zdradę Maeve. Tylko ja mogłem ostrzec mój lud.

Musiałem wrócić.

— Set obiecał, że uczyni ją swoją królową-boginią — powiedziała cicho. — Że będzie rządzić u jego boku wszystkimi krainami.

Słowa Careeny były jak nóż w brzuchu. Jęknąłem, zaciskając palce na parapecie, próbując pojąć to, co powiedziała. Kamień był pod palcami chłodny i chropowaty, zakotwiczał mnie w teraźniejszości, choć umysł wirował od konsekwencji ambicji Maeve.

Królowa-bogini. Maeve chciała zostać królową-boginią.

Mógłbym niemal podziwiać jej ambicję, gdyby nie była tak przerażająca.

Zamknąłem oczy, napięcie w mięśniach sprawiało, że aż bolał mnie uścisk na parapecie. Znałem Maeve od stuleci, służyłem jej wiernie niemal całe życie. Wiedziałem, że jest bezwzględna, że zrobi wszystko, by utrzymać władzę. Przemordowała się na tron i nigdy nie wątpiłem, że zrobi to samo, by go zachować. Ale to...

To było już coś zupełnie innego.

Nie zdawałem sobie sprawy z pełnej miary jej ambicji. Nie pojmowałem, że chce panować nie tylko nad krainą Fae, ale nad wszystkimi krainami. Że chce, by ją czczono jak boginię.

Powinienem był wiedzieć. Powinienem był to dostrzec. Wszystkie elementy leżały na miejscu, wystarczyło je ułożyć. Nie zrobiłem tego — i przez to mój lud znalazł się w niebezpieczeństwie.

Otworzyłem oczy, wpatrując się nieprzytomnie w kamienną ścianę przede mną. W pokoju panował bezruch, jedynym dźwiękiem był cichy szelest skrzydeł Careeny, gdy poruszyła się za mną. Poranne światło się przesunęło, złote promienie teraz padały po skosie na podłogę, wydobywając misterny rysunek w kamieniu.

Królowa-bogini. Maeve chciała zostać królową-boginią.

Brzmiało to strasznie, ale miało sens. Maeve zawsze była opętana żądzą władzy, zawsze sięgała po więcej. Nigdy nie zadowalała się tym, co miała. A teraz znalazła sposób, by zdobyć jeszcze więcej.

Wziąłem głęboki wdech, zmuszając się, by rozluźnić uścisk na parapecie. Nie mogłem pozwolić, by sparaliżował mnie szok. Musiałem działać. Musiałem ją powstrzymać.

Przez długą chwilę milczałem, w głowie wirował huragan wspomnień i zobowiązań. Zesztywniały mi ramiona, gdy przyznałem: — Od jakiegoś czasu myślę, że muszę wrócić do domu. Maeve trzeba powstrzymać, a tylko ja wiem, że sprzymierzyła się z Setem.

Postawa Careeny nieznacznie się zmieniła, uznając powagę moich słów, nie zrywając jednak łączącej nas więzi. Wzrok znów spoczął na jej skrzydłach — połyskujące czernią pióra były przejmującym przypomnieniem tego, co zostawiałem. Lecz nie miałem wyboru. Tylko ja znałem zdradę Maeve. Tylko ja mogłem ostrzec mój lud.

Musiałem wrócić.

Dłoń Careeny przykryła moją, jej dotyk był ciepły i pewny. — Rozumiem — powiedziała cicho. — Musisz iść.

Odwróciłem głowę, by na nią spojrzeć, zaskoczony spokojem w jej głosie. Oczy miała ciemne od bólu, ale w spojrzeniu kryła się pogodzona akceptacja. — Rozumiesz?

Skinęła głową. — Ta wojna będzie toczona na więcej niż jednym froncie. Ja muszę zostać tutaj, przygotowywać magiczne obrony Sanctuary, próbować znaleźć sposób, by powstrzymać Seta przed wyrwaniem się z więzienia i uczynieniem mnie swoją służebnicą. Ale ty... ty musisz udać się do krainy Fae. Musisz zatrzymać Maeve.

Zmarszczyłem brwi, zastanawiając się, czy nie przekonuje tak samej siebie, jak i mnie. Lecz jej oczy były jasne, spojrzenie nie drgnęło, gdy spotkało moje.

— To logiczny wybór — ciągnęła, tonem spokojnym i rzeczowym. — Jeśli Maeve zwołuje armię Fae dla sprawy Seta, kraina Fae padnie jako pierwsza. Musisz ostrzec swój lud, Alysterze.

Przełknąłem z trudem, gardło miałem ściśnięte emocjami. — Wrócę — obiecałem. — Gdy tylko ostrzegę mój lud, gdy zrobię wszystko, co w mojej mocy, by powstrzymać Maeve, wrócę do ciebie.

— Wiem. — Uśmiechnęła się blado. — Będę na ciebie czekać.

Skrzydła znów jej zadrżały, ale nie odwróciła wzroku. — Będzie mi ciebie brakowało — przyznała cicho. — Ale rozumiem. Masz obowiązek wobec swojego ludu.

Delikatnie ścisnąłem jej ramię. — Wrócę — przyrzekłem raz jeszcze.

— Wiem. — Uśmiechnęła się znowu, tym razem cieplej. — Będę na ciebie czekać.

Przez chwilę milczeliśmy, a ciężar tej chwili przygniatał nas oboje. Światło z okna kąpało Careenę w złotej poświacie, podkreślając delikatne piękno jej rysów. Na nowo uderzyła mnie świadomość, jak bardzo będzie mi jej brak.

— Cóż, to wszystko jest bardzo wzruszające, ale nie jestem pewien, czy zniosę jeszcze wiele — głos Rafaila przeciął naładowaną ciszę, suchy, rozbawiony. Myślałem, że śpi, ale wyglądało na to, że był przytomny przez cały czas. Jego brązowe oczy były czujne, postawa rozluźniona, a jednak gotowa, gdy usiadł i zsunął nogi z łóżka. Wyglądał jak drapieżnik, czekający na właściwy moment, by uderzyć. Przeszedł przez pokój i stanął obok nas, a jego spojrzenie migało między Careeną a mną. — No więc, jaki jest plan? Ty wracasz do krainy Fae, próbujesz powstrzymać Maeve przed zebraniem armii Fae dla sprawy Seta, a Careena zostaje tutaj i próbuje znaleźć sposób, by powstrzymać Seta przed wydostaniem się z więzienia?

Mrugnąłem, zaskoczony jego bezceremonialnością. — To... mniej więcej taki był zamysł, tak.

Rafail skinął głową, z zadumą na twarzy. — A co ze mną? Gdzie w tym twoim wielkim planie jest dla mnie miejsce?

Zmarszczyłem brwi, niepewny, co odpowiedzieć. Zanim zdołałem coś wymyślić, ciągnął dalej.

— Tutaj niewiele się przydam — stwierdził bez ogródek. — Nie jestem wojownikiem ani magiem. Nie pomogę Careenie w magicznych obronach i niezbyt się przydam w walce z pachołkami Seta. Ale tobie mogę się na coś przydać. — Spojrzał na mnie wprost. — Jestem zmiennokształtny. Mogę przybrać dowolną postać, jaką wybiorę. W krainie Fae mógłbym być pożyteczny. Na przykład jako szpieg.

Wpatrywałem się w Rafaila, zaskoczony jego propozycją. Chciał iść ze mną? Do krainy Fae? Tego się najmniej spodziewałem.

Lecz gdy rozważyłem jego słowa, na ustach powoli wykwitł mi uśmiech. Zmiennokształtny. Szpieg. Możliwości były nieskończone. Rafail mógłby przeniknąć do sił Maeve, zbierać informacje, może nawet sabotować jej plany. Ryzykowne — ale mogło się udać.

Najwyraźniej mina mi się zmieniła, bo oczy Rafaila zwęziły się, a przez twarz przemknął ostrożny grymas. — O czym myślisz?

— Myślę — powiedziałem powoli — że możesz być bardziej użyteczny, niż sądzisz. — Wznowiłem krążenie po pokoju, myśli rwały naprzód. — Maeve jest przebiegła, ale i arogancka. Nigdy nie podejrzewałaby zmiennokształtnego w swoim otoczeniu. A jeśli potrafisz przybierać dowolną postać, jaką zechcesz...

— Potrafię — potwierdził Rafail. — Każdą zwierzęcą postać, jaką chcę.

Skinąłem głową, plan już zaczął się układać. — Mógłbyś przeniknąć do jej sił, zbierać informacje. Może nawet sabotować jej plany. To niebezpieczne, ale...

— Do niebezpieczeństwa jestem przyzwyczajony — odparł lekko. — I świetnie skrywam swoją prawdziwą naturę. Myślę, że dam sobie radę.

Znów zacząłem krążyć, głowa pełna możliwości. Zmiennokształtny. Szpieg. Potencjał był ogromny. Ryzyko też.

Zdolności Rafaila mogły okazać się bezcenne w krainie Fae. Królewski dwór to labirynt intryg i podstępów, miejsce, gdzie tajemnice są walutą, a zaufanie rzadkim dobrem. Dla mnie te korytarze były już zamknięte — lecz zmiennokształtny zdołałby je przemierzać.

A poligony wojskowe... niemal słyszałem szczęk mieczy, ostre komendy, miarowy tupot marszu. Armia Fae to groźna siła, ale i miejsce, gdzie zmiennokształtny mógłby wtopić się niezauważenie — w postaci ptaka czy małego zwierzęcia. Rafail mógłby zbierać wywiad, poznać plany Maeve, może nawet sabotować jej wysiłki od środka. Ta myśl była zarazem ekscytująca i przerażająca.

Zatrzymałem się, wpatrzony w jaśniejące niebo za oknem. Ryzyko było ogromne. Jeśli odkryją Rafaila — zginie. A jeśli Maeve nabierze podejrzeń, że w jej szeregach kryje się szpieg, stanie się jeszcze groźniejsza. Lecz potencjalne korzyści... jeśli poznamy jej plany, jeśli zdołamy je pokrzyżować, może naprawdę będziemy mieli szansę ją zatrzymać.

Im dłużej o tym myślałem, tym wyraźniej widziałem, że zdolności Rafaila mogą dać nam znaczącą przewagę. Maeve jest przebiegła, ale i arogancka. Nigdy nie podejrzewałaby zmiennokształtnego u swego boku. Z pomocą Rafaila być może zdołamy odwrócić szalę na naszą korzyść.

Wziąłem głęboki oddech i poczułem, jak odradza się we mnie nadzieja. Plan był ryzykowny, lecz najlepszy, jaki mieliśmy. A z pomocą Rafaila może zdołamy zatrzymać Maeve i Seta, zanim będzie za późno.

Odwróciłem się do pozostałych. Rafail patrzył na mnie z ciekawością, głowę przechylił lekko na bok. Spojrzenie

Careeny błądziło daleko, myśli jasno były gdzie indziej. Zastanawiałem się, o czym myśli, ale nie było czasu, by się nad tym rozwodzić. Trzeba było dopracować plan.

— Rafail — powiedziałem stanowczo. — Jeśli mówisz serio, musimy omówić strategię. Jest wiele rzeczy, które musisz wiedzieć o krainie Fae, a czasu mamy niewiele.

Rafail skinął głową, spoważniał. — Jestem gotów. Powiedz mi, co muszę wiedzieć.

Spojrzałem na Careenę, spodziewając się w jej oczach dezaprobaty albo niepokoju, ale patrzyła na Rafaila z namysłem. — Możesz zostać tutaj, jeśli chcesz — powiedziała cicho. — Ale rozumiem twoją chęć, by być potrzebnym. Jeśli chcesz towarzyszyć Alysterowi, nie będę cię powstrzymywać.

— Dzięki, ale z Alysterem będę pożyteczniejszy — odparł Rafail z uśmiechem. — Poza tym nigdy nie należałem do tych, co siedzą i czekają, aż coś się wydarzy. Wolę być w samym środku spraw.

Careena skinęła głową, a jej spojrzenie powędrowało ku mnie. — Zatem postanowione. Ty udasz się do krainy Fae, a Rafail pójdzie z tobą. Ja zostanę tutaj i będę się przygotowywać na nadchodzącą bitwę.

Skinąłem głową, czując przypływ determinacji. Mieliśmy plan. Ryzykowny, ale najlepszy, jaki mieliśmy. A z pomocą Rafaila być może zdołamy powstrzymać Maeve i Seta, zanim będzie za późno.

ROZDZIAŁ JEDENASTY

RAFAIL

— JESTEŚ PEWNA, że to najlepsze wyjście? — Głos Careeny był pewniejszy, niż mój by był, choć wychwyciłem ledwie dostrzegalne drżenie pod jej słowami. Stała o krok za mną, a jej cień w wydłużającym się świetle łączył się z moim.

— Tak. — Gardło mi się ścisnęło. Słowo wyszło szorstciej, niż zamierzałem. — Set... czeka na każdą szczelinę, każdą chwilę słabości. Jeśli się przeze mnie przedrze... — Odwróciłem się w pół, wychwytując fioletowy połysk na jej skrzydłach. — Jeśli użyje mnie przeciwko tobie—

— Nie. — Ucięła mnie ostro, choć nie nieżyczliwie. Jej czarne jak północ oczy wbiły się w moje, niewzruszone. — Myślisz, że nie znam tego ryzyka? Myślisz, że nie rozważałam go setki razy?

Zrobiła krok w moją stronę, a jej skrzydła zaszumiały miękko, jak jedwab muskający kamień. Puls dudnił mi w uszach. Za blisko.

— Careena— — zacząłem, ale przechyliła głowę, uciszając mnie spojrzeniem.

— Boisz się — wyszeptała ciszej, niemal łagodnie. — Boisz się, że zostanie tylko pogorszy sprawę. Dla mnie. — Mignął cień uśmiechu, zniknął tak szybko, jak się pojawił. — Ale dystans niczego nie rozwiąże. Wiesz o tym.

— Może i nie — przyznałem, a słowa miały gorzki smak. — Ale co, jeśli się mylisz? Co, jeśli jeden mój błąd wystarczy, żeby on—

— Wtedy sobie z tym poradzę — przerwała znowu, podchodząc jeszcze bliżej. Tym razem nie cofnąłem się. Jej obecność była magnetyczna, nie do zniesienia i odurzająca zarazem. — Uważasz, że jestem taka krucha? Że nie potrafię się obronić?

— Nie to myślę — powiedziałem ciszej. — Ale nie zaryzykuję.

Przez dłuższą chwilę po prostu wpatrywaliśmy się w siebie, a powietrze między nami gęstniało od niewypowiedzianych słów. Jej dłoń drgnęła, jakby chciała mnie dotknąć, ale się powstrzymała. Zacisnąłem pięści wzdłuż ciała, walcząc z pragnieniem, by jej dotknąć, by powiedzieć: pieprzyć to, i zostać. By być samolubnym.

— Dobrze — powiedziała w końcu, powoli wypuszczając powietrze. Jej spojrzenie na moment opadło na ziemię, po czym znów spotkało się z moim. — Idź. Ale pamiętaj, Rafail — nie robisz tego dla mnie. Robisz to dla siebie.

Odwróciła się i odeszła, a pokój po jej wyjściu wydał się chłodniejszy. W powietrzu unosiła się jeszcze jej delikatna woń jaśminu, jak upiór, który nie chce mnie puścić.

Alyster czekał, oparty niedbale o ścianę z założonymi rękami. Jego srebrne oczy łapały nikłe światło, błyskając jak ostrza. Uniósł brew, a kącik ust drgnął mu w lekkim uśmiechu.

— Już skończyłeś się zamartwiać? — zapytał.

— Nie mam nastroju — mruknąłem.

— Nigdy nie masz — odciął się. — Wiesz, jak na kogoś, kto zarzeka się, że nie znosi dram, lubisz się w nich tarzać.

— Czego chcesz, Alyster?

— Proste. Potwierdzenia. — Wskazał niedbale drzwi. — Idziesz ze mną, tak? Do krainy Fae?

— Tak — rzuciłem krótko.

— Ach. — Jego uśmiech się rozszerzył, ostry i lisi. — Jakże to pokrzepiające. Jednak nie oparłeś się mojemu urokowi.

— Nie schlebiaj sobie! — warknąłem. — Nie jadę przez ciebie. Jadę, bo ci nie ufam.

— Jak zawsze szczery — powiedział, bardziej rozbawiony niż urażony. — To w tobie lubię, Rafail. Żadnej pozy, żadnych subtelności. Czysta, nieskażona podejrzliwość.

— Cieszę się, że cię bawię — mruknąłem.

— Bardziej, niż ci się wydaje. To ruszamy? — Wskazał w stronę drzwi, a ja wzruszyłem ramionami.

— Nie ma jak teraz. — Nie mieliśmy nic do pakowania. I tak by nas tylko spowolniło.

W miarę jak przeszliśmy przez ogromny, starożytny zamek, a potem na otwarty dziedziniec, między nami zapadła cisza. Późno popołudniowe słońce rysowało na bruku długie cienie, ale ciepło wcale nie rozplątywało węzła napięcia, który ściskał mi pierś.

Prawda była taka, że nie chciałem być sam. Nie teraz. Nie z Setem drapiącym po krawędziach mojej świadomości, jego głosem — ciągłym, trującym szeptem. Przy Caree nie czułem się... bezbronny w sposób, na który nie mogłem sobie pozwolić. Ale Alyster? To było coś zgoła innego.

Zerknąłem na niego kątem oka. Poruszał się z tą irytującą, fae'ową gracją, a jego złote włosy chwytały światło jak u jakiegoś cholernie książkowego bohatera. Ale pod tą ogładą i łatwym uśmiechem kryła się ostrość, niebezpieczna krawędź.

— Dlaczego tak naprawdę pozwalasz mi z tobą iść? — zapytałem nagle.

Spojrzał na mnie zaskoczony, po czym cicho się roześmiał. — Nie przepadasz za gadką-szmatką, co?

— Odpowiedz na pytanie.

— Dobrze. — Przechylił głowę, studiując mnie tymi niepokojącymi srebrnymi oczami. — Nazwijmy to... wspólnym interesem. Chcesz się stąd wyrwać, a twoje zdolności mogą się okazać bardzo przydatne w realizacji moich celów. I, wierz lub nie, twoje towarzystwo jest całkiem odświeżające.

— Odświeżające — powtórzyłem bez wyrazu.

— Tak. — Uśmiech wrócił, chytry i aż nazbyt świadomy. — Jesteś zachwycająco nieskomplikowany w swojej nieufności. Większość ludzi próbuje ją ukrywać albo ubierać w coś innego. A ty? Ty jesteś cudownie bezpośredni.

— Nadal nie odpowiadasz na pytanie — powiedziałem.

— Ależ odpowiedziałem — odparł gładko. — Po prostu nie podoba ci się odpowiedź.

— Świetnie — mruknąłem. — Tego mi brakowało: tajemniczy Fae z kompleksem wyższości.

— Wyższości? Ja? Nigdy. — Położył dłoń na sercu w udawanym oburzeniu.

— Powtarzaj to sobie — rzuciłem, przyspieszając krok.

A jednak kącik ust sam mi drgnął. Cholera. Wbrew rozsądkowi zaczynałem lubić tego aroganckiego drania.

— No chodźże, Rafail — zawołał za mną Alyster, w głosie brzmiał śmiech. — Jeśli mamy przeżyć tę małą przygodę, w końcu będziesz musiał nauczyć się mi ufać.

— Nie licz na to — odparłem.

— Ach, ale potrafię być bardzo przekonujący — stwierdził lekko, znów zrównując ze mną krok. — A czasu mamy pod dostatkiem.

Bogowie, dopomóżcie mi.

— Careena czeka — powiedziałem zamiast odpowiedzi, ucinając naszą wymianę.

Stała przy bramach Sanctuary, a jej skrzydła łapały nikłe światło przesączające się przez drzewa. Mieniły się zmiennymi barwami — raz fioletem, raz obsydianem — jak obietnica burzy trzymana tuż poza zasięgiem. Jej spojrzenie spotkało się z moim, ciemne jak północ, ale miękkie w głębi. Na jej widok pierś ścisnęła mi się w sposób, którego wolałem nie przyznawać.

— Rafail. — Wypowiedziała moje imię jak zaproszenie i przez ułamek chwili chciałem tylko zostać.

— Careena — powiedziałem cicho, podchodząc bliżej. Alyster został z tyłu, na tyle jednak blisko, by dać nam trochę przestrzeni, podczas gdy Aurelius stał przy bramie — niemy znak praw, które już razem złamaliśmy.

— Naprawdę odchodzisz. — To nie było pytanie.

— Tak. — Zawahałem się, przeczesując palcami włosy. — Nie podoba mi się to, ale... tak będzie lepiej. Dla ciebie.

— Przez Seta — powiedziała.

— Przez Seta — potwierdziłem. Obniżyłem głos. — Jeśli znów mnie przejmie, jeśli stracę kontrolę, staniesz w samym środku krzyżowego ognia. A ty masz własną walkę do stoczenia — beze mnie, który bym ci to jeszcze utrudnił.

Jej spojrzenie nie drgnęło, ale pod powierzchnią coś mignęło — zaskoczenie? Nie, łagodniejsze. Chyba zrozumienie. A może wdzięczność.

— Rafail, ja— — przerwała, przechylając lekko głowę, jak zawsze, gdy dobierała słowa. — Nie spodziewałam się, że... aż tak ci zależy.

— Nie doszukuj się w tym nie wiadomo czego — mruknąłem, odwracając wzrok. — Po prostu staram się nie spieprzyć bardziej, niż już spieprzyłem.

— Cóż — powiedziała, a w jej poważnym tonie zabrzmiała nuta rozbawienia — świetnie ci idzie dbanie o mnie wbrew sobie. Dziękuję ci za to.

— Nie ma za co — mruknąłem, choć ciężar w piersi odrobinę zelżał.

— Ale... — Zrobiła krok bliżej, a jej skrzydła drgnęły, gdy sięgnęła w fałdy szaty. Kiedy wysunęła dłonie, trzymała dwa wisiorki na delikatnych, złotych łańcuszkach. Czarne pióra, oplecione cienkim drutem, lśniły lekko między jej palcami. Najpierw podała jeden mnie, potem zwróciła się do Alystera, który wreszcie podszedł na tyle, by do nas dołączyć.

— To dla was — powiedziała po prostu. — Cząstka mnie, żebyście pamiętali, o co walczycie. Albo po to, by wam przypominała, że macie wrócić. — Uśmiechnęła się lekko, figlarnie. — A tobie, Alysterze, pomyślałam, że złoto będzie bardziej pasować niż srebro.

— Słuszny wybór — rzucił Alyster, składając drobny ukłon.

— Złoto bardziej ci pasuje niż srebro — powiedziałem na głos, smakując słowa w powietrzu. — Co dokładnie miałaś na myśli?

Careena uśmiechnęła się, ale nie odpowiedziała; jej spojrzenie umknęło ku Alysterowi, jakby mówiła, że to jego sekret do opowiedzenia.

— Srebro — powiedział Alyster prosto. W jego tonie pobrzmiewała swoboda, ale i nuta ostrożności. — Dla Fae to nie tylko biżuteria. Może nas zabić. Niełatwo, ale dość skutecznie. Dawniej srebrne noże były... problematyczne dla mojego rodzaju.

— „Problematyczne", tak? — powtórzyłem sucho. — I mówisz mi o tym dopiero teraz?

— Czy to by coś zmieniło? — Zerknął na mnie tymi nieznośnie jasnymi, srebrnymi oczami. — Poza tym, nie zauważyłeś? Większość broni dziś to stal. Srebro jest rzadkie. Drogie. A stal— — Machał ogólnikowo dłonią. — Ma ten sam pazur.

— Ale stal w krainie Fae jest zakazana, prawda? — podsunąłem, łącząc fakty.

— Bardzo dobrze. — Wykonał udawany ukłon. — Nikt nie chce ryzykować. Sama Królowa egzekwuje ten zakaz.

— Wygodnie — mruknąłem, a szczęka mi się zacisnęła. Dłonie odruchowo się poruszyły, tęskniąc za czymś solidnym, ostrym, niezawodnym. — A jeśli moje pazury albo kły nie wystarczą?

— Wtedy improwizujesz — odparł gładko Alyster, a jego uśmiech się wyostrzył. — W tym jesteś dobry, prawda?

— Improwizacja działa tylko wtedy, gdy masz z czego wybierać — odburknąłem. — Wchodzić do waszego świata bez broni to szybka droga do grobu.

— Nie bez broni — sprostował, dotykając wisiorka na własnym gardle. — Masz spryt, siłę i— — Wskazał na mnie z przekąsem. — Moje czarujące towarzystwo. Czego chcieć więcej?

— Czegoś, co nie polega na twoim wdzięku — odparłem bez cienia rozbawienia.

Głos Aureliusa przeciął naszą wymianę jak ostrze, ostry i wyważony. — Być może to wystarczy.

Odwróciłem się, widząc, jak podchodzi, srebrzyste szaty łapią światło, a połysk jego skrzydeł składa się za plecami. W wyciągniętej dłoni spoczywał sztylet — rękojeść prosta, lecz elegancka, a klinga niewątpliwie srebrna. Metal lśnił zimno i groźnie.

— Proszę to przyjąć — powiedział Aurelius, podając mi broń bez wahania. Jego wyraz twarzy, jak zawsze, był nieczytelny, lecz w geście pobrzmiewała ostateczność.

Zawahałem się, przenosząc wzrok między nim a orężem. — Ot tak mi to Pan daje?

— Proszę traktować to jako tymczasową pożyczkę — odparł chłodno. — Jeśli zamierza Pan zapuścić się do krainy Fae, potrzeba Panu czegoś więcej niż pazurów i kłów. To ostrze dobrze Panu posłuży przeciw zagrożeniom, których nie sposób przewidzieć.

— Hojnie — mruknąłem, lecz palce same zacisnęły mi się na rękojeści. Ciężar był dobry, solidny. Mała część mnie nienawidziła, jak bardzo doceniłem ten gest.

— Kiedy przyjdzie pora — rzucił tajemniczo Aurelius — będzie Pan wiedział, co z nim zrobić.

— Srebro — zagwizdał przesadnie Alyster, wyraźnie rozbawiony. — Jakże to uprzejme z Pana strony, aniele. Choć muszę przyznać — jego uśmiech się poszerzył — wcale mi nie przeszkadza, jeśli on to sobie zatrzyma.

— Niech Pan nie kusi losu — warknął Aurelius, choć jego uwaga pozostała wciąż skupiona na mnie.

— Czemu tak ci zależy, żebym to miał? — zapytałem Alystera, mrużąc oczy.

— Nazwijmy to... spokojem ducha — odparł tajemniczo, a jego uśmiech złagodniał do czegoś na kształt szczerości. — Poza tym wolałbym nie tłumaczyć Careenie, czemu nie wróciłeś.

— Macie wrócić! Oboje. — Już sama sugestia, że mogłoby być inaczej, wywołała w niej oburzenie. Zrobiła krok naprzód, przytulając najpierw Alystera, a potem mnie.

Jej ramiona były jak dom i ledwie zdołałem oderwać się od miękkiego pocałunku, który musnęła moich ust, po czym ruszyć przez bramy wraz z Alysterem. Nie obejrzałem się. Nie mogłem. Mógłbym się złamać i pobiec z powrotem, a nie pozwolę, by moja własna słabość stała się szczeliną w jej niebiańskiej zbroi.

Byliśmy już daleko od Sanctuary, a miękki chrzęst liści pod moimi butami był jedynym dźwiękiem przerywającym ciszę między nami, kiedy znów byłem w stanie mówić. — Więc — spytałem, zerkając ukradkiem na Alystera — jak dostaniemy się do krainy Fae? Potrzebujemy jakiegoś pradawnego kamiennego kręgu, mistycznej inkantacji przy pełni, czy—

— Nic tak dramatycznego — przerwał Alyster, a jego srebrne oczy błysnęły figlarnie. Na jego ustach rozciągnął się ten uśmiech — taki, który zawsze mówił, że wie coś, czego ty nie wiesz. — Wystarczy każde przejście.

— Każde przejście? — zatrzymałem się, sceptyczny. — Brzmi zbyt łatwo.

— Ach — powiedział Alyster, unosząc palec jak nauczyciel — to *jest* łatwe. Ale jest haczyk. Gdy raz użyje się drzwi, by wejść do krainy Fae — jego głos stężał, niosąc ciężar, którego wcześniej w nim nie słyszałem — można ich także użyć do powrotu. A uwierz mi, Rafail, nie chcę połączenia prowadzącego z powrotem do Sanctuary. Teraz, ani nigdy.

Zacisnąłem szczękę. — Słusznie. — Ostatnią rzeczą, jakiej chciałem, było narażać Careenę jeszcze bardziej. — To gdzie jest to magiczne przejście?

— Cierpliwości — odparł Alyster z irytującym błyskiem rozbawienia. — Najpierw potrzebujemy dystansu. Sanctuary musi pozostać nienaruszalne. — Zawahał się, mierząc mnie wzrokiem, który zsunął się na srebrny sztylet u mojego boku. — W innych postaciach jesteś szybszy, prawda? Wilk lepiej by ci pasował na tę drogę.

— Wygodnie dla ciebie — mruknąłem, ale nie mogłem zaprzeczyć. Bieg na czterech łapach będzie szybszy — szybciej, niż on zapewne sądził. — Na pewno nadążysz?

— Przekonaj się — odparł z uśmieszkiem, po czym, ot tak, rzucił się do biegu.

— Popisujesz się — warknąłem pod nosem, nim pozwoliłem przemianie przejąć kontrolę. Futro spłynęło po moich ramionach; kości strzeliły, zmieniając kształt. Błysk bólu przeszył mnie na uderzenie serca, ostry, elektryczny, po czym stępił się w czystą moc.

Wylądowałem na czterech łapach, a dno lasu stało się nagle ostrzejsze dla zmysłów — wilgotna ziemia, cierpki zapach mchu, najlżejszy szelest wiatru w gałęziach. Każdy dźwięk, każdy zapach uderzał we mnie niczym symfonia, przytłaczająca, lecz upajająca. Szpony wbiły mi się w ziemię, gdy ruszyłem do przodu.

Wiatr wył mi w uszach, kiedy prułem przez las, a łapy miarowo dudniły o ziemię. W nozdrza wdzierała się woń mokrej kory i miażdżonych liści, zmieszana z ostrą nutą potu Alystera przede mną. Był szybki — nienaturalnie — ale trzymałem mu się na ogonie, nie pozwalając mu odskoczyć. Mój wilk karmił się pościgiem, surową siłą, która pulsowała w kończynach, i dreszczem rywalizacji, który trzaskał jak ogień w żyłach.

— I to wszystko, na co cię stać? — Głos Alystera przeciął świst wiatru, zaczepny, aż nazbyt swobodny jak na kogoś, kto powinien biec na pełnym gazie.

Kłapnąłem zębami w powietrze, wymykając niski warkot. Nawet się nie zasapał. Typowa fae'owa arogancja.

— Mów dalej — pomyślałem, choć mój wilk nie bardzo umiał w słowa. Zamiast tego ruszyłem naprzód, zmniejszając dystans między nami. Obejrzał się, szczerząc się jak zadufany drań, którym był, po czym przeskoczył powalone drzewo z taką gracją, że wyglądało to na dziecinnie łatwe. Popisujący się dupek.

Noc spadła bez ceremonii, niebo wyblakło, aż rozpuściło się w atramentowej czerni. A my wciąż biegliśmy. Las rozciągał się bez końca dookoła, cienie gęstniały z każdą milą. Mięśnie paliły, ale parłem dalej, nie chcąc zwalniać. Alyster nie potknął się ani razu — nawet gdy podszyt zrobił się gęsty i splątany, albo gdy grunt pod nogami zmienił się w zdradliwą pułapkę. Jeśli już, to zdawał się silniejszy, bardziej żywy, gdy księżyc wspiął się wysoko nad nasze głowy.

W końcu, gdy świt zaczął barwić horyzont, zwolnił. Jego sylwetka rozmazała się, złote włosy chwyciły nieliczne promienie, które przebiły się przez sklepienie koron. Przed nami zrujnowana pasterska chatka niepewnie wspierała się o zbocze, jej zwietrzałe kamienie obleczone mchem. Z dachu sterczały połamane belki jak żebra z padliny.

— Tutaj. — Alyster zatrzymał się gwałtownie, opierając dłoń o powykrzywione odrzwia. Odwrócił się, patrząc, jak podbiegam i zatrzymuję się obok. — To się nada.

Bez wahania się przemieniłem, zmiana przetoczyła się przeze mnie jak ostry przypływ. Futro ustąpiło miejsca skórze; pazury wsunęły się w palce. Wypuściłem gwałtownie powietrze, prostując się; ludzkie zmysły były tępsze, ale stabilniejsze. Zimne powietrze kąsało nagą skórę, zignorowałem to jednak, strząsając brud z dłoni.

— Przytulnie. — Głos zabrzmiał chropawo, ochryple po godzinach milczenia. Wskazałem niedbale na zrujnowaną chatę. — Nie myślałem, że wy, Fae, tak lubicie rudery do remontu. To twoje magiczne drzwi? — zapytałem, opierając się o drzazgowatą framugę. Nie odpowiedział od razu; uniósł dłonie i zaczął przyzywać magię, która zebrała się wokół jego palców w ciemnozielone sploty. Jego moc płynęła z Ziemi i niemal czułem zapach wilgotnej ziemi i sosen, kiedy narastała. Lśniła nienaturalnie, zbierając się w misternych wzorach, które rozlewały się na zewnątrz niczym szron pełznący po szybie.

— Wystarczająco blisko — odparł w końcu tonem lżejszym, niż bym wolał. — Trzymaj się z tyłu. Ta część nie jest zbyt stabilna.

— Pocieszające — mruknąłem, ale i tak cofnąłem się o krok, patrząc, jak powietrze faluje, wygina się i zniekształca wokół odrzwi. Narastał cichy pomruk, wibrując w piersi, a potem nagle, z *trzaskiem*, przestrzeń za progiem już nie była taka sama.

— Ty pierwszy — powiedział Alyster, wykonując zamaszysty gest.

— Hojnie — odwarknąłem, ale ruszyłem do przodu, wahając się tylko przez ułamek sekundy, nim przekroczyłem próg.

Świat się przesunął.

To nie było jak przejście przez drzwi. Bardziej jak połknięcie—powietrze i światło ścisnęły się wokół mnie, aż straciłem poczucie kierunku, góry i dołu. Żołądek wywinął mi się gwałtownie, a potem było po wszystkim. Twardy grunt uderzył w moje buty, zatoczyłem się do przodu i podparłem o chropowaty pień.

— Bogowie — mruknąłem pod nosem, opierając się, gdy mdłości odpływały. — Mogłeś mnie o tym uprzedzić.

— A posłuchałbyś? — Alyster odezwał się zza pleców, zdecydowanie zbyt rozbawiony. Przeszedł lekko przez migoczący portal, który już znikał, wyglądając irytująco opanowanie.

— Słuszna uwaga — chrząknąłem, prostując się. Potem rozejrzałem się wokół—i zesztywniałem.

Nie wiem, czego się spodziewałem. Zamków z księżycowego światła? Pól świecących kwiatów? Czegoś niemożliwie pięknego i nieziemskiego. To... to był po prostu las. Drzewa wyższe niż wszystkie, jakie widziałem, ciągnęły się bez końca we wszystkich kierunkach, pnie miały potężne i powykręcane, gałęzie splatały się wysoko nad głową, przepuszczając tylko smużki bladego światła.

Powietrze było gęste od zapachu mchu i ziemi, wilgotne i ciężkie, a jedynym dźwiękiem był lekki szelest liści, choć nie wiało.

— I to wszystko? — nie zdołałem ukryć rozczarowania w głosie. — To wasza legendarna kraina Fae?

— Spodziewałeś się pozłacanych wież? — zapytał Alyster, prześlizgując się obok. Uśmiech miał ostry, droczący, ale w głosie pobrzmiewała duma, gdy gestem objął las. — To *jest* nasza moc. Nieskończona. Nieokiełznana. Żywa. Nie wszystko musi lśnić, żeby było niezwykłe.

— Żywa, tak? — mruknąłem, z niechęcią zerkając w cienie między pniami. Miejsce naprawdę wydawało się żywe—aż za bardzo. Pod bezruchem brzmiał ledwo uchwytny pomruk, subtelna energia, która mrowiła na skórze. Stawiała moje instynkty na baczność, jakby ktoś się nam przyglądał. — Bardziej wygląda, jakby chciała mnie pożreć.

— Możliwe — odparł Alyster z irytującym spokojem. — Zależy, jak grzeczny będziesz.

— Świetnie — westchnąłem, przeczesując włosy dłonią. Palce wróciły wilgotne od potu, mimo chłodu w powietrzu. — To co teraz? Będziemy się włóczyć, aż coś spróbuje nas zabić?

— Niekoniecznie. — Alyster odwrócił się, a jego srebrne oczy błysnęły, gdy mi się przyglądał. — Ale radzę ci zostać blisko, zmiennokształtny. To, co tu się czai w ciemności, może ci się nie spodobać.

— Blisko — nie leżało w mojej naturze, ale nie dyskutowałem. Coś w tym, jak las zdawał się wokół nas oddychać, skutecznie trzymało mój sarkazm na uwięzi—na razie.

Zorientowałem się, że przeszliśmy na środek kamiennego kręgu, kiedy Alyster minął kamień sięgający mu do kolan.

Otaczały nas postrzępione, pradawne głazy, porośnięte mchem i pokryte ledwo widocznymi sigilami, które słabo świeciły. Prawie je słyszałem—szeptały sekrety, których nie chciałem znać.

— Dlaczego akurat tutaj? — spytałem ostro, przecinając ciszę głosem. Nie lubiłem stać w środku czegoś tak... naładowanego. — Co jest takiego wyjątkowego w tych kamieniach?

— Daleko od Maeve — odparł Alyster, ton nieczytelny, gdy przesunął dłonią po jednym z głazów. — I wystarczająco blisko miejsca, gdzie dorastałem. — Odwrócił się, posyłając mi ten chytry uśmiech, który zawsze zdawał się kryć więcej, niż pokazywał. — Część mojej rodziny wciąż krąży po tych okolicach. Jeśli mamy znaleźć sojuszników, zaczniemy od nich.

— Rodzina — powtórzyłem płasko, krzyżując ramiona. — Na pewno rozwiną przed nami czerwony dywan? Czy właśnie wchodzimy w kolejną śmiertelną pułapkę?

— Nawet by mi do głowy nie przyszło wciągać cię w coś niebezpiecznego — powiedział lekko, choć w oczach błyszczały mu figle. — A teraz wracaj do zwierzęcej postaci, lis czy wilk, jak wolisz. Przed nami kawał drogi, a wolałbym nie słuchać twoich narzekań przez cały czas. A poza tym będziesz dużo mniej rzucał się w oczy w zwierzęcej skórze, gdyby to nas wypatrzono jako pierwszych.

Miał rację i nie zamierzałem się sprzeczać. Byłem tu zbyt ludzki, mimo całej mojej magii zmiennokształtnego. Zmiana przyszła szybko; kości i mięśnie zaskrzypiały i przeobraziły się, aż wylądowałem na czterech łapach. Świat się wyostrzył—zapachy, dźwięki, barwy zalały mnie naraz. Wilgotna ziemia niosła tysiąc opowieści, wiatr szeptał o ruchu daleko w lesie.

— Lepiej — pochwalił Alyster. Przykucnął na moment, musnął palcami moje futro, po czym wyprostował się. — Nadążaj, zmiennokształtny. — I ruszył w gęstwinę, jakby same cienie rozstępowały się przed nim.

Podążyłem za nim, łapy bezszelestnie sunęły po podszyciu. Las Fae nie tylko był żywy—on pulsował. Każda gałąź, każdy liść drżał energią, od której jeżył mi się grzbiet. To było... nie tak. Zbyt dzikie. Zbyt świadome. A jednak, mimo niepokoju, kryło się w tym osobliwe piękno. Powykręcane korzenie wiły się pod ziemią jak żyły. Kwiaty jarzyły się cicho barwami, których nie umiałem nazwać.

Wtedy to zobaczyłem.

Na ścieżkę wysunęło się stworzenie, smukłe i blade jak księżycowy blask. Grzywa falowała jak płynne srebro, a z czoła dumnie sterczał spiralny róg. Jednorożec. Cholerny jednorożec.

— Serio? — wymknęła mi się myśl w postaci gardłowego warkotu; wilcza szczęka nie bardzo nadawała się do słów. Mimo to Alyster spojrzał przez ramię, przyłapał mnie z rozdziawionym pyskiem i wybuchnął śmiechem.

— Twoja mina! — wychrypiał między wybuchami śmiechu, opierając się o pobliskie drzewo. — O, bezcenne. Co, myślałeś, że nie istnieją?

— Myślałem, że są przereklamowane — warknąłem—albo raczej próbowałem. Wyszło z tego kilka zirytowanych skowytów i pomruków, ale chyba zrozumiał sens.

— Przereklamowane? — Uśmiechnął się, unosząc brew.
— Cóż, przygotuj się, Rafailu. Przed nami o wiele większe
cuda.

Powietrze zmieniło się w chwili, gdy weszliśmy na polanę.
Z kępy ziemi wyrastał skupiony zespół domostw—jeśli
można je tak nazwać—ich ściany tworzyły powykręcane
korzenie i złocista kora. Przesiane przez korony światło
plamiło wszystko odcieniami zieleni i złota. Mój wilczy
nos drgnął na upajający zapach magii, pradawnej i wibrującej, przeplecionej delikatną kwiatową nutą, której nie
umiałem rozpoznać.

— Dom, słodki dom — mruknął Alyster, niezwykle miękko. Zerknął na mnie przez ramię, srebrne oczy
połyskiwały jak lustra. — Postaraj się nikogo nie ugryźć.

— To zależy od nich — odparłem, wracając do ludzkiej
postaci; kości zatrzeszczały, ciało się przestawiło. Przemi-
ana zostawiła we mnie surową, nagą wrażliwość. Ale nie
chciałem spotkać tych ludzi na czterech łapach. Chciałem widzieć ich twarze, gdy spojrzą na mnie. Wyczuć, czy
dostrzegą ofiarę, czy sojusznika.

Zanim zdołałem dodać coś więcej, z cieni między doma-
mi—albo może *z* cieni—wynurzyły się sylwetki. Poruszali
się jak widma: wysocy, o ostrych rysach, niemożliwie gracji.
Na twarzach malowały im się ciekawość lub podejrzliwość,
ale nikt się nie odezwał.

— Alysterze — odezwał się w końcu jeden z nich, podchodząc bliżej. Mężczyzna, który mógłby uchodzić za bliź-

niaka Alystera, gdyby nie cień lat wyrysowany w kącikach oczu. — Przyprowadzasz tu obcych?

— Jednego obcego — sprostował gładko Alyster, wskazując na mnie. — I to przyjaciela, przynajmniej na razie. Gdzie jest ciotka Artaria?

— W środku — odparł mężczyzna, zatrzymując na mnie spojrzenie u ułamek sekundy dłużej, niż należało. — Będzie chciała wyjaśnień.

— Oczywiście, że tak. — Alyster posłał oszczędny uśmiech i skinął, bym poszedł za nim. — Chodź, Rafailu. Miejmy to za sobą.

Wnętrze największego domu było półmroczne, rozświetlane przez świecące kule zawieszone w powietrzu. Powietrze gęstniało od zapachu ziół i czegoś metalicznego, jak krew po zetknięciu z powietrzem. Na końcu sali siedziała kobieta, która mogła być tylko Artarią. Jej obecność wypełniała przestrzeń, choć niemal się nie poruszała. Włosy, srebrne jak oczy Alystera, spływały jej na ramiona, a spojrzenie przygwoździło nas w progu.

— Mów — rozkazała, głosem niskim i bogatym, jak mruczenie odległej burzy. — Po co tu przyszedłeś, Alysterze? Przysiągłeś wierność Maeve; czego chce od Vayir?

Skłonił się nieznacznie, tak subtelnie, że prawie tego nie zauważyłem. — Maeve spiskuje z Setem.

Pokój jakby wstrzymał oddech. Wyraz twarzy Artarii się nie zmienił, ale powietrze wokół niej stało się chłodniejsze, ostrzejsze. Nawet świetliste kule przygasły.

— Wyjaśnij — powiedziała śmiertelnie spokojnie.

— Szuka mocy większej, niż nawet Fae mogą dać — ciągnął Alyster ostrożnie, ważąc słowa. — Set oferuje jej tę moc, ale za cenę. Taką, której, wątpię, że zechce udźwignąć sama.

— Wystawiłaby nas? — Artaria podniosła się powoli, każdy ruch miała wyważony. Jej gniew nie był głośny; był opanowany, jak burza czekająca na pęknięcie. — Jemu?

— Na to wygląda — odparł Alyster pewnym głosem. — Uznałem, że powinnaś wiedzieć, zanim Maeve wykona następny ruch.

— Następny ruch? — Śmiech Selene zabrzmiał gorzko, ostry jak potłuczone szkło. — Jeśli już sprzymierzyła się z Setem, to swój ruch wykonała. Nie możemy czekać, aż uderzy ponownie.

Jej spojrzenie przemknęło po zebranych, twarde i nieustępliwe. — Zbierzcie armie. Każde ostrze, każdy łuk, każdą odrobinę magii, jaką zdołamy przywołać. Jeśli Maeve sądzi, że może zdradzić własny lud, przekona się, jak bardzo się myli.

— Czy to nie jest... trochę przedwczesne? — odezwał się delikatnie Alyster, choć w głosie pobrzmiewało napięcie. — Nie wiemy jeszcze, jak głęboko sięga wpływ Seta—

— Dość! — ucięła Artaria, uciszając go. Jej oczy wwierciły się w niego. — Ty mnie o tym poinformowałeś, Alysterze, i zamierzam działać. Czy wolałbyś, żebym siedziała z założonymi rękami, podczas gdy Maeve wlecze nas wszystkich ku zagładzie?

Alyster wytrzymał jej spojrzenie, po czym skłonił głowę. — Nie, ciotko. Rób, co musisz.

— Dobrze. — Odwróciła się do reszty. — Przygotujcie się. Wojna nadchodzi, czy jesteśmy gotowi, czy nie.

Rozkaz Artarii wciąż dźwięczał mi w uszach, gdy wychodziłem z Alysterem z sali. Na zewnątrz było zimniej, niż się spodziewałem; chłód gryzł skórę mimo gęstego sklepienia lasu. Nie zwalniał kroku, długimi susami oddalając się od reszty, jakby musiał uciec przed rozmową, którą właśnie odbyliśmy. Dotrzymywałem mu kroku, choć nie było to proste.

— Dokąd idziesz? — zapytałem w końcu.

— Nigdzie — odparł, nie oglądając się. — Po prostu... gdzieś, gdzie jest ciszej.

Skończyło się na brzegu płytkiego strumyka; woda była ciemna i niespokojna w bladym świetle księżyca, które przesączało się przez drzewa. Alyster stał przez chwilę, wpatrzony w falującą taflę, jakby skrywała odpowiedzi. Może skrywała. Nie przepadam za refleksją—dosłownie ani w przenośni—ale wyglądał, jakby przydało mu się towarzystwo, które nie kłuje rozkazami i ostrymi krawędziami.

— Nie tego się spodziewałeś, co? — odezwałem się, niby od niechcenia opierając plecy o pobliskie drzewo. Ton miałem lekki, ale wzroku z niego nie spuszczałem. Napięcie w ramionach nie zelżało mu ani odrobinę od chwili ogłoszenia Artarii.

— Skądże — odparł cicho, niemal zagłuszony pluskiem strumyka. Skrzyżował ramiona i pierwszy raz, odkąd go poznałem, wyglądał... na zmęczonego. Nie fizycznie, nie do końca. Głębiej. — Myślisz, że tego chciałem?

— Nie wiem, czego chcesz — przyznałem. — Ale nie wyglądałeś na zachwyconego, gdy twoja ciotka kazała zwołać armię. Więc tak, zgaduję, że to nie było w planie.

Parsknął krótkim, pozbawionym wesołości śmiechem. — Nie. Nie było. — Jego srebrne oczy musnęły mnie spojrzeniem, zwykły blask przygasł czymś, czego nie umiałem nazwać. — Wojna domowa to nie rozwiązanie, Rafailu. To destrukcja. Chaos.

— To po co jej powiedziałeś? — Odepchnąłem się od pnia i podszedłem bliżej. — Musiałeś wiedzieć, co zrobi.

— Oczywiście, że wiedziałem! — Słowa wyrwały mu się głośniej, niż zamierzał, skrzywił się i rzucił spojrzenie w stronę odległych świateł domu. Głos zsunął mu się z powrotem do niskiego, surowego tonu. — Myślisz, że nie nienawidzę się za to? Za zwalenie jej tego bałaganu na głowę?

— Zgaduję, że nie widziałeś wielkiego wyboru — powiedziałem cicho.

— Żadnego, który i tak nie sprowadzałby nas tutaj — przykucnął przy strumyku, z frustracją przeczesał dłonią złote włosy. — Maeve już przesuwa pionki, zbiera armie. Jeśli będziemy czekać, jeśli zawahamy się, będzie po wszystkim, zanim zdążymy odpowiedzieć. Ale zaczynać to tera z... — Urwał, kręcąc głową.

— Taa, no cóż. — Przykucnąłem obok, ignorując wilgotny chłód ziemi. — Czasem to, czego chcemy, niewiele znaczy, kiedy świat się sypie.

— Mądre słowa jak na złodzieja — mruknął, choć bez zadzioru.

— Ej, kradnę rzeczy, nie mądrość. Ta jest za darmo — powiedziałem, co wywołało ledwie dostrzegalne drgnięcie jego ust. To nie był uśmiech, nie do końca, ale zawsze coś. Zapadła między nami cisza, ciężka, ale nieniewygodna. Po prostu... była.

Strumyk dalej szemrał, las szeptał wokół nas, kiedy siedzieliśmy w milczeniu. Czekając. Myśląc. Szykując się na burzę, którą właśnie rozpętaliśmy.

Rozdział dwunasty

Careena

Drzwi biblioteki jęknęły, gdy je popchnęłam, starożytne drewno było cięższe, niż wyglądało. W smudze bladego światła, która zdołała przemycić się przez wysokie, wąskie okno, wirowały drobinki kurzu. Moje buty dudniły o kamienną posadzkę, łup-łup-łup, przypominając, jak pusto brzmi to miejsce bez Alystera i Rafaila.

— Skup się — mruknęłam pod nosem, przeciągając palcami po krawędzi najbliższego stołu. Powierzchnia była zimna, gładka i zupełnie bezużyteczna. Żadne badania nie zagłuszą ciszy, która przygniata mnie jak ciężar. Nienawidziłam jej. Cisza pełna była pytań, na które nie chciałam odpowiadać.

Błyskotliwy dowcip Rafaila, jego doprowadzający do szału zwyczaj zaostrzania każdej kłótni bardziej, niż powinna — tęskniłam za tym. A Alyster... bogowie, nawet jego doprowadzający do szału uśmieszek zostawił we mnie jakąś dziurę. Taką, której w tej chwili nie zamierzałam uznawać. Nie było ich tutaj i nie mogłam pozwolić sobie na roztrząsanie, co znaczy ich nieobecność.

Złapałam najbliższy tom z kupki i rzuciłam nim na stół. Klaśnięcie skóry o kamień przecięło ciszę, aż podskoczyłam. Głupia. Słaba. Przycisnęłam dłonie płasko do okładki, szukając oparcia w jej szorstkiej fakturze. Nie byłam żadną rozemocjonowaną głuptaską wzdychającą do mężczyzn, którzy nawet nie byli moi, by do nich wzdychać.

— Careena. — Głos Aureliusa popłynął z cienia na drugim końcu sali, niski i pewny. Kotwica. — Nie mamy czasu do stracenia.

— Dzięki — powiedziałam, nie podnosząc wzroku. — Nie zauważyłam.

— Sarkazm odnotowany. Teraz: pomożesz, czy będziesz się dąsać?

— Może jedno i drugie. — Otworzyłam książkę, a kruche kartki zatrzeszczały pod moimi dłońmi. Zapach starego atramentu i papieru wzbił się ciężki i mdlący. Osadził się w gardle, nieproszony towarzysz bólu, który już tam tkwił.

— Cokolwiek trzyma cię w ruchu — odparł Aurelius, podchodząc bliżej. Jego złote oczy błysnęły w półmroku, jak zwykle nieczytelne. Był spokojny, opanowany. Pewnie nie myślał o nikim poza sobą i Setem. Zazdrościłam tej klarowności, choć wydawała się lodowata.

— Jak ty to robisz? — zapytałam prawie szeptem. Moje palce zastygły na stronie, obrysowując wyblakłe symbole. — Idziesz dalej, kiedy— Nie dokończyłam, bo głos mi się załamał, więc zagryzłam słowa, zanim zdradziły mnie jeszcze bardziej.

— Bo muszę — odparł po prostu. Bez litości. Bez ciepła. Tylko fakt. — I ty też musisz.

Zacisnęłam szczękę i skinęłam głową, choć moje skrzydła zadrżały w proteście. W kąciku oka mignął mi ich delikatny, fiołkowy poblask, szydząc z mojej udręki swoim pięknem. Nie czułam się piękna. Czułam się rozbita. Ale nie było na to czasu.

— Dobra — mruknęłam, waląc tyłek na taboret. — Do roboty.

Dnie wlokły się bez końca, nudne i monotonne, pełne starych ksiąg i zwojów. Nawet anielskie oczy — jak się przekonałam — potrafią się zmęczyć, a mózg, wiecznie spragniony wiedzy, może mieć jej dość. Chciałam coś robić.

Najbardziej ze wszystkiego chciałam wiedzieć, co u Alystera i Rafaila, ale żeby się tego dowiedzieć, musieliśmy poczekać na ich powrót.

Dźwięk kroków Aureliusa ostro i stanowczo odbijał się od kamiennej posadzki, gdy do mnie dołączył. On nie chodził — on maszerował, wyprostowany i pewny siebie, jakby każdy krok był oświadczeniem.

— Selene nie czeka, aż nadrobimy — powiedział, jego głos przeciął gęstą ciszę biblioteki. — Potrzebujemy oczu na jej sabacie. Natychmiast.

— Mogłabym pójść... — podniosłam się, ale on już kręcił głową.

— Nie ty.

— Inni aniołowie? — zapytałam. Moje skrzydła odruchowo drgnęły, napięcie w mięśniach odbijało się echem w ciasno zwiniętej sprężynie w piersi. — Wyślesz ich za nią? A Rada — powiedzieli, że nie możesz ingerować w Seta?

— To uzasadnione wykorzystanie sił — odparł bez wahania, a jego srebrne włosy łapały nikłe światło jak płynny metal. — Selene i jej sabat igrają z niebezpiecznymi magiami. Nie zamierzam czekać, aż wezwą większego demona, albo coś gorszego.

— „Zasoby" — powtórzyłam z goryczą pod nosem. U niego wszystko sprowadzało się do strategii, narzędzi i pionków. Nigdy ludzi. Nigdy żyć.

— Nie zgadzasz się? — Ton miał równy, ale pod spodem czaiła się krawędź, wyzwanie, bym się sprzeciwiła.

Ugryzłam się w język, gdy ciężkie drzwi się rozwarły. Hadraniel stał tuż za progiem, jego ogromne, brązowe skrzydła rozpostarte szeroko, niczym strażnik wykuty z kamienia. Dłoń spoczywała na jelcu jego ostrza, a nikły blask run wycinał ostre rysy w jego spokojnej twarzy.

— Strażniku — przywitał się Hadraniel głębokim skinieniem. Jego głos brzmiał jak żwir chroboczący o stal. — Wezwał mnie Pan?

— Należy namierzyć Selene i jej sabat — powiedział Aurelius bez zbędnych słów. — Musimy znać ich ruchy, liczebność, zamiary.

— Wyślij mnie. — Odpowiedź Hadraniela była natychmiastowa, nieugięta. Nieznacznie zmienił postawę, równomiernie rozkładając ciężar, gotów na wszystko, co miało nadejść.

— Nie pójdzie Pan sam — stwierdził Aurelius, wbijając przeszywające spojrzenie w Hadraniela. — Pójdzie Pan w towarzystwie dwóch innych. Tu potrzebna jest precyzja, nie brawura.

— Brawura. — Kącik ust Hadraniela drgnął, wystarczająco, by zasugerować, co sądził o tej uwadze. Ale i tak skinął głową. — Jak Pan rozkaże. Unakiel i Fenriel?

— Dobrze. — Aurelius przytaknął jego wyborom, po czym odwrócił się do mnie, a przez jego twarz przemknął króciutki, nieczytelny błysk. — Chcesz coś dodać?

— Tylko... — zawahałam się, słowa grzęzły mi w gardle. Brązowe skrzydła Hadraniela błyszczały jak tarcze, nieustępliwe i dumne. Mądrzejsza byłam, niż by podważać jego kompetencje, ale jednak... — Uważaj. Selene nie gra uczciwie.

— Ja też nie — odparł Hadraniel, a cień uśmiechu zatańczył w kąciku jego ust, nim obrócił się na pięcie i odmaszerował.

Biblioteka dusiła.

Regalowe wieże piętrzyły się po obu stronach, ich grzbiety popękane od starości, a stęchły zapach pergaminu i kurzu kleił się do powietrza. Obok mnie dogasała pojedyncza latarnia, jej światło drżało na stronicach starożytnego tekstu, nad którym ślęczałam od godzin. Palcami śledziłam starty atrament, symbole wirowały w wzory, których nie potrafiłam jeszcze rozczytać.

Aurelius siedział naprzeciwko, cichy jak skała. Jego srebrne włosy chwytały nikły blask latarni, a postawę miał nienaganną mimo niezliczonych godzin, które już tu spędziliśmy. Przewrócił stronę z precyzją, a miękki szelest papieru działał mi na nerwy.

— Coś już masz? — zapytałam, nie próbując maskować frustracji w głosie. Słowa wyszły ostrzejsze niż zamierzałam, ale zmęczenie zdarło ze mnie ogładę.

— Cierpliwości — odparł Aurelius, nawet nie podnosząc wzroku. Głos miał do szału spokojny, zdyscyplinowany. — Ta praca wymaga skupienia.

— Jasne. Skupienie — mruknęłam pod nosem. Moje skrzydła — ukryte, lecz niespokojne — świerzbiły, by się poruszyć, zrobić cokolwiek poza przekładaniem kruchych kartek i sitem martwych języków.

Trzasnęłam książką przed sobą, a dźwięk poniósł się przez sklepioną przestrzeń. — Siedzimy nad tym od dni, Aureliusie. *Dni.* Tymczasem Selene tam, na zewnątrz, przywołuje nie wiadomo co, a Set—

— Właśnie dlatego musimy kontynuować — przerwał, wreszcie podnosząc wzrok. Oczy miał ze stali, nieugięte. — Jeśli chcesz się przydać, czytaj dalej.

Warknęłam bezgłośnie, gdy znów pochylił głowę, po czym westchnęłam i sięgnęłam po kolejną księgę, gdzie papirus był znacznie starszy niż skórzane oprawy, które ktoś później dołożył. Pismo w środku było postrzępione, kanciaste — język, który dziś niewielu śmiertelników potrafiłoby rozczytać, jeśli ktokolwiek, ale dla moich anielskich mocy całkiem wyraźny. A tam, wykreślony atramentem tak ciemnym, że zdawał się pożerać światło, widniał wizerunek sztyletu, a wokół niego skrypt układał się raz po raz w jedno słowo.

Set.

Po kręgosłupie przebiegł mi chłód, gdy rozpoznanie uderzyło mnie jak grom. Ten sam misterny jelec, to samo okrutne wygięcie srebrnego ostrza. Sztylet, który Aurelius dał Rafailowi.

— Co to, do diabła, jest? — wyrwało mi się, gdy gwałtownie zerwałam się na nogi. — Aureliusie, co to jest?

— Careena. — Jego ton spoważniał, nabrzmiały władzą, ale odwróciłam się do niego, zanim zdążył powiedzieć cokolwiek więcej.

— Wyjaśnij — zażądałam, trzymając książkę otwartą między nami. Głos mi drżał; nie był już melodyjny ani ciepły — tylko surowy. — Co to jest? Dlaczego ten sztylet jest powiązany z Setem?

Zaciął szczękę, ale nie wyglądał na zaskoczonego. Oczywiście, że nie. Aureliusa nigdy nic nie zaskakiwało.

— Odłóż książkę — powiedział równym tonem.

— Nie, dopóki mi nie powiesz, w co grasz! — warknęłam, trzasnąwszy tomem o stół między nami. Płomień latarni zadygotał dziko od uderzenia. — Dałeś *to* Rafailowi. Uzbroiłeś go w coś związanego z Setem i po prostu—

— Dość — warknął Aurelius, głosem jak bat. Nagłość tego cięcia sprawiła, że się zachwiałam, ale tylko na moment.

— Dość? — powtórzyłam, nie dowierzając. — Ty siebie słyszysz? To ostrze — to nie jest zwykła broń. Więc mów, Aureliusie, co zrobiłeś? Co ukrywasz?

Wstał wtedy, powoli i rozmyślnie, a jego posągowa sylwetka rzuciła długi cień na stół. Przeszywające spojrzenie wbiło się w moje, nieustępliwe jak zawsze.

— Careena — zaczął, głosem niskim i miarowym — nie rozumiesz zawiłości tego, co wisi tu na włosku.

— To mnie oświeć — odcięłam, podchodząc bliżej. Nie zamierzałam się cofać — nie teraz. Nie kiedy elementy tej pokręconej układanki zaczynały wskakiwać na miejsce.

Po raz pierwszy coś drgnęło w jego twarzy. Nie wina, lecz... zawahanie.

— Dlaczego — naciskałam, już ciszej, lecz nie mniej stanowczo — dałeś Rafailowi coś związanego z tym, co próbujemy powstrzymać? Jaki jest twój plan, Aureliusie?

Jego milczenie było ogłuszające.

— Odpowiedz! — Pacnęłam otwartą dłonią w blat, dźwięk pękł w nieruchomym powietrzu. Aurelius nie drgnął ani o cal, wciąż górował nade mną, a jego srebrne włosy lśniły w blasku latarni niczym korona szronu. Jego milczenie było nie do zniesienia, gęste jak kurz oblepiający starożytne teksty wokół nas.

— To ostrze — powiedział wreszcie, lodowato spokojnym głosem — nie jest tym, za co je uważasz.

— To czym jest? — Oddech mi zadrżał, paznokcie wbiły się w dłonie. — Bo z mojej perspektywy wygląda to tak, jakbyś wręczył Rafailowi wyrok śmierci!

— Careena. — Wypuścił moje imię jak ostrzeżenie, nie odrywając od mnie przeszywającego spojrzenia. — Sztylet jest powiązany z Setem, tak. Ale mu nie służy. To narzędzie — stworzone, by go skontrować.

— Skontrować go? — powtórzyłam z niedowierzaniem. — Chcesz mi powiedzieć, że to coś — wskazałam palcem na księgę, gdzie rycina sztyletu łypała na nas złowrogo — to jakiś rodzaj zabezpieczenia? Przed czym? Przed kim?

— Nie „przed czym" — poprawił spokojnie Aurelius, choć zaciśnięta szczęka zdradzała frustrację. — Ktokolwiek zginie od tego ostrza, nie umiera tak, jak byś się spodziewała. Jego dusza trafia prosto do więzienia Seta w podziemiach. Uwięziona. Na zawsze.

Zastygłam, a jego słowa przecięły mój gniew jak lodowy odłamek. Więzienie Seta? Ciężar tej myśli wbił się we mnie, topiąc każdy następny tok rozumowania. — I nie uznałeś, że warto o tym wspomnieć, zanim wręczyłeś to Rafailowi?

— Mój głos spadł do niebezpiecznego półtonu. — Obchodzi cię w ogóle, co się z nim stanie?

— Oczywiście, że mnie obchodzi — syknął Aurelius, a jego wyważony ton na moment się zachwiał. — Ale tu nie chodzi o komfort ani wygodę, Careena. Tu chodzi o konieczność. O strategię.

— Strategię? — Wypatrywałam pęknięć w tym nieustępliwym pancerzu. — Dałeś mu broń, która może potępić każdego, kogo tknie, i mamy to nazwać strategią? Dlaczego Rafail? Czemu nie wysłałeś z nią któregoś ze swoich ukochanych aniołów?

— Bo to Rafail miał ją dzierżyć. — W jego słowach pobrzmiała ostateczność, od której aż zakręciło mi się w żołądku. Wyprostował się, barki napiął; jego obecność niemal dławiła. — Widziałem to.

— Widziałeś *to*? — syknęłam, robiąc jeszcze krok, aż poczułam ciężar jego autorytetu napierający na mój bunt. — Co dokładnie widziałeś, Aureliusie?

Zaciął usta, lecz za zimnymi oczami mignęło coś — niechętne, surowe. Gdy znów przemówił, było ciszej, ale nie lżej.

— Przewidziałem, że Rafail zabije Maeve.

Dar wglądu w przyszłość. Niesłychanie rzadki wśród aniołów, ale absolutnie nieomylny. Ludzie obdarzeni wzrokiem widzieli rzeczy zamglone, podatne na interpretację. Aniołowie widzieli tylko prawdę.

No tak, to tłumaczyło, czemu Aurelius był Strażnikiem.

Gęste powietrze biblioteki dusiło, a każde słowo, które właśnie padło z ust Aureliusa, oplatało mi klatkę piersiową coraz ciaśniej. Krążyłam, buty skrobały o starożytny kamienny posadzkę. Blade światło wpadające przez wysokie, wąskie okna cięło rzędy kruchych tomów, ale nie uspokajało burzy w mojej głowie.

— I to wszystko? — Mój głos przeciął przygniatającą ciszę. — Przewidziałeś, że Rafail zabije Maeve, więc wręczyłeś mu przeklęty sztylet, doskonale wiedząc, gdzie wyląduje jej dusza?

— Nie przeklęty — sprostował, tonem tak przyciętym, jakby precyzja liczyła się bardziej niż moralność. Stał sztywno, ręce splecione za plecami jak marmurowy posąg, który dawno zapomniał, jak to jest się zgiąć. — Sztylet to narzędzie. Zaprojektowane w bardzo konkretnym celu.

— Tak, wysyłania ludzi prosto do Seta. — Przestałam krążyć i odwróciłam się do niego, a ciężar mojego spojrzenia sprawił, że przestrzeń między nami stała się polem bitwy. — W ogóle rozumiesz, co zrobiłeś? Jeśli Maeve trafi do podziemi i będzie swobodna—

— Nie będzie swobodna. — Przerwał ostro, tnąc moje słowa jak krawędź tego przeklętego oręża. — Sztylet zapewnia, że jej dusza zostanie uwięziona w więzieniu Seta, a nie będzie się błąkać. To jedyne miejsce, gdzie nie może wyrządzić szkód.

— Chyba że zrobi dokładnie odwrotnie — odparłam. — Maeve to nie byle kto i dobrze o tym wiesz. Jest związana z Setem. Powiązana z nim. Co będzie, gdy zejdzie tam i zacznie wszystko rozrywać, próbując uwolnić go własnymi rękami?

— Wtedy już znajdzie się tam, gdzie trzeba. — Jego srebrne oczy błysnęły chłodno, bez cienia wahania. — W samym sercu jego więzienia. Zamknięta z nim.

Wpatrywałam się w niego, dech utkwił mi gdzieś między niedowierzaniem a wściekłością. Logika była bez zarzutu, owszem. Elegancka, nawet. Ale na bogów, miała smak goryczy. — I nie pomyślałeś, że Rafail zasługuje na ostrzeżenie, zanim wepchnąłeś go w to wszystko?

— Ostrzeżenie niczego by nie zmieniło — powiedział Aurelius, ale jego spojrzenie drgnęło. Ledwie. Wystarczająco, żebym wiedziała, że nienawidzi tego tak jak ja — tylko nigdy się nie przyzna. — Sztylet ma jeden cel, Careena. A Rafail... Rafail ma do odegrania swoją rolę.

— Swoją *rolę*? — Słowo wyplułam jak popiół. — On nie jest jednym z twoich żołnierzy, Aureliusie! On jest człowiekiem, który już wystarczająco się nacierpiał! Człowiekiem, który ci zaufał!

— Zaufanie jest bez znaczenia. — Głos mu stwardniał, wbijając każde słowo niczym gwoździe. — Liczy się powstrzymanie Seta przed rozsianiem zniszczenia po wszystkich istniejących sferach. Ten plan — wykonał kontrolowany gest, jakby ważył los na dłoni — to nasza najlepsza szansa, by do tego doprowadzić. Masz lepsze rozwiązanie?

— Może nie — przyznałam, przełykając twardą gulę w gardle. Moje skrzydła skuliły się ciasno, pióra drżały, gdy fala napięcia przeszła przez ciało. — Ale powinnaś była mu powiedzieć. Nie powiedziałeś, bo *co*? Bałeś się, że coś zepsuje? Nie ufasz mu?

— To nie kwestia zaufania — rzucił głosem jak hartowana stal. Nawet nie drgnął. Oczywiście, że nie. Każde jego słowo było rozmyślne, obliczone, nieporuszone. — Uprzedzanie rzadko działa tak, jak byśmy chcieli. Wygina przyszłość w coś chaotycznego, nieprzewidywalnego. Widziałem to zbyt wiele razy, by nie wiedzieć lepiej.

— Wygodne — odparłam, a moje skrzydła rozwarły się z trzaskiem, by podkreślić słowa. Przecięły powietrze jak grzmot — ostro, gniewnie. — Czyli Rafail zasługuje na chaos? Bo to dla *ciebie* wygodniejsze, jeśli pójdzie w to na ślepo?

— Careena. — Ton zniżył się ostrzegawczo, jakby upominał niesforne pisklę testujące granice. — To najlepsze rozwiązanie problemu Maeve. Najczystsza droga naprzód.

— Najczystsza dla *ciebie*! — Słowa wyrwały mi się, zanim zdołałam je zatrzymać. Ruszyłam bliżej, obcasy stuknęły o marmur. Na moich piórach zatańczyły słabe iskierki fioletu, niespokojna energia, której nie potrafiłam poskromić. — A co z Rafailiem? Co będzie, gdy dokona zamachu na królową Fae? Przewidziałeś ich zemstę? Jej wiernych rycerzy, którzy rozszarpią go na strzępy? Czy to cię w ogóle obchodzi?

Mignęło coś. Subtelne, prawie niezauważalne, ale widziałam — zaciśnięta szczęka, cień przemykający przez spojrzenie. To nie było zawahanie, niezupełnie wina, ale … coś bliskiego. Przez ułamek chwili wyglądał niemal jak śmiertelnik. Prawie kruchy.

— Careena — zaczął znowu, ciszej, choć nie mniej stanowczo. — To nie—

— Nie — ucięłam, robiąc kolejny krok. Tak blisko, że widziałam srebrne żyłki w jego tęczówkach. Tak blisko, że czułam ciężar jego autorytetu napierający na mnie jak burza. — Nie mów do mnie, jakbym była naiwną głupią, która nie rozumie, co tu jest stawką. — Głos mi pękł, gniew ustąpił czemuś surowszemu, bardziej nagiemu. — Ale Rafail to nie jest pionek na twojej planszy. On jest...

Urwałam, przełykając z wysiłkiem. Niewypowiedziane słowa zawisły ciężko między nami.

— Co z nim będzie po Maeve? — Zmusiłam się, żeby zapytać w końcu. — Co widziałeś? *Czy jeszcze kiedykolwiek go zobaczę?*

Nie drgnął. Oczywiście, że nie. Aurelius stał jak posąg, jego srebrne włosy chwytały blady blask kinkietów. Ale jego milczenie — ono mówiło więcej, niż kiedykolwiek powie.

— Więc nic. — Mój szept był ledwie słyszalny, ale niósł całą furię szarpiącą mi pierś. — Nie widziałeś dla Rafaila niczego po tej chwili, prawda? Nawet nie wiesz, czy przeżyje.

— Careena—

— Nie — syknęłam. — Po prostu to powiedz. Powiedz to, co oboje już wiemy. Wysłałeś go na tę misję, doskonale zdając sobie sprawę, że może nie wrócić. Jest dla ciebie wymienny, prawda? Tylko kolejna ofiara w twoim wielkim planie.

Jego oczy zwęziły się, zimna stal wbiła się we mnie. — To nieprawda.

— Jak to *nie* ? — Zbliżyłam się jeszcze, tak że musiałam unieść głowę, by patrzeć mu w oczy. — Bo dokładnie tak to wygląda. Wręczyłeś mu sztylet związany z Setem — broń tak niebezpieczną, że nawet go o niej nie ostrzegłeś — i wysłałeś go prosto w serce dworu Fae. Jak to *nie* jest traktowaniem go jak pionka?

— Dość. — Jego ton przeciął powietrze jak ostrze, ostry i ostateczny.

Ale nie przestałam. Nie mogłam. — Obchodzi cię w ogóle, co się z nim stanie? Czy jesteś tak odklejony, tak wyniosły, że—

— Dość! — Głos Aureliusa zagrzmiał, uciszając mnie w pół słowa. Uderzył dłonią w stół między nami, aż ocalałe księgi zadźwięczały. Przeszywające spojrzenie przykuło moje, nieustępliwe, a ja po raz pierwszy, odkąd go poznałam, zobaczyłam, jak za tymi srebrnymi tęczówkami coś płonie. Coś surowego.

— Myślisz, że tego chciałem? — Zniżył głos, jadowity, ale ciężar tych słów aż zatrzymał mi oddech. — Myślisz, że nie rozważyłem każdego wyniku, każdej konsekwencji? Myślisz, że nie obchodzi mnie, co stanie się z Rafailiem — albo z tobą?

— To dlaczego—

— Bo już walczyłem z Setem. — Każda sylaba spadała jak uderzenie młota. — Widziałem, co niesie. Zniszczenie. Cierpienie. Chaos, którego nie jesteś w stanie ogarnąć. Całe światy spalone do popiołów. To jest stawka, Careena. Nie jedno życie. Nie dwa. Wszyscy. I wszystko.

Przestrzeń między nami jakby wyssano z powietrza, a ciężar jego słów przygniatał mnie tak, że prawie ugięły mi się kolana. Wpatrywałam się w niego, szukając czegokolwiek — czegokolwiek — co ułatwiłoby przełknięcie tego. Cienia wątpliwości. Znaku, że nie jest tak niewzruszony, jak się wydaje. Ale nie było nic. Tylko zimna, nieporuszona determinacja.

— Wszyscy — dodał, ciszej, lecz nie mniej twardo — jesteśmy do poświęcenia, jeśli ma to zatrzymać Seta. Rafail. Ty. Ja. Co do jednego. Możesz tego nie lubić, Careena, ale to nie czyni tego mniej prawdziwym.

Przełknęłam z wysiłkiem, gardło miałam ściśnięte i suche. Skrzydła za moimi plecami drgnęły niespokojnie, fioletowe iskry przygasły do ledwie słyszalnego pomruku. Chciałam krzyczeć, czymś rzucić, wściekać się na bezduszną logikę jego słów. Ale nic więcej nie zostało do powiedzenia. I co gorsza — nie mogłam zaprzeczyć, że miał rację.

Ciężki łomot w drzwi biblioteki odciął mi oddech. Dźwięk poniósł się ostro i dobitnie, jakby sam świat wypuścił ostatnie tchnienie.

Wymieniliśmy spojrzenia — jego srebrne oczy zwęziły się, moje rozszerzyły. Moje skrzydła odruchowo drgnęły, pióra musnęły krawędź stołu. On poruszył się pierwszy, ruszył ku drzwiom z celem, od którego serce zaczęło mi walić. Podążyłam, z trudem powstrzymując dłoń, by nie chwyciła rękojeści miecza, którego instynktownie zaczęłam szukać. Mogłam nosić przeklęte ostrze Seta, ale absolutnie nie zamierzałam go używać, jeśli nie będzie to kwestia życia i śmierci.

Kolejny łomot. Ten słabszy. Pod szczeliną drzwi rozlała się ciemna smuga. Krew.

— Otwórz — rozkazał Aurelius, głosem jak pękająca stal.

Rozwarłam drzwi i Hadraniel zwalił się w próg. Jego brązowe skrzydła opadły, poszarpane i potłuczone, a metaliczny blask stężał w bezbarwną miedź. Jedno ramię wisiało bezwładnie, drugą dłonią ściskał bok, skąd krew lała się obficie między palcami.

— Pomóż mi— — wychrypiał, ale kolana ugięły się pod nim, nim dokończył. Złapałam go pod zdrowe ramię, a jego ciężar ściągnął mnie o krok w dół. Krew parzyła skórę, gorąca jak płomień, a paliła gorzej niż ogień.

— Wciągnijmy go do środka! — warknęłam, zmagając się z jego masą. Aurelius już działał, podniósł Hadraniela z łatwością, która kłóciła się z napięciem rysującym mu szczękę. Razem opuściliśmy go na kamienną posadzkę, a ciepła krew rozlała się wokół nas jak rozlana czerń atramentu.

— Selene — wychrypiał Hadraniel, głos zdarty przez okropieństwa, których doświadczył. — Ona... ona je wzniosła.

— Co wzniosła? — zapytałam, klękając obok. Dłonie zawisły mi nad ranami, nie wiedziałam, od czego zacząć. Było ich za dużo i żadna nie wyglądała na możliwą do przeżycia.

— Demony — wydusił, krztusząc się czymś gęstym i czarnym. Chlusnęło mu to na brodę, a ja cofnęłam się mimo woli. — Trzy. Co najmniej trzy. Jej sabat... oni — oni nie żyją. Ale demony... — Głowa mu opadła, oddech chwiał się, płytki i nierówny.

— Gdzie są pozostali? — spytał Aurelius tonem zimniejszym niż lód.

— Martwi. — Oczy Hadraniela na moment drgnęły, dość, by spotkać nieustępliwy wzrok Aureliusa. — Obaj. Nie dotrwali.

— Anioły— — słowo uciekło mi z ust, zanim je powstrzymałam. Klata mi się ścisnęła, ogrom tego uderzył we mnie naraz. Anioły. Martwe. Nie tylko ranni czy rozproszeni, ale *martwi*.

— Kiedy to się stało? — naciskał Aurelius, pochylając się bliżej Hadraniela.

— Godziny. Może... mniej. — Słowa Hadraniela już się rozmazywały, koncentracja gasła. — Oni — oni poruszają się szybko. Selene nie czeka na Maeve. Zaczęła. Wojna — wojna już trwa.

Coś zimnego wpełzło mi w żyły na dźwięk jego słów, mrożąc od środka. Odwróciłam się do Aureliusa, który zastygł nienaturalnie. Jego srebrne włosy chwytały światło pochodni, błyszczały jak ostrze gotowe do ciosu.

— Set nie potrzebuje armii Fae — powiedziałam bardziej do siebie niż do kogokolwiek. — Nie musi czekać na Maeve. Ona jest tylko polisą. Selene już wypuściła chaos.

— Tak. — Aurelius podniósł się powoli, oczy spuszczone, zagubione w rachubach. — I zmarnowaliśmy czas, którego nie mieliśmy.

— Zbyt długo czekaliśmy — szepnęłam, gardło mi zaschło. Skrzydła zatrzęsły się za moimi plecami, fioletowy blask zaiskrzył nerwowo. — My—

— Dość. — Aurelius uciął, głosem niskim, lecz władczym. Spojrzał na Hadraniela, potem na mnie. — Nie ma miejsca na żal. Działamy. Natychmiast.

— Działać jak? — Słowa wyszły ostrzej, niż chciałam, ale nie potrafiłam ich zatrzymać. Desperacja darła się we mnie, surowa i nieustępliwa. — Nawet nie wiemy, co planuje! I trzy demony? Myślisz, że możemy po prostu—

— Careena. — Jego spojrzenie wbiło się w moje, uciszając resztę protestu. — Chciałaś pośpiechu? Masz go. Czas wątpliwości minął. Wojna się rozpoczęła.

Hadraniel znów zakaszlał, ciało wstrząsnął spazm, gdy z ust popłynęła kolejna fala czarnej mazi. Jego krew przesiąkła mi palce, lepka i ciepła, a nienawidziłam tego poczucia bezradności, które we mnie budziła. Aurelius zawołał uzdrowicieli, a ja miałam nadzieję, że zdążą, nawet gdy wlewałam w Hadraniela niebiańską magię. Będzie nam potrzebny. Będą nam potrzebni wszyscy.

— Zostaw furię na pole bitwy — powiedział Aurelius, już ciszej, lecz nie mniej stanowczo. — Wkrótce się przyda.

Wpatrywałam się w niego, a krew pulsowała mi w uszach. Wojna się zaczęła. A my nie byliśmy gotowi.

ROZDZIAŁ TRZYNASTY

ALYSTER

RYK STALI O STAL rozdarł powietrze, gdy uchyliłem się
pod szerokim zamachem, moje buty ślizgając się po om-
szałych kamieniach. Kolejny wojownik runął na mnie, a
jego pancerz lśnił jak potłuczony lód w bladej poświacie
księżyca. Mój miecz już był w ruchu — płynny srebrny
łuk, który przechwycił jego klingę w pół zamachu. Uderzenie aż zadźwięczało mi w ramieniu.

— Czy tak teraz wygląda lojalność wobec Maeve? —
warknąłem, wykręcając miecz i odskakując. — Ślepe
posłuszeństwo?

— Zdrajca — syknął wojownik, rzucając się ponownie,
ale był kompletnie źle ustawiony. Zbyt gorliwy. Zbyt roz-

paczliwy. Zrobiłem gładki unik i rąbnąłem głowicą miecza w jego hełm. Złożył się jak jesienny liść.

Pole bitwy było samym wcieleniem chaosu — poszarpane chorągwie, połamane tarcze i złowrogi pomruk magii ładującej powietrze. Czułem jej smak, cierpki i ostry, jak krew i spalone drewno. Magie Fae ścierały się w gwałtownych rozbłyskach światła i cienia, trzęsąc pradawnymi dębami, które nas otaczały. Gdzieś w oddali eksplozja rozdarła noc, rozrzucając żarzące się iskry niczym świetliki.

— Dość! — Głos Artiany rozciął wrzawę, chłodny i rozkazujący. Odwróciłem się i ujrzałem ją stojącą wyprostowaną na powalonym pniu, złote włosy łapały zbłąkane iskry ognia. Nawet pośród rzezi wyglądała nie do ruszenia, jej obecność była jak skała przeciw falom.

— Wojownicy rodu Vayir, odwrót! — warknęła tonem, który nie pozostawiał miejsca na sprzeciw. Jeden po drugim nasi wojownicy odskakiwali, odrywając się od przeciwników z wyrachowaną precyzją. Nikt nie śmiał jej nie posłuchać.

Podszedłem do niej szybkim krokiem, wierzchem dłoni ścierając pot z czoła. — Naprawdę myślałaś, że Maeve nie spróbuje wciągnąć nas w ten bajzel w chwili, gdy ruszymy przeciw niej? — Głos zabrzmiał ostrzej, niż zamierzałem, ale frustracja gotowała się tuż pod skórą. Nie minęło wiele, odkąd szpiedzy Maeve donieśli, że ród Vayir zaczął zbierać sojuszników przeciwko niej, zaczynając od tych, którzy już mieli dość jej twardych rządów. Przysłała żądanie, by Vayir dołączyli do jej armii, a gdy nie posłuchaliśmy natychmiast, wypuściła przeciw nam swoje siły. Choć skromne. Czterdziestu wojowników, nawet nie rycerzy, nie miało szans przeciwko tym, których już zebraliśmy — ale Maeve świetnie o tym wiedziała. To był tylko test naszego zdecydowania, a owych czterdziestu — pionki do poświęcenia.

Artiana nie drgnęła. Jej srebrne oczy spotkały się z moimi, pewne jak korzenie, które wrosły głęboko w te ziemie. — Oczywiście, że tak — powiedziała równym tonem. — Ale nie jesteśmy pionkami, które można przywoływać na jej skinienie.

— Nazwie to zdradą — ostrzegłem, wsuwając klingę z sykiem do pochwy. — I jeszcze to podkręci.

— Niech nazywa — odparła Artiana, a jej usta wygięły się w uśmiech bez cienia wesołości. — Jeśli Maeve chce wojny, będzie ją miała. Ale na naszych warunkach, Alysterze. Nie na jej.

— Ilu za te warunki zginie? — zapytałem cicho, choć odpowiedź już znałem. Zbyt wielu. Zawsze zbyt wielu.

Artiana zeszła z pnia, jej buty zaskrzypiały na zwęglonych liściach. Położyła dłoń na moim ramieniu, chwytając mocno. — To większe niż my, bratanku. Większe nawet niż nieunikniony gniew Maeve. Wiesz o tym lepiej niż ktokolwiek.

Jej słowa trafiły w cel, jak zawsze. Spojrzałem z powrotem na pole, teraz nienaturalnie ciche poza jękami rannych Fae i odległym trzaskiem płonącego drewna. Żołądek mi się skręcił. Każde życie stracone tej nocy było kolejną rysą na moim sumieniu, kolejnym ciężarem, który dźwigałem. Ale jak mogłem stać z boku, gdy królowa, której służyłem przez stulecia, chciała sprzedać nas wszystkich na zatracenie?

— Odpowie — powiedziałem w końcu, znów spotykając spojrzenie Artiany. — Wiesz o tym, prawda? Wyśle swoich rycerzy — albo coś gorszego.

— Niech spróbuje — odrzekła Artiana, głosem jak hartowana stal. Potem puściła moje ramię i odwróciła się, a jej złote włosy złapały blady poblask świtu wschodzącego nad horyzontem. — Wyślij odmowę, Alysterze. Wyraźnie. Ród Vayir nie będzie walczył dla Maeve.

Zimna pewność w jej tonie nie pozostawiała miejsca na wątpliwości. Skinąłem głową, już układając w myślach słowa. Rzeczowe. Niezłomne. Wiadomość, która nie zostawi Maeve żadnych szczelin do wykorzystania.

— Uznaj to za zrobione — odparłem cicho.

Przez chwilę żadne z nas się nie odezwało, patrzyliśmy tylko, jak pierwsze promienie słońca przecinają zadymione niebo. Cisza po bitwie zawsze była najgłośniejsza — napierała na uszy, wypełniała przestrzenie, w których jeszcze przed momentem brzmiały krzyki i szczęk stali.

— Nie przestanie, póki wszystko nie spali — wymknęło mi się, bardziej do siebie niż do Artiany.

— W takim razie dopilnujemy, by nie miała okazji — odparła Artiana prosto. — Teraz idź. Wciąż jest mnóstwo do zrobienia, a furia Maeve nie każe długo na siebie czekać.

Odwróciłem się, czując ciężar tego, co przed nami, jak ołów na barkach. Wojna domowa nie dopiero nadchodziła — ona już tu była. I nie było odwrotu.

Posłaniec przybył o świcie, blady i drżący. Padł na kolano przed Artianą w sali rady, pochylając głowę tak nisko, że włosy musnęły zimną kamienną posadzkę.

— Królowa Maeve żąda spotkania — powiedział, ledwie ponad szept. — Natychmiast.

Artiana stała na czele długiego stołu, opuszkami palców wodząc po misternych rzeźbieniach na jego krawędzi. Jej wyraz twarzy się nie zmienił — spokojny, opanowany, maska niewzruszonej determinacji. Ale dostrzegłem subtelne zaciśnięcie szczęki. Spojrzała na mnie, zadając bezgłośne pytanie.

— Neutralny grunt — powiedziała w końcu, przenosząc spojrzenie z powrotem na posłańca. — Z głowami wszystkich wielkich rodów obecnymi. To mój warunek.

— Jej Wysokość nie— — Posłaniec ugryzł się w język, przełknął ślinę. — Będzie oczekiwać Pani w Winter Spire przed zmrokiem.

— Niech sobie *oczekuje* , ile chce — głos Artiany ciął jak stal obszroniona mrozem. — Może Pan poinformować swoją królową, że spotkam się z nią tylko na uczciwych warunkach. Neutralny grunt. W obecności całego zgromadzenia rodów Fae. Jeśli odmówi, to jej wybór.

Posłaniec zawahał się, spojrzał na nas i szybko skinął. Wstał i wyszedł bez słowa, a jego kroki odbiły się echem po pustym korytarzu.

— Myślisz, że się zgodzi? — zapytałem, choć już znałem odpowiedź.

— Oczywiście, że nie — odparła Artiana, krzyżując ramiona. — Maeve uważa kompromis za słabość. Odrzuci to od razu. — Przez moment uważnie mnie mierzyła spojrzeniem, ostrym jak szpilka. — A kiedy to zrobi, musimy być gotowi.

Moja ciotka była dyplomatką budzącą respekt; przez stulecia szlifowała sojusze z wieloma szlachetnymi rodami. Dokładnie wiedziała, za jakie sznurki pociągnąć, kto żywi jakie urazy, i wykorzystała każdą posiadaną wiedzę, by zepchnąć Maeve z równowagi.

W pewien sposób Maeve sama to ułatwiła, rzecz ujmując delikatnie. Była, mówiąc wprost, autokratyczną suką i przez swoje stulecia na tronie nie nazbierała wielu przyjaciół. Zabiła własne rodzeństwo, nawet własne dzieci, kiedy uznała, że mogą zagrozić jej panowaniu, a rządy strachem dają tylko chwiejnych sojuszników. Minęło ledwie kilka tygodni, nim Artiana miała po naszej stronie ponad tuzin pomniejszych rodów — dość, by przyciągnąć uwagę kilku wielkich rodów z północy krainy Fae — i wtedy zażądała spotkania w wielkiej sali rady naszego klanu.

Przyszło dużo więcej osób, niż się spodziewałem.

Sala rady brzęczała jak ul na skraju rozsypki. Podniesione głosy ścierały się ze sobą, każdy próbował przekrzyczeć resztę. Zapach zgniecionych igieł sosny mieszał się z ledwie wyczuwalną, metaliczną nutą magii, ciężkiej w powietrzu. Oparłem plecy o chłodny kamień, skrzyżowałem ramiona, próbując stać się niewidzialny. Rafail stał u mojego boku, jego obecność dawała zaskakującą otuchę, choć milczał. Zawsze miał mnie plecami — słuchał, gdy musiałem się wygadać, i stawał obok, gdy dochodziło do mieczy.

Błyskawicznie stał mi się jak brat, którego nigdy nie miałem, i nie wyobrażałem sobie, żebym mógł to ciągnąć bez niego.

— Lordzie Alysterze — warknął jeden z lordów, jego ton przeciął zgiełk jak nóż. — Jest Pan dziś nadzwyczaj milczący.

— Coś ukrywa — prychnął inny. — Może jego lojalność nie jest tak niezachwiana, jak wszyscy sądziliśmy?

Rafail musnął palcami rękojeść sztyletu, a ja położyłem mu dłoń na nadgarstku.

— W porządku — powiedziałem miękko. — Artiana to ogarnie.

— Dość — głos Artiany poniósł się ponad chaosem jak pierwszy grzmot przed burzą. Wszystkie spojrzenia zwróciły się ku niej, a ona skinęła mi, z wyrazem nieodgadnionym, lecz wyczekującym. Moja ciotka dokładnie wiedziała, co robi. Zawsze.

Wyprostowałem się i rozplątałem ramiona, zmuszając dłonie, by pozostały spokojnie przy bokach. — Dobrze — powiedziałem jasno, nie podnosząc głosu. I tak się nachylili, jak wilki, które zwietrzyły krew. — Skoro chcecie mojego świadectwa, będziecie je mieli. Tylko nie liczcie, że przypadnie wam do gustu.

— Proszę mówić wprost — zażądał Lord Tharos. Jego pogarda była niemal namacalna, ale blade zielone oczy zdradzały ciekawość. Wszyscy chcieli wiedzieć. Nawet ci, którzy mi nie ufali, nie potrafili oprzeć się urokowi prawdy.

— Set — zacząłem, pozwalając, by to imię zawisło w powietrzu jak otwarta rana. Sala ucichła. — Maeve zawarła z nim pakt. Układ dopięty za zamkniętymi drzwiami. A anioł Careena— — Gardło ścisnęło mi się bezwiednie na samą myśl o niej, ale brnąłem dalej. — Careena była tą, która to odkryła. Anioły nie kłamią — nie potrafią.

— Niedorzeczność — mruknął ktoś z tyłu. Kobieta w srebrze zmrużyła oczy. — Oskarża Pan naszą królową o sojusz z *tym* stworem? Lepiej niech Pan ma coś więcej niż mgliste insynuacje, Panie Vayirze.

— Myśli Pani, że jestem tu, bo sprawia mi to przyjemność? — warknąłem ostrzej, niż zamierzałem. — Sądzicie, że stanąłbym przed wami, oskarżając Maeve — jej imię miało gorzki posmak na języku — o zdradę, gdybym nie był absolutnie pewien?

Spojrzenia się skrzyżowały i dostrzegłem w nich niepewność. Wiedzieli, że wyrzekłem się wszystkiego, robiąc to, co robiłem. Czy naprawdę zrobiłbym to bez ważnego powodu?

— Czy zaryzykowałbym wszystko — — gestem objąłem salę, palce nieświadomie muskając rękojeść miecza — — moje imię, mój ród, mój honor — dla kłamstwa? Dla wymysłu?

— Lojalność Alystera wobec Maeve jest powszechnie znana. Jeśli teraz mówi przeciw niej, to dlatego, że prawda nie zostawiła mu wyboru. — Nie wiedziałem nawet, kto to powiedział, ale skinąłem głową w podzięce. Ktokolwiek był, znał mnie.

— Słowa. Słowa i reputacja nic nie znaczą bez dowodów — odparł Lord Tharos, choć jego ton złagodniał. Sceptycyzm jednak pozostał nienaruszony.

— Dowody? — powtórzyłem, patrząc mu prosto w oczy. — Chce Pan dowodów? Zapytajcie sami siebie, czemu Maeve stała się tak zuchwała. Czemu jej magia cuchnie czymś pradawnym i złym. Czemu imię Seta zaczęło przewijać się w szeptach po sabatach. Naprawdę myślicie, że to przypadki?

— To co najwyżej domysły — uciął Tharos.

— To pozwólcie, że powiem to jaśniej — zrobiłem krok naprzód. Napięcie w sali naciągnęło się jak cięciwa. — Set pragnie panowania nad wszystkimi krainami. A Maeve, rozpaczliwie głodna władzy, oddała mu Fae w charakterze pionków w jego wojnie. Sprzedała nas dla własnych ambicji. To prawda. Wierzcie albo nie. — Wypuściłem powietrze ostro, a ciężar słów pozostawił gorzki smak w ustach. — To i tak nie zmieni tego, co nadchodzi.

Po zgromadzonych Fae przebiegł pomruk. W jednych twarzach wciąż tliła się wątpliwość, ale inne... inne wyglądały na porażone. Jakby już wiedzieli. Jakbym tylko potwierdził to, czego się bali.

— Pana szczerość jest osławiona, Alysterze — odezwała się cicho Lady Eryndel, jej złote oczy szukały moich. — A jednak to... To niemal zbyt wiele, by uwierzyć.

— Uwierzcie mimo wszystko — odparłem ponuro. — Albo nie. Ale kiedy prawdziwe plany Maeve wyjdą na jaw, nie będzie miało znaczenia, w co wierzycie. Będzie za późno.

Sala brzęczała napięciem. Kolejna pieczęć na pergaminie w mojej dłoni pękła, wosk rozsypał się między palcami. Widniał na nim sygnet rodu Tyvrin — ich odpowiedź skreślona ostrymi, niecierpliwymi pociągnięciami.

— Ród Tyvrin stoi po stronie rodu Vayir — odczytałem głośno, choć we mnie samym kipiała burza.

Przez salę przebiegł dreszcz, zbiorowy, wstrzymany oddech. Artiana, siedząca po mojej lewej, ledwie dostrzegalnie skinęła, jej twarz była jak wykuta z kamienia. Po drugiej stronie stołu oblicze Lorda Tharosa wykrzywiło się kwaśno, jego niedowierzanie aż iskrzyło w powietrzu.

— To już szesnaście rodów — rzuciłem, wodząc wzrokiem po zebranych lordach i damach, których jedwabie i pancerze łapały połamane smugi światła wpadającego przez wysokie sklepienia.

— Wybrali zdradę — warknął Tharos, waląc pięścią w wypolerowane drewno stołu rady. — Mówisz tak, jakby to była jakaś wzniosła sprawa, Alysterze. Czy Pan siebie słyszy?

— Oszczędź mi Pan tych dramatów, Lordzie Tharosie — uciąłem ostro, zanim zdążył się rozkręcić. — To nie zdrada. To przetrwanie. Sądzi Pan, że Pańska lojalność wobec Maeve coś znaczy, kiedy Set wciągnie nas wszystkich w zagładę? Albo w coś gorszego?

— Dość — głos Artiany smagnął jak bat, cichy, a rozkazujący. Sala ucichła. — Decyzja zapadła. Ci, którzy chcą trzymać się cienia Maeve, mogą to robić. Ale wiedzcie jedno— — Jej spojrzenie cięło powietrze jak klinga, zatrzymując się wymownie na Tharosie. — Kiedy fala się odwróci, nikt nie zapomni, po której stronie staliście.

Opadł z powrotem na krzesło, kipiąc wściekłością, ale milczał.

— Wieść prędko do niej dotrze — powiedziałem, składając pergamin i wsuwając go do kieszeni. — Jeśli już do niej nie dotarła. Nie zbagatelizuje tego.

— Zażąda rokowań — stwierdziła Artiana rzeczowo. — To jej jedyny ruch, skoro tyle rodów stanęło po naszej stronie.

— Rokowań — powtórzyłem, a słowo zabrzmiało gorzko. Zaciąłem szczękę. — I mamy jej zaufać, że nie poderżnie nam gardeł, kiedy będziemy siedzieć w jej ukochanym kamiennym kręgu?

— Neutralny grunt — odrzekła Artiana tonem, który nie znosił sprzeciwu. — Przy pełnej obecności wszystkich rodów. Warunki będą jasne, a konsekwencje ich złamania — jeszcze jaśniejsze.

— Maeve nie dba o konsekwencje — mruknąłem. — Przyjdzie z nożami ukrytymi pod słowami.

— W takim razie przyjdziemy przygotowani. — Artiana wstała, a jej obecność wypełniła salę jak burzowa chmura. — Nie łudź się, bratanku. To wojna. Ale wojna toczy się równie mocno słowami, co mieczami. Niech pierwszy potknie się ona.

— Potknie się — odparłem ponuro. — Tylko nie ufam jej na tyle, by czekała tak długo.

— Rafail — zawołałem, ledwie wyszedłem w chłodne wieczorne powietrze. Opierał się o powykręcany dąb przed salą, ramiona skrzyżowane, a jego zwyczajny uśmieszek pewnie tkwił na miejscu, jakby czekał.

— To nie trwało długo — zauważył, odrywając się od drzewa z łatwą gracją. W oczach błyszczało mu światło.

— Zgadnę — Maeve przyparto do muru, więc teraz chce bawić się w miłą?

— Coś w tym stylu. — Zatrzymałem się parę kroków od niego, ściszając głos. — Będą rokowania.

— No jasne — rzucił sucho Rafail. — I niech zgadnę jeszcze raz — chcesz, żebym wziął w nich udział, tylko nie do końca jako ja.

— Jak zawsze bystry. — Nie mogłem powstrzymać lekkiego uśmiechu. — Jesteś jedyną osobą, której ufam, że zbliży się do niej na tyle, by nie zostać zauważonym. Potrzebuję uszu po jej stronie kręgu.

— Na tyle blisko, by poczuć zapach jej perfum? — uniósł brew, choć jego ton był lżejszy, niż się spodziewałem. — Naprawdę umiesz prosić o przysługi, Alyster.

— Po to cię tu sprowadziłem, pamiętasz? Zrób to, a będę twoim dłużnikiem — powiedziałem, patrząc mu prosto w oczy. — Cokolwiek trzeba.

— Nie składaj obietnic, na które cię nie stać — mruknął, ale uśmiech wrócił, gdy rozluźnił ramiona. — Dobrze. Jaka forma?

— Coś małego. Niepozornego. Może szczur.

— Uroczo — skwitował bez cienia emocji. Bez słowa cofnął się i płynnie zmienił kształt. W jednej chwili stał przede mną, ludzki i pół rozbawiony; w następnej po moich stopach przemknął zwinny, brązowy szczur, którego czarne ślepia błyszczały w półmroku.

— Może być — mruknąłem. Szczur przechylił łebek, niemy znak, po czym Rafail znów stanął przede mną w swojej postaci.

— Musisz coś zjeść — powiedział. — Careena nie będzie zachwycona, jeśli odstawię cię z powrotem na pół zgłodniałego. Chodź. Mam jedzenie.

Dopasowałem krok do jego kroku, ciesząc się jego cichym, nienachalnym towarzystwem. Czy któreś z nas jeszcze kiedyś zobaczy Careenę? Były dni, kiedy tylko myśl o niej trzymała mnie w pionie. Gdybyśmy odpuścili, Maeve przeprowadziłaby armie Fae do Seta, a nie byłem pewien, czy nawet aniołowie zdołaliby go wtedy powstrzymać. Set wziąłby Careenę na swoją służebnicę, a na tę myśl aż mnie skręcało. Zacisnąłem dłoń na rękojeści miecza — niebiańskiej klingi, którą Careena stworzyła dla mnie, jedynej niebiańskiej broni, jaką kiedykolwiek dzierżył Fae.

Po moim trupie.

Powietrze było nasiąknięte napięciem, takim, które osiada głęboko w piersi i nie chce puścić. Kamienny krąg cicho brzęczał od starej magii, starszej nawet niż sama Maeve, i czułem jego ciężar na skórze jak pokrzywy. Byli obecni wszyscy przywódcy klanów, twarze mieli jak maski, lecz oczy biegały między mną a Królową, czekając.

Maeve powstała z krzesła z kocią gładkością, jej białe jak lód włosy spłynęły na ramiona kaskadą szronu. Jej uroda była bronią, jak zawsze, lecz dziś cięła ostrzej, naostrzona furią.

— Zdrajca. — Słowo wyszczypało się z jej ust jak trzaśnięcie bicza i głowy odwróciły się gwałtownie. — Alysterze Vayir, stoi Pan oskarżony o krzywoprzysięstwo — zawiesiła głos dla efektu, a jej blade, srebrne oczy zwęziły się — i zdradę wobec swojej Najwyższej Królowej.

— No to jedziemy — mruknąłem pod nosem, dość głośno, by Artiana po mojej lewej to usłyszała. Nawet na mnie nie spojrzała, choć wychwyciłem ledwie dostrzegalne drgnięcie jej warg.

— Pańskie zbrodnie są niewybaczalne — ciągnęła Maeve, podnosząc głos, jakby przemawiała do armii, a nie do rady. — Spiskował Pan przeciwko mnie, przeciw samej krainie Fae. Śmie Pan odwracać klany przeciw przysięgniętej Królowej. Za to — — jej ton jeszcze stwardniał — domagam się sprawiedliwości. Jego głowy.

Słowa zawisły w kręgu jak dym, dławiąc wszystko inne. Pośród zgromadzonych lordów przebiegł pomruk, kilku niespokojnie poruszyło się na krzesłach. Dwóch rycerzy Maeve wystąpiło równocześnie, dłonie na rękojeściach mieczy.

— Ostrożnie — rozległ się głos Artiany, przecinając narastający chaos. Spokojny, chłodny, pewny. — Warunki tych rokowań dotyczą wszystkich obecnych. Jeśli dobędziecie broni na neutralnym gruncie, to wasze życia przepadną jako pierwsze, nie jego.

Rycerze zastygli w pół kroku. Spojrzeli na Maeve, teraz już niepewni, lecz ona milczała. Zacisnęła szczęki, jej nieskazitelna twarz jakby wyciosana z lodu.

— Dość — powiedziałem, nie kierując słów do nikogo konkretnego, ale pozwalając im wybrzmieć. Rycerze zawahali się jeszcze ułamek chwili, po czym ustąpili, a ich buty zaszurały po pradawnym kamieniu. Pomruki ucichły, lecz napięcie pozostało, ściśnięte ciasno wokół każdego oddechu.

— Skończone? — zapytałem, powoli się podnosząc. Krzesło zgrzytnęło po kamieniach, dźwięk celowy i drażniący. Wzrok Maeve skoczył ku mnie, ostry jak ostrze. Przyjąłem go bez mrugnięcia, nie ustępując.

— Porozmawiajmy więc o krzywoprzysięstwie — powiedziałem spokojnie, miarowo. — Skoro tak ochoczo sypiemy oskarżeniami. Zaczniemy od Pani?

Po jej twarzy przemknął cień — alarm, szybko stłumiony. Mówiłem dalej, teraz każde słowo było umyślne, uderzało tam, gdzie bolało najbardziej.

— Pani przysięga jako Najwyższej Królowej: bronić i zachować Fae. Chronić to królestwo i jego lud ponad wszystko. — Mój głos stwardniał. — Ta przysięga umarła w chwili, gdy sprzedała nas Pani Setowi. Złamała ją Pani, Maeve. Nie ja. Pani.

Jej milczenie było głośniejsze niż jakiekolwiek zaprzeczenie.

Wśród lordów i dam Fae zaczęły się szepty; po twarzach, które dotąd nie wierzyły oskarżeniom, przebiegł wyraz szoku... aż do teraz.

Maeve zrywała się na równe nogi tak gwałtownie, że kielich wypadł jej z dłoni i zadźwięczał o kamienną posadzkę. Srebrne wino — bo oczywiście nie piła niczego gorszego — rozlało się jak ciekłe światło księżyca, tworząc kałużę u jej stóp.

— Szpiegostwo? — jej głos trzasnął jak bicz, tnąc przez pomruki, które zaczęły falować wśród zgromadzonych lordów i dam Fae. — Śmie mnie Pan oskarżać o zdradę, kryjąc się w cieniach jak szczur? Snuł się Pan moimi salami, Panie Alysterze? Przepełzał pod moim dachem, by zbierać swoją truciznę?

Stałem wyprostowany, ręce luźno skrzyżowane na piersi. Jej gniew był spodziewany, nawet przewidywalny, ale dzikość w oczach... To było nowe. Nie strach dokładnie. Coś obok. Coś, co mogłem wykorzystać.

— Ciekawy dobór słów — rzuciłem lekko. — Gdybym szpiegował — czego nie robiłem — usłyszałbym o tych sprawach, czyż nie?

— Dość! — Jej głos zadźwięczał wysoko i krucho. Dłoń drgnęła jej ku biodru, tam, gdzie zwykle zwisała broń, ale to nie było pole bitwy. Jeszcze nie. Palce zacisnęły się więc w pięść.

— Sądzi Pan, Panie Alysterze, że ta farsa zadziała? Myśli Pan, że ci lordowie i te damy uwierzą Pańskim kłamstwom tylko dlatego, że wypowiada je Pan z pewnością? — Obróciła się, a jej spojrzenie przecięło krąg, wyzywając każdego, by je odwzajemnił. Niektórzy to zrobili; większość nie. — On pragnie nas podzielić! Osłabić naszą jedność fałszem i podstępem!

— Kłamstwa nie wyprowadzają Pani aż tak z równowagi — powiedziałem spokojnie. Mój głos nie był głośny, ale niósł się, stały jak kamienie pod nami. — Nie każą Pani tak się miotać, Maeve. To robi prawda. Prawda — i strach.

— Strach? — Zaśmiała się, dźwięk był poszarpany i pusty. — Przed czym? Przed Panem? Zhańbionym rycerzem bawiącym się w rebelię?

— Przed demaskacją — odparłem po prostu. Jej śmiech urwał się jak przecięta struna.

— Dość — głos Artiany zabrzmiał zaraz potem, chłodny i wyważony, tnąc gęstniejące napięcie jak ostrze. Podniosła się powoli, każdy ruch precyzyjny, jej obecność naturalnie władcza. Złota suknia chwytała światło, połyskując jak słońce na wodzie. Wszystkie spojrzenia zwróciły się ku niej. Nawet Maeve.

— A więc to prawda — powiedziała Artiana tonem zwodniczo miękkim, niemal rozmownym. Lecz jej oczy ... Były lodem. — Nie zaprzeczy Pani. Nie może. Proszę więc nam powiedzieć, Pani Maeve: jaki powód mogła mieć Pani, by obiecać Setowi wsparcie armii Fae? Jaką korzyść przyniosłoby takie przymierze Fae jako całości?

Usta Maeve się rozchyliły, ale słowa nie przyszły od razu. Cisza wydłużała się, ciężka i oskarżycielska. Pomruki znów się zaczęły, teraz głośniejsze, mniej pohamowane. Widziałem odwracające się głowy, wymieniane spojrzenia. Powietrze się zmieniło, ciężar wątpliwości przechylił szalę.

— No więc, Pani Maeve? — nacisnęła Artiana, nieruchoma na twarzy, a jej głos wciąż tak spokojny, że można by go wziąć za życzliwy. — Wszyscy czekamy.

Napięcie w kręgu było dławiące, gęste jak mgła. Pierś Maeve unosiła się i opadała gwałtownie, jej blade srebrne oczy płonęły jak ciekła rtęć w słońcu. Zrobiła pół kroku naprzód, dłonie drgały przy bokach, jakby świerzbiły ją, by przyzwać magię.

— Jak śmiecie — wysyczała, jej głos trzasnął jak bicz. — Jak *śmiecie* mnie kwestionować! Wy— — Spojrzenie skoczyło z Artiany na mnie, chwiejne jak u osaczonego zwierzęcia. — Uważacie się za tak prawych, tak uprawnionych, by podważać moje rządy? Moje decyzje są poza waszym pojmowaniem, ponad waszą pozycją! Nie jestem winna zdrajcom żadnych wyjaśnień!

— Zdrajcy? — powtórzyłem miękko, przechylając głowę. Słowo miało gorzki smak. — To ciekawe oskarżenie z ust kogoś, kto odmawia obrony własnej niewinności.

Maeve zesztywniała, rozchyliła wargi jak do riposty, lecz nie wydobył się żaden dźwięk. Zamiast tego zacisnęła szczęki, a cisza znów się wydłużyła. Po chwili wykrztusiła, słowa były poszarpane, desperackie. — Ja... Działam dla dobra naszego ludu. Dla jedności. Dla przetrwania, wy głupcy! Ale nie zrozumielibyście — nie widzicie tego, co ja widzę.

— Niech nam Pani pokaże — odezwała się za mną Artiana, jej głos ostry jak pękające szkło. — Skoro naprawdę wierzy Pani, że Pani droga jest słuszna, proszę mówić wprost. Proszę nas oświecić.

Maeve wbiła obcas w kamień u swoich stóp, a od uderzenia w skale rozpełzły się pajęczyny pęknięć. — Nie odpowiadam przed wami! — zaryczała, choć brakło w tym przekonania.

— Dość — uciąłem jej tyradę. Mój głos nie był głośny, ale niósł się. Uciszył pomruki, zwrócił na mnie każde spojrzenie. Nawet jej. Zwłaszcza jej.

— Maeve — zacząłem, spotykając jej płonące srebrne spojrzenie — przez stulecia służyłem Pani. Walczyłem dla Pani. Zabijałem dla Pani. Zawierzyłem Pani wszystko, czym jestem. *Wierzyłem* w Panią. — Gardło mi się ścisnęło, lecz zmusiłem się, by mówić dalej. Nie było tu miejsca na wahanie. Nie teraz.

— Cokolwiek innego by o mnie mówiono, niech nigdy nie padnie, że zdradziłem wiarę lekkomyślnie. Że obróciłem się przeciw Pani bez przyczyny. — Zrobiłem krok naprzód, czując, jak ciężar każdego słowa opada między nami. — Ale tego— — Zatoczyłem dłonią krąg, przecinając nieruchome powietrze jak ostrzem. — Tego zaprzaństwa wobec naszego rodzaju, naszej przyszłości—

— Uważaj Pan na język — warknęła, ale jej głos się zachwiał, cienki i strzępiący się na krawędziach.

— — nie można ignorować — dokończyłem stanowczo, niewzruszenie. — Nie będę stał bezczynnie, gdy sprzedaje Pani nasz lud Setowi w pokręconej próbie przypodobania się mu. Gdy igra Pani ze wszystkim, czym jesteśmy, ze wszystkim, co zbudowaliśmy, dla osobistej władzy. Z *próżności*. — Zawiesiłem głos na dość długo, by słowa wbiły pazury. Na jej twarzy przemknął cień — gniew, niedowierzanie i coś ciemniejszego, bardziej bezbronnego, wszystko zderzyło się w mgnieniu serca.

— Naprawdę sądzi Pani, że nie widzimy, czego Pani pragnie? — Mój głos złagodniał, ciężki od żalu zamiast gniewu. — Uczynić się jego boginią-cesarzową? Karmić jego głód, jego burze, krwią naszych krewnych? Do tego chce nas Pani sprowadzić, Maeve? Do pionków w Pani ambicji?

Otworzyła usta, ale nic nie wyszło. Tylko cisza. Ogłuszająca, oskarżycielska cisza, krucha jak szron pod stopami. Patrzyłem na nią nie mrugając, gdy po jej nieskazitelnych rysach przemknął najdrobniejszy błysk konsternacji. Rysa na masce. Nie rozumiała, skąd wiem.

— Jak śmiesz — wysyczała wreszcie, odzyskując dość pewności, by przywołać strzęp buntu. Ale nie było w tym jadu — tylko pusty pogłos. Blade srebrne oczy Maeve szukały moich desperacko, nie prawdy, lecz zaczepienia. Kontroli. — Plecie Pan bzdury, Panie Alysterze. Sny to nic więcej jak cienie.

— Sny? — przechyliłem głowę, mrużąc oczy. Mimo burzy tłukącej w żebra serce zwalniało, spokojne, wyrachowane. — Nie powiedziałem ani słowa o snach. — Jej oddech drgnął.

Przez moment, ledwie ułamek czasu, jej opanowanie całkiem się zachwiało. Panika zaszumiała szeptem na krańcach wyrazu twarzy, choć szybko zdusiła ją wyniosłym uniesieniem podbródka. Ale było za późno. Szkoda została uczyniona.

Za moimi plecami poruszyła się Artiana. Czułem ją jak górę u pleców, niewzruszoną i milczącą, czekającą. Obserwującą. A potem pierwszy dźwięk — cichy szelest, buty szurające po kamieniu. Jeden z pomniejszych lordów wystąpił z boku Maeve. Jego ciemny płaszcz na chwilę spuchnął na wietrze, nim przekroczył krąg, ramiona miał ustawione w milczącym postanowieniu.

— Lordzie Cerynie — warknęła Maeve, jej głos ostry jak tłuczone szkło. — Dokąd się Pan wybiera?

Ceryn nie odpowiedział. Dołączył do Artiany, nie oglądając się.

Za nim poszedł następny. Potem kolejny. Zaczęło się od kropel, niepewnych i chwiejnych, ale wkrótce nabrało mocy, jak woda rwąca przez przerwany jaz. Jeden po drugim odchodzili od niej — głowy niegdyś wiernych rodów porzucające swoją królową, przekraczając pradawne kamienie, by stanąć u mojego boku. U naszego boku.

— Zdrajcy — plunęła Maeve, jej furia narastała. Pięści zacisnęły się przy bokach, paznokcie wbiły się w dłonie tak mocno, że popłynęła krew. — Słabi, bezkręgowi robacy! *Wszyscy* tego pożałujecie!

Ale jej groźby brzmiały pusto, desperackie wycie wobec nieuchronności. Nawet jej własny głos ją zdradzał, ledwie, ale jednak drżał na krawędziach. Już jej nie słuchali.

A potem nadszedł ostateczny cios.

— Dość — zagrzmiał głęboki głos. Odwróciłem się i ujrzałem, jak naprzód występuje Sir Eltar. Jej dowódca rycerzy, niegdyś mój przełożony. Człowiek, który nadał mi szlachectwo, i którego głęboko szanowałem. Jego zbroja była czarna, a jednak jakby iskrzyła księżycowym blaskiem, każdy cal wykuty z obowiązku i dyscypliny. Teraz jednak hełm zwisał luźno u jego boku, a oczy — zwykle chłodne i nieprzeniknione — płonęły czymś nowym. Czymś niezłomnym.

— Eltarze — warknęła Maeve, jej głos pękał pod ciężarem niedowierzania. — Złożyłeś mi przysięgę.

— Przysięgę służby Fae — odparł równo, głos miał jak granit. — Nie królowej, która chciałaby ich zniszczyć.

Odwrócił się do niej plecami i odszedł. Poszedł za nim kolejny rycerz, milczący, ale nie mniej oskarżycielski, a potem następny. Dźwięk ich kroków niósł się przez bezruch, każdy krok jak uderzenie młota w kruszejący autorytet Maeve.

Jej oddech stał się płytki, szybki i nierówny. Zobaczyłem, jak drżą jej dłonie, nim skryła je w fałdach sukni. Dobrze. Niech to poczuje — rozplatanie. Niech się dławi świadomością, że władzy, raz utraconej, nie odzyska się samą wolą.

Powietrze pękło.

Dźwięk jak łamane spod buta zmarznięte gałęzie, ostry i gwałtowny. Instynkt krzyczał, nim myśl dogoniła — magia Maeve wezbrała, ciemna i zimna, gęstniejąca w powietrzu jak burza tuż przed uderzeniem.

— Padnijcie! — krzyknąłem, rzucając się w bok dokładnie w chwili, gdy pierwszy grot czarnego lodu świsnął obok mnie, przeszywając przestrzeń, w której stałem ułamek serca temu. Wbił się w kamienny krąg za mną z ogłuszającym *trzask*iem, odłamki eksplodowały na wszystkie strony.

— Zdradziecka kreaturo — syknęła Maeve, jej głos przeciął nagły chaos. W wyciągniętej dłoni uformowała się kolejna lanca postrzępionego lodu, jej krawędzie połyskiwały złowieszczo. Jej oczy nie były już blade srebrne, lecz pociemniałe, kotłujące się od nienawiści — i czegoś jeszcze. Magia wiła się wokół niej, dzika i zatruta, piętno Seta nieomylnie tętniło w każdym jej błysku.

— Maeve, nie! — Głos Artiany poniósł się przez krąg, naznaczony furią. — Śmie Pani złamać rozejm?

Maeve ją zignorowała. Skupiła się wyłącznie na mnie. Następny grot nadleciał szybciej, chłodniejszy, pędząc prosto w moją pierś. Wzniosłem barierę — tarczę zrodzoną z magii wojny, zieloną, ziemistą — ale lód pękł o nią z taką siłą, że zatoczyłem się, buty ześlizgnęły się po gładkim kamieniu.

— Głupcy! — warknęła Maeve, jej dłonie wykręcały się, przyzywając kolejne groty. Migotały jak obsydianowe gwiazdy, śmiercionośne i precyzyjne. — Wystąpicie przeciw własnej królowej? Wszyscy spłoniecie za tę zdradę!

— Dość! — ryknął Lord Tharos, występując naprzód z uniesioną obronnie misterną laską. Między nim a Maeve wybuchła złota bariera, chwytając jeden z lodowych pocisków w locie. Rozprysnął się w fontannę szronu i cienia, lecz nawet Tharos skrzywił się, gdy siła odepchnęła go o krok.

— Złamała święte prawo! — zawołał inny głos — lord Fae, którego imienia nie zdołałem sobie przypomnieć, gdy znów uskoczyłem, turlając się po kamiennej posadzce. — To plugastwo!

— Postradała do reszty rozum — warknął ktoś inny.

— Brońcie się! — warknęła Artiana, jej głos przeciął narastającą panikę. W kręgu lordowie Fae miotali się, by wznieść własne osłony, splatając bariery i zaklęcia przeciw nawałnicy. Lecz nikt nie był gotów — nie na taki poziom mocy, nie na skażoną siłę, która teraz promieniowała od Maeve.

— Stać, Panie Alysterze! — głos Maeve chlasnął mną, jadowity i surowy. Palce splotły się, a trzy groty uformowały się po kolei, wirując nad jej głową jak okrutne gwiazdy. Cisnęła je wszystkie naraz.

— Wątpliwe — mruknąłem, uskakując w bok. Mój miecz świsnął, wysuwając się z pochwy, zaczarowane ostrze błysnęło, gdy uniosłem je w górę. Jeden z grotów zszedł z kursu, roztrzaskując się o klingę, podczas gdy dwa pozostałe wbiły się w kamień u mych stóp, rozsyłając pajęczynę pęknięć. Lód i cień wybuchły, wysysając z powietrza resztki ciepła.

— Maeve! — huknął znów głos Artiany, pełen władzy. — Niech Pani przerwie to szaleństwo!

— Milcz, stara wiedźmo! — syknęła Maeve, jej piękno wykrzywiło się w coś potwornego. — Mówisz o wyrokach? Ja jestem Najwyższą Królową Fae! Biorę, co chcę. Niszczę tych, którzy mi się sprzeciwiają!

— Wtedy niszczysz samą siebie — odparła chłodno Artiana.

— Dość przemów — warknęła Maeve. Jej spojrzenie odnalazło mnie raz jeszcze, ostre jak przyzywane ostrza. — Sądzi Pan, Panie Alysterze, że może Pan odebrać mi tron? Pan? Najpierw Pan zginie.

— Nie chcę Pani tronu! Ale proszę próbować — powiedziałem, mój głos był równy mimo palenia w mięśniach i łomotu krwi w uszach. Zacisnąłem mocniej dłonie na rękojeści, gotując się do starcia.

Świeża fala magii pulsowała, gdy Maeve uniosła obie ręce, zbierając moc. Kamień pod jej stopami zaczął pokrywać się szronem, macki czarnego lodu rozchodziły się na zewnątrz jak żyły. Nad nami niebo jakby nienaturalnie pociemniało, a samo powietrze stało się ostre jak brzytwa, tnące odsłoniętą skórę.

— Przygotować się! — ktoś krzyknął, ale ostrzeżenie przyszło za późno.

Maeve rozpętała piekło.

Powietrze paliło chłodem, gdy magia Maeve zmieniła krąg w lodowe pustkowie. Oddech przychodził mi ostro, każdy wdech jak połykanie szkła. Zacisnąłem zęby i znów uniosłem miecz, wiedząc, że to nie wystarczy. Nie przeciw niej. Nie w takim stanie.

Czarne lodowe groty sypały się z góry, roztrzaskując kamień i rozpraszając Fae, którzy miotali się, by osłonić się przed gradem. Ktoś krzyknął — dźwięk urwał się, gdy ogłuszający trzask mrozu rozłupał ziemię. Rzuciłem się naprzód, o włos mijając kolejny grot, który wbił się w podłoże tuż za mną, pryskając ostrymi odłamkami.

— Maeve! — ryknąłem przez chaos, choć wiedziałem, że mnie nie usłyszy. Jej oczy były teraz dzikie, jarzyły się nienaturalnym blaskiem. Moc biła od niej falami, dławiącymi i duszącymi. Nie czerpała jedynie z własnej siły — to była skaza Seta, plugawiąca wszystko, czego dotknęła.

— Wciąż Pan stoi, Panie Alysterze? — wysyczała z jadem. — Imponujące. Naprawmy to.

Cisnęła we mnie kolejny grot, szybszy od poprzedniego. Rzuciłem się w bok, twardo przetaczając się po oblodzonym kamieniu. Ból przeszył bark, gdy wstawałem, ale nie przestałem się poruszać. Nie mogłem. Jeden błąd i byłem trupem.

— To jest wasza wielka rebelia? — prychnęła gorzko Maeve, rozkrzyżowując ramiona. — Garstka zdrajców, kryjących się jak insekty? Żałosne!

Za jej plecami coś się poruszyło. Cień, mały i subtelny, przesunął się tam, gdzie cienia być nie powinno. Omal bym to przegapił, ale znów mignął ruch — tym razem bliżej.

Rafail.

Był cichy, nawet jak na zmiennokształtnego. Maeve nie dostrzegła, że wpełznął pod jej krzesło jako szczur jeszcze zanim zaczęły się rokowania, nie poczuła drapieżcy czekającego tuż poza zasięgiem. Teraz podniósł się za jej plecami, zmieniając kształt w pół ruchu. Jego smukła sylwetka utrwaliła się, gdy wyprostował się z wprawą. Srebrny sztylet zabłysnął w jego dłoni, łapiąc nikły blask gasnącego słońca.

— Maeve — powiedział Rafail, jego głos był niski, ale przeciął burzę magii jak ostrze.

Zamarła. Coś w jego tonie musiało do niej dotrzeć, bo odwróciła się, jakby tylko do połowy świadoma, na twarzy rozgrywał się gniew i konfuzja, gdy zobaczyła stojącego obok niepozornego, najwyraźniej ludzkiego mężczyznę.

— Kto— — Ledwie wydobyła to słowo, nim Rafail zrobił krok naprzód, szybki jak cień. Sztylet zanurzył się głęboko w jej brzuchu, mokry, ostateczny dźwięk, gdy czubek wychylił się, by znaleźć serce.

Jej srebrne oczy rozszerzyły się, przemknęła przez nie zdrada, gdy zatoczyła się. Przez moment wyglądała mniej jak królowa, bardziej jak zranione zwierzę, niezdolne pojąć, co się właśnie stało. Rozchyliła usta, ale słowa nie nadeszły.

Maeve osunęła się na kolana. Przytłaczający ciężar jej mocy nieco zelżał, jak pierwszy haust powietrza po topieli. Ale jeszcze nie zniknęła — nie całkiem. Palce drapały kamień, próbując uchwycić się ostatniej nitki magii.

— Leżeć — rozkazałem, podchodząc bliżej z wciąż uniesionym mieczem. Nie ufałem jej ani przez sekundę, nawet krwawiącej i skruszonej. To w końcu Maeve. Zabijała za mniej.

— Zdrajcy — wysyczała, jej głos był słaby, ale pełen jadu.
— Wy wszyscy...
— Szkoda tchu — powiedział Rafail, wyciągając sztylet
z ponurym skrętem. Krew ściemniła lód u jej stóp, ostra na
tle bladego szronu. Cofnął się, twarz miał nieczytelną, ale
knykcie wybielały mu na rękojeści, wzrok nerwowo skakał,
gdy zgromadzeni lordowie i damy Fae wpatrywali się w
niego z całkowitym osłupieniem.

Rozdział czternasty

Rafail

Powietrze migotało wokół mnie, gęste i ciężkie, jak brodzenie w oleju. Nawet w postaci szczura czułem ciężar magii Maeve, przygniatający moje malutkie kości. Brzęczała w moim futrze, żywa i ostra, ostrzeżenie — a może drwina. Przykucnąłem pod ciemnym dębowym krzesłem, pazury skrobały po zimnym kamieniu, gdy znieruchomiałem, serce tłukło tak szybko, że mogło pęknąć.

Nie powinno mnie tu być. Każdy instynkt ryczał, żebym dał nogę, ale dokąd? Krąg był domknięty. Żadnego wyjścia. Moje wąsy drgnęły, wyłapując strzępy jej mocy pulsujące na zewnątrz, odgradzające wszystkich innych. Wszystkich poza mną.

Cholera — pomyślałem, spłaszczając się jeszcze bardziej, z ogonem ciasno zwiniętym przy boku. Uderzyło mnie to jak cios w brzuch — nikt inny nie mógł jej tknąć. Ani Alyster, ani żaden z władców Fae, którzy na zewnątrz bariery miotali się, by uniknąć jej włóczni czarnej magii. Tylko ja.

Z mojego miejsca pod jej tronem widziałem łuk jej sukni spływający po nogach jak płynne srebro. Unosiła się od niej ledwo wyczuwalna woń szronu i zgniecionych kwiatów, upajająca i dusząca zarazem. Nie wiedziała, że tu jestem, jeszcze nie. Skupienie miała gdzie indziej, jej blade włosy falowały jak blask księżyca, gdy jednym ruchem nadgarstka wypuszczała kolejne zaklęcie.

Alyster coś krzyknął — przekleństwo, skowyt — ale jego głos był przytłumiony barierą, ledwie słyszalny. Długo nie wytrzyma. Żaden z nich nie wytrzyma.

Zmarszczyłem nos, gdy dotarła do mnie żelazista woń krwi, słaba, ale nie do pomylenia. Ktoś musiał upaść. Może więcej niż jedna osoba. Czas wyślizgiwał mi się spomiędzy łap, sekundy wykrwawiały się, gdy się wahałem.

Rusz się! wrzasnął mój umysł, ale ciało pozostawało skamieniałe, rozdarte między instynktem przetrwania a miażdżącym ciężarem odpowiedzialności, o którą nigdy nie prosiłem.

Powietrze paliło magią Maeve, ostre i gryzące, jakby piorun zbyt długo tkwił uwięziony w słoju. Język przywarł mi do podniebienia, gdy ją skosztowałem — nie, *jego*. Plugawy odcisk palców Seta był na każdym z jej czarów, skażonych tamtą oleistą ciemnością, którą tak chętnie władał. Spływała mi do gardła jak trucizna, aż mnie zemdliło.

Przyszła przygotowana. Co więcej — po zęby uzbrojona w moc, która nie była jej. A pozostali Fae? Zostali zaskoczeni, ich elegancja roztrzaskała się pod naporem chaosu, który rozwiązywał się wokół nas. Lord osunął się przy krawędzi kręgu, krew zbierała się pod nim w kałuży. Jego srebrne włosy rozlały się jak złamany nimb. Gdzieś za mną ktoś krzyknął.

Maeve to nie obchodziło. Całą uwagę miała wbitą w Alystera.

— Stój, Alysterze! — Jej głos rozdarł się wrzaskiem furii. Kolejny ruch nadgarstka posłał w jego stronę odłamki czarnego lodu.

Nie zamierzał stać, by pozwolić się zabić, rzecz jasna — odbił atak cięciem swojego niebiańskiego ostrza. Miecz chwycił światło, pobłyskując blado, ale nawet jego blask wydawał się przygaszony przy burzy, którą ona rozpętywała. Trzymał się — na razie — lecz w jego ruchach pojawiło się napięcie. Tu potknięcie, tam półsekundowe spóźnienie. Zużywała go, kawałek po kawałku.

— Wynoś się stamtąd — mruknąłem pod nosem, chociaż nie mógł mnie usłyszeć. — Nie jesteś pieprzonym magiem.

Nie był. Alyster był wojownikiem do szpiku kości, jego siła tkwiła w stali i instynkcie, nie w zaklęciach. A Maeve o tym wiedziała. Naciskała mocniej, jej blade oczy płonęły nieświętą uciechą, gdy cofała go o kolejny krok. Złote włosy przylepiły mu się do twarzy, wilgotne od potu, a oddech stawał się coraz cięższy. Zbyt ciężki. Nie wytrzyma. Nie tak.

— Cholera — syknąłem, zwijając się ciaśniej pod jej krzesłem. Czułem ciężar każdej mijającej sekundy, miażdżącą nieuchronność tego, co się wydarzy, jeśli będę stał z boku i nic nie zrobię. Jeśli Alyster upadnie, upadniemy wszyscy. Ci władcy Fae, których nie powaliła, byli bezużyteczni — rozproszeni i oszołomieni poza barierą Maeve. Nie, to było albo on, albo ja.

A ja nie miałem magicznego miecza.

Alyster znów się zachwiał, a niebiański blask jego ostrza gasł z każdym kolejnym ciosem. Zbyt wolny. Zbyt ociężały.

— Rusz się — wyszeptałem do siebie, serce dudniło. Pazury zacisnęły się na zimnym kamieniu. — Teraz albo nigdy.

Nie miałem planu. Jasna cholera, ledwo miałem cień szansy. Ale siedzenie tu, chowanie się, czekanie, aż ktoś inny to naprawi? To nie byłem ja. Nie mogłem.

Ciało poruszyło się, zanim zdążyłem za mocno pomyśleć o tym, co dalej. Kości trzasnęły, skóra się naciągnęła — chwila rozdzierającego bólu — i znów byłem człowiekiem, przykucniętym nisko za jej tronem. Nie było czasu do stracenia. Palce znalazły rękojeść srebrnego ostrza, które Aurelius wcisnął mi w dłonie kilka dni temu, a jego głos ciągle odbijał się w mojej głowie: *Kiedy przyjdzie pora, będziesz wiedział, co z nim zrobić.*

To była ta pora.

Maeve mnie nie wyczuła. Jeszcze nie. Cała była skupiona na Alysterze, na łamaniu go i smakowaniu każdej sekundy. Uniosła ramiona, blade włosy strzeliły za nią, a moc zebrała się wokół w widocznym pulsie. Powietrze falowało jak nad pustynnym piaskiem. Alyster przygotował się, ale nie wytrzyma. Nie temu.

— Wybacz za to — mruknąłem pod nosem, choć nie wiedziałem, kogo właściwie przepraszam — ją, jego, czy siebie. Zamierzyłem się, by wbić, ale... nie byłem w stanie. Nie potrafiłem dźgnąć jej w plecy. — Maeve — powiedziałem, a ona gwałtownie się odwróciła, szok namalował się na jej pięknych rysach, gdy zobaczyła przede sobą kompletnie obcego człowieka.

— Kim... — zaczęła, ale nie dałem jej czasu, by dokończyła pytanie, nie dałem jej czasu, by się pozbierała i zabiła mnie, gdzie stałem.

Ostrze weszło głęboko, prosto w brzuch, pod takim kątem, by trafić w serce. Krew — zbyt ciemna, zbyt gęsta — natychmiast zalała srebro. Jej krzyk rozdarł salę wysoki i surowy, aż zadzwoniło mi w zębach. Skręciła się w moją stronę, oczy rozszerzone, niedowierzanie ścierało się z wściekłością.

— Zdrajco — syknęła, głosem jak tłuczone szkło. Ręka wyrwała się naprzód, palce sięgnęły po mnie, choć nogi już się pod nią uginały.

— Ta, nazywano mnie gorzej — powiedziałem, szarpiąc ostrze i odskakując w tył, gdy się osunęła.

Uderzyła o posadzkę twardo, jedną dłonią przyciskając ranę, drugą szarpiąc puste powietrze. Moc wciąż iskrzyła wokół niej, dzika i kapryśna, resztki jej czaru nie chciały umrzeć cicho. Przez przerażającą chwilę pomyślałem, że znów się podniesie, że dokończy to, co zaczęła — ale ciało zadrżało, magia zamigotała, a potem zgasła.

Oddech jej chrapliwie zacharczał, płytki i mokry, krew gęsto bąbelkowała z rany, którą jej zadałem. Jedna dłoń wciąż drapała powietrze, jakby mogła coś — cokolwiek — chwycić, by zatrzymać to, co nadchodziło. Ale nie było już czego brać. Nie teraz.

Przykucnąłem, wciąż ściskając ostrze, zastanawiając się, czy będę musiał zadać kolejny cios, by to zakończyć. I wtedy to się stało. Mignęło coś innego, przebijając się przez wściekłość. Szok. Niedowierzanie. Jakby wciąż nie mogła w to uwierzyć. Usta się rozchyliły, ale dźwięk nie wyszedł.

Tylko cichy wydech, ostatnie sapnięcie, nim pierś zamarła. Jej oczy — te same, które przed chwilą płonęły życiem i magią — zmętniały, poszarzały, pozostała w nich tylko pustka.

Co zobaczyła w tej ostatniej chwili? Bo nie wydaje mi się, żeby to byłem ja. Co czekało na nią po drugiej stronie zasłony?

Żołądek ścisnął mi się, ale odepchnąłem to. Nie było miejsca na słabość. Nie tutaj. Nie przy nich.

Wyprostowałem się powoli, wycierając srebrne ostrze o udo, i uniosłem spojrzenie. W sali panowała cisza, tylko gasnący trzask umierającej magii Maeve ją zakłócał. Każda para oczu Fae była wbita we mnie. Nie mrugały. Błyszczały czymś ostrym i niebezpiecznym. Grozą. Wściekłością. Strachem. Może wszystkim naraz.

Lordowie i damy zastygli, ich wymyślne stroje lśniły w złocistym świetle sali, ale jeszcze mocniej rozbłyskały wyrazy wyrzeźbione na ich doskonałych twarzach. Jakbym napluł na ich bogów — albo gorzej, zabił jednego. Co, w gruncie rzeczy, aż tak dalekie od prawdy nie było.

— No cóż — powiedziałem chrapliwie, gardło miałem suche. — Byle nie dziękujcie wszyscy naraz.

— Kim on jest? — syknął głos z lewej, ostry i kruchy jak pękający lód.

— To ten... *ludzki* przyjaciel Alystera — odparł inny, jakby same słowa miały obrzydliwy smak. Potem poderwały się cichsze szepty, jadowite jak trucizna:

— *Zmiennokształtny.*

— *Zabójca.*

Ciężar ich spojrzeń kłuł mnie w skórę jak noże zawieszone tuż nad powierzchnią. Czułem, jak powietrze kwaśnieje wokół mnie, gęste od nieufności, gniewu i czegoś mroczniejszego. Drapieżnik krążący wokół zdobyczy. Palce zacisnęły mi się na rękojeści ostrza, śliskiej od nie mojej krwi.

— Zabójca? — mruknąłem pod nosem. — Nie ma za co, swoją drogą.

Pomruk przeszedł przez tłum, niski i paskudny. Taki dźwięk, przy którym instynkt każe biec. Tyle że nie było dokąd. Nie tutaj, nie teraz.

— Rafail.

Jego głos przeciął napięcie jak promień słońca przełamujący burzowe chmury. Rzuciłem w tamtą stronę spojrzenie — Alyster, ruszający naprzód z opuszczonym niebiańskim mieczem, który tlił się blado w jego dłoni. Srebrne oczy wpiły się w moje, nie do odczytania, ale niewzruszone jak skała.

Szło w nim celowe postanowienie, każdy krok był zamierzony. Krąg zafalował wokół, Fae rozstąpili się akurat tyle, by mógł przejść, choć ich spojrzenia paliły coraz goręcej z każdym calem, który nas dzielił mniej. Gdy do mnie dotarł, mój puls łomotał już tak głośno, że zagłuszał szepty.

— Rafail — powtórzył, ciszej teraz, niemal czule. A potem, nim zdążyłem mrugnąć, wsunął miecz do pochwy i wciągnął mnie w uścisk.

Zastygłem. Przez pół sekundy mózg nie pojmował — nie przetwarzał ciepła jego ramion ani solidnego nacisku jego ciała. Brzmiało to obco. Źle. Jak zbroja, która nie do końca leży.

— Dziękuję — powiedział Alyster, głosem spokojnym, ale dostatecznie głośnym, by wszyscy usłyszeli. Uścisk na moment się wzmocnił, wystarczająco, by mnie uziemić. — Ocaliłeś nas wszystkich.

Dźwięk mnie zaskoczył. Pojedynczy, celowy klaśnięcie.

Gwałtownie obróciłem głowę w tamtą stronę, puls wciąż dudnił w uszach. Lady Artaria stała pośród morza osłupiałych twarzy, jej złote włosy lśniły w blasku świateł fae rozświetlających kamienny krąg. Złożyła dłonie ponownie, echo rozległo się jak ostateczny wyrok sędziego. Kolejne klaśnięcie. I następne.

— Celne uderzenie — rzekła tonem ciętym jak ostrze. Najpierw jej oczy błysnęły ku Alysterowi — potem przelotnie ku mnie. — Dobra robota.

Biła brawo dalej, wolno i miarowo, każde ostre trzaśnięcie podkreślało napięcie wciąż sprężone w sali. Inni Fae nie poruszali się na początku, posągi wyrzeźbione z niedowierzania i pogardy. Ale potem jeden lord — blady, o jadeitowych oczach — dołączył, jego klaśnięcia były niepewne, niemal niechętne. Dołączył kolejny. I kolejny. Rozeszło się to jak ogień tłumiony mokrą szmatą: nierówno, niechętnie, ale nie do zatrzymania.

Stałem skamieniały w samym środku tego wszystkiego, z krwią Maeve wciąż gorącą na dłoniach. Żebra miałem spięte, jakby ciało jeszcze nie pamiętało, jak się oddycha. Oklaski nie były tym, czego się spodziewałem — cholera, nie wiem, czego się spodziewałem — ale na pewno nie tego.

— Rafail — odezwał się Alyster przy mnie, głosem równym, na tyle cicho, by tylko ja to słyszał. — Nie bądź taki zdziwiony.

— Łatwo ci mówić — odmruknąłem, szczęki miałem zaciśnięte. Kostki palców wciąż bielały na srebrnym ostrzu. — To nie ciebie mieli przed chwilą wieszać.

— Już nie — odparł sucho, choć bez cienia rozbawienia. Uchwycił moje spojrzenie i ledwie dostrzegalnym ruchem głowy wskazał władców i damy Fae, którzy przestali już klaskać, a ich wzrok sunął jak u wilków, które zwęszyły świeżą zdobycz. — Uważaj. Patrzą.

— Taa — mruknąłem pod nosem, zmuszając palce, by rozluźniły chwyt. — Zero presji.

A potem, jakby oklaski były jakimś niewypowiedzianym sygnałem, Fae się poruszyli. Nie w naszą stronę — bez widł czy noży wymierzonych mi w gardło — tylko... z powrotem na swoje miejsca. Ciche jak cienie w świetle księżyca, osiedli w swoich złoconych krzesłach, z minami jak maski, nie do odczytania. Niektórzy wyglądali na zamyślonych; inni na zimnych, kalkulujących. Nikt nie rzucił nawet spojrzenia na zwłoki Maeve wciąż leżące na posadzce, na jej dawną bladą suknię zabarwioną czerwienią.

— Żartujesz sobie? — wyszeptałem tak cicho, że tylko Alyster mógł to wychwycić. Żołądek mi się skręcił. — Po prostu sobie usiądą? Kiedy ona leży tam?

— Tak — odparł krótko, już kierując się do swojego miejsca. Zatrzymał się tylko na moment, by rzucić mi spojrzenie, srebrne oczy spokojne, lecz stanowcze. — Chodź. To jeszcze się nie skończyło.

— Dobrze mnie nabrałeś — warknąłem, ale nogi i tak go zdradziły i poszły za nim. Jeszcze raz zerknąłem na bezwładną sylwetkę Maeve — Najwyższa Królowa sprowadzona do bezwładnego, krwawego truchła — i coś gorzkiego zwinęło mi się w piersi.

— Popaprańcy — mruknąłem pod nosem, choć słowo i dla mnie samego zabrzmiało pusto.

Zatonąłem w krześle obok Alystera, krześle, które należało kiedyś do martwego lorda Fae, jednej z ofiar Maeve. W sali pobrzmiewały szepty i szelest tkanin, ale nikt nie mówił dość głośno, by przebić ciężką ciszę wiszącą nad nami jak burzowa chmura. Palce zastukały mi w podłokietnik — raz, dwa — po czym się opanowałem i przestałem. Każdy ruch wydawał się tu za głośny, w tej upiornej nieruchomości.

— Wciąż jest jedno pytanie bez odpowiedzi — powiedział Alyster, głosem przecinającym napięcie. Nie podniósł go szczególnie, a jednak niósł. Głowy zwróciły się ku niemu, blade twarze lśniły odłamkami światła fae. — Księga zaklęć, która niosła inkantacje, by wskrzesić Seta.

Na te słowa żołądek znów mi się skręcił. Pochylił się, srebrne oczy omiatały zgromadzenie, jakby mógł z nich zwyczajnie wyłuskać prawdę. — Ktoś wiedział, co knuje Maeve. Ktoś ją zabrał i próbował ukryć w świecie ludzi.

Szepty znów się podniosły, fale powędrowały przez salę. Kilku Fae wymieniło spojrzenia, jedni szepnęli sobie coś do dłoni, ale większość wbiła wzrok w Alystera albo w posadzkę popstrzoną krwią.

— Ktokolwiek to był — ciągnął ostrzej — działał, zanim my wszyscy zrobiliśmy cokolwiek. Zanim nawet Maeve pojęła, że została udaremniona.

— Kolejny zdrajca — mruknął ktoś dalej w kręgu. Nie wychwyciłem kto, ale szczęka Alystera drgnęła — błyskawica napięcia, tak szybka, że mógłbym ją sobie wmówić.

— Śmiałe działania, które ocaliły wam życie — odparł gładko, odchylając się w krześle, każdy cal jego ciała emanował niewzruszonym dyplomatą. — Ale nie mówimy o mnie. Mówimy o złodzieju.

— Dość.

Jedno słowo. Głębokie, miarowe, ciężkie jak kamień wpadający do wody. Sala zastygła, gdy Dowódca Rycerzy,

Sir Eltar, podniósł się na nogi. Jego czarna zbroja lśniła w migotliwych światłach fae, ale twarz miał w cieniu, nie do odczytania. Gdy wreszcie wyszedł bliżej środka kręgu — i bliżej bezwładnego ciała Maeve — okazało się, że nie trzyma hełmu. Trzymał miecz.

— To ja wziąłem księgę — powiedział tonem płaskim. Bez przeprosin, bez ozdobników. Sama treść. A jednak runęło to w krąg jak grom.

Szok przeszedł przez tłum falą, słyszalne westchnienia przecięły ciszę. Artaria wyprostowała się w krześle; u Lorda Tharosa rozchyliły się lekko usta, brwi ściągnęły. Serce mi przyspieszyło, choć nie wiedziałem czemu. Może od ciężaru obecności Eltara, a może od czegoś mroczniejszego.

— Dlaczego? — padło pytanie, ale Dowódca zignorował je i podszedł do Alystera. Zatrzymał się tuż przed nim, klęknął na jedno kolano z wyćwiczoną precyzją. Przez moment mogłem tylko patrzeć, jak posępny rycerz kładzie swój miecz — nie od niechcenia, lecz z czcią — u stóp Alystera.

— Żeby ją ocalić — powiedział Eltar. Nie konkretnie do Alystera, do całej sali. — Przed samą sobą. Ale spóźniłem się. Byłem zbyt wielkim tchórzem, by działać, gdy miało to największe znaczenie.

Nie było w jego tonie miękkości. Nie było litości dla siebie. Sama naga żałość, wystawiona na chłód jak otwarta rana. — Pan był odważniejszy — dodał, unosząc wzrok i spotykając spojrzenie Alystera. — Dość odważny, by się złamać tam, gdzie ja kurczowo trzymałem się przysięgi. Dość odważny, by zrobić to, co należało.

— Eltar... — odezwał się Alyster niezwykle miękko, niemal niepewnie. Ale Dowódca pochylił głowę jeszcze niżej, wciskając pięść w posadzkę w niemym hołdzie.

— Pana czyny, Sir Alysterze — rzekł już oficjalnie — ocaliły królestwo — nawet jeśli zapłacił pan za to własnym honorem. Honor stoi po obowiązku. Zawsze.

Miecz Eltara błyszczał u stóp Alystera, smukła kreska srebra przecinała napięcie w sali. Wiedziałem, co zaraz się stanie, zanim ktokolwiek to wypowie — ba, zanim ktokolwiek się poruszy. Powietrze stało się ciężkie, jak przed burzą, i tak cisnęło mi w klatkę, że chciałem uciec.

Skrzywiłem się, przełykając supły w gardle. Alysterowi to się nie spodoba. Ani trochę.

— No to jedziemy — mruknąłem pod nosem, głównie do siebie.

Najpierw ciszę przerwał zgrzyt odsuwanego krzesła. Potem inny dźwięk — szelest tkaniny, trzewiki na marmurze — gdy Lord Tharos wstał ze swojego miejsca. Twarz miał nie do odczytania, ale w sposobie, w jaki się poruszał, było coś zamierzonego, jakby każdy krok był elementem wystawnego przedstawienia. Bo oczywiście — u Fae zawsze tak było.

— Sir Alysterze — zaczął Tharos głosem gładkim jak wypolerowany kamień. Nie popatrzył na ciało Maeve — nie zaszczycił go nawet spojrzeniem — lecz trzymał ostre spojrzenie wbite w Alystera. — Wątpiłem w pana. Podawałem w wątpliwość pańskie przekonania. Pański honor.

Alyster zesztywniał, szczękę miał zaciśniętą, dłonie zwinięte w luźne pięści po bokach. Usta mu się rozchyliły, jakby chciał przerwać Tharosowi, zanim ten pójdzie dalej, ale lord uniósł dłoń i uciszył go bez wysiłku. Typowa buta Fae.

— A jednak — podjął Tharos tonem zniżonym do czegoś na kształt czci — myliłem się. Miał pan rację,

Sir Alysterze. We wszystkim. — Zatrzymał się tuż przed klęczącym Eltarem, złożył się w niski, płynny ukłon i wypowiedział słowa, od których ścisnęło mi się w brzuchu.

— Postawił pan dobro Fae ponad własną przysięgę, ponad honor, choć wiedział pan, że zapłaci pan za ten wybór własnym życiem. Pański honor jest nieskalany. Uważam, że powinien pan zostać następnym Wysokim Królem.

W sali zrobiło się zbyt cicho. Zbyt nieruchomo.

Srebrne oczy Alystera odnalazły moje i prawie drgnąłem od surowej paniki, którą w nich zobaczyłem. Groza wyrzeźbiła ostre linie na jego twarzy, złote włosy chwytały mdłe światło jak nimb — ironiczna korona dla kogoś, komu właśnie zamierzano wcisnąć taką, której nie chciał. Usta mu się poruszyły, formując jedno, miękkie słowo, którego nie musiałem słyszeć, by zrozumieć.

— Nie rób tego.

Ale to nie zależało ode mnie. Nie zależało też od niego. Fala już się odwróciła, a my obaj wpadliśmy w jej nurt.

— Wysoki Król Alyster Vayir — rozległ się kobiecy głos. Lady Artaria. Jej ton zadźwięczał czysto i niezachwianie, jak dzwon bijący na śmierć. Powstała z miejsca z gracją godną samej królowej, a jej złotobiały włos lśnił, gdy zgięła kolano przed własnym siostrzeńcem. — Wasza Wysokość.

Znów zaskrzypiało krzesło. Kolejny ukłon. Za nimi poszły następne głosy. Początkowo niskie szepty, każdy niósł ciężar większy niż jakikolwiek miecz, jaki kiedykolwiek dźwigałem. Jeden po drugim padali jak domino, a ich słowa waliły we mnie jak fala.

— Wysoki Król Alyster Vayir.

— Wasza Wysokość.

— Król Alyster.

Każdy tytuł był gwoździem do trumny Alystera — albo Maeve. Tak czy inaczej, powietrze stało się duszne, gęste od magii i oczekiwania.

— Cholerne Fae — mruknąłem pod nosem, choć nikt mnie nie usłyszał pośród narastającego chóru. Buty przykleiły mi się do podłogi, ale zmusiłem się do ruchu. Krok naprzód. I następny.

Dopiero gdy stanąłem tuż za nim, Alyster spojrzał na mnie ponownie. Tym razem jego wzrok był ostry, zmrużony, cięty jak ostrze, które rozcinało cały ten bałagan. Gdyby spojrzenia mogły zabijać, leżałbym obok Maeve.

— Rafail — syknął przez zaciśnięte zęby.

— Dobra, dobra — westchnąłem dostatecznie głośno, by usłyszał. — Wiem, jak bardzo tego nienawidzisz, ale jeśli nie masz planu, jak im przerwać w pół ukłonu, to utknąłeś z tym.

— Zdrajco. — Uśmiech miał cienki, bez cienia wesołości, ale czaiło się pod nim coś jeszcze. Mroczniejszego. Nie zamierzał mi darować, że nie uratowałem go przed tym. Może chciał ostrzec, żeby uciec, nim działanie stanie się faktem, ale było za późno od chwili, gdy Eltar położył miecz u jego stóp, i chyba obaj to wiedzieliśmy.

— Jasne — odciąłem. — A teraz odwróć się i zagraj króla, zanim zaczną skandować czy coś.

Odwrócił się niechętnie, stając twarzą do klęczącego dworu, z ramionami rozpaczliwie wyprostowanymi, choć każda linia jego ciała krzyczała napięciem. Odczekałem chwilę, wiedząc, co będzie dalej, i przełknąłem ślinę, nim poszedłem w ich ślady.

Kolano uderzyło mnie o posadzkę. Nigdy wcześniej przed nikim nie klękałem. Cholera.

— Powstańcie — powiedział Alyster, głosem już mocniejszym, brzmiącym jak rozkaz, do którego się urodził. Drań brzmiał w tym dobrze. Pewnie dobrze o tym wiedział.

Podniosłem się wraz z innymi. Jego dłoń już spoczywała na rękojeści miecza, wydobył go tak gładko, że ledwie uchwyciłem ruch. Znajoma, promienna stal niebiańskiego ostrza zabłysła złowieszczo, gdy zwrócił się ku mnie.

— Czekaj — zacząłem, cofając się o pół kroku. — Co ty—

— Zmiennokształtny Rafail Rubakis — przerwał, ton nagle oficjalny i zbyt podszyty rozbawieniem. Ten jego uśmiech rozciągnął się szerzej, bezwstydnie mściwy. — Za twoją odwagę w służbie tego królestwa i za pomoc w pokonaniu zdrady — zerknął znacząco na bezwładną postać Maeve — ja, Wysoki Król Alyster Vayir, mianuję cię Rycerzem Królestwa Fae.

— Nawet się nie waż—

— Sir Rafail — dokończył, muskając płazą ostrza lekko każde z moich ramion. Drań puścił do mnie oko.

— Pasowany przez Fae — warknąłem pod nosem, piorunując go wzrokiem. — To prawie gorsze niż klątwa Seta!

Ciężka dłoń Alystera spadła mi na ramię, pochylił się, mówiąc na tyle cicho, że tylko ja mogłem go usłyszeć.
— Więc — rzekł, a srebrne oczy błysnęły psotą i czymś stanowczo zbyt triumfalnym jak na mój gust — jak dokładnie wytłumaczymy to Careenie?

Mrugnąłem, na moment zapominając o ciężarze tego cholernego pasowania, którym mnie właśnie obarczył. — Co wytłumaczyć? — ton miałem płaski, ale w środku już się krzywiłem.

— Zacznij gdziekolwiek, naprawdę — uśmiechnął się szeroko, ostry i bez skruchy. — Wysoki Król Alyster Vayir — ładnie brzmi, prawda? A może wolałbyś zacząć od Sir Rafail, rycerz królestwa Fae? Och, ona będzie zachwycona.

— Ona nas zabije — mruknąłem, ściskając nasadę nosa. W wyobraźni aż nazbyt wyraźnie zobaczyłem, jak jej atramentowo czarne oczy mrużą się w osądzie, w parze z tym melodyjnym, ciętym tonem. *Co wy, dwaj wariaci, znowu zrobiliście?* Tak, niemal to słyszałem.

— Ciebie może — odparł Alyster, zupełnie niewzruszony. — Ja po prostu się z tego wyczaruję urokiem.

— Urokiem się— — urwałem, gapiąc się na niego, jakby wyrosła mu druga głowa. Odpłacił mi niewinnym wzruszeniem ramion, co tylko pogorszyło sprawę. — Jesteś urojony — orzekłem w końcu.

Parsknął śmiechem — prawdziwym, ciepłym i nieskrywanym, takim, który zawsze mnie zaskakiwał, bo tak różnym był od jego zwykle wyćwiczonego uroku. Uderzył we mnie jak słońce przebijające chmury po burzy i mimo wszystko — chaosu, martwej królowej stygnącej na podłodze, faktu, że pewnie dzieliły nas sekundy od jakiegoś starożytnego prawa Fae, na mocy którego mnie zetną — parsknąłem. A potem się roześmiałem.

— Careenie pęknie żyłka — wydyszałem w przerwach na oddech, kręcąc głową. — Spojrzy na ten bajzel i—

— I nazwie nas imbecylami — dokończył Alyster, teraz już szeroko się szczerząc.

— Idiotami — poprawiłem.

— Głupcami, jeśli najdzie ją poetycki nastrój.

— Albo wszystkim naraz — dodałem i jakoś znów nas to rozśmieszyło, a echo naszego śmiechu absurdalnie rozbrzmiało w wielkiej sali pełnej sztywnych, wpatrzonych w nas arystokratów Fae.

ROZDZIAŁ PIĘTNASTY

CAREENA

Ciężkie, dębowe drzwi jęknęły, gdy je pchnęłam, a dźwięk odbił się echem w pustym kościele. Moje buty zaskrzypiały na kamiennej posadzce, kiedy zatoczyłam się do środka, skrzydła włókłszy za sobą jak martwy ciężar. Każdy mięsień w ciele wrzeszczał o odpoczynek.

Aurelius podążał w milczeniu, jego srebrne skrzydła musnęły framugę, nim przekroczył próg w półmrok migoczących świec. Zamknął drzwi z rozmyślną ostatecznością, a zasuwa zatrzasnęła się z kliknięciem jak zamek sarkofagu.

— Bezpiecznie — powiedział krótko, przyciszonym głosem. — Na razie.

Oparłam się o jedną z ławek, próbując złapać oddech. W powietrzu wciąż unosił się słaby zapach kadzidła, zmieszany z zimną, wilgotną wonią kamienia. Palce drgnęły mi przy biodrach, aż bolały, żeby coś zrobić, cokolwiek, ale nie było tu już z kim walczyć. Tylko cisza. Błogosławiona, dławiąca cisza.

— Krwawisz — rzucił Aurelius tonem bardziej stwierdzenia niż troski. Jego spojrzenie przesunęło się po mnie ostro jak zawsze, zatrzymując na rozcięciu na moim ramieniu.

— Nie na tyle, żeby miało to znaczenie — odburknęłam, choć ramię zapulsowało buntem. Zgięłam palce, ignorując szczypanie zaschniętej krwi pękającej na skórze. To nie była najgorsza rana w tym tygodniu. Nawet blisko.

— Brawura. — Pokręcił głową, jego dezaprobata przecięła kruchy spokój jak ostrze.

— Konieczne — odcięłam, zmuszając się, by stanąć prosto. Zmęczenie szarpało każdą nitką mojego ciała, ale i tak spotkałam jego wzrok. Głęboka czerń przeciwko przeszywającemu srebru. — Byłeś w mniejszości. Znowu.

— To bez znaczenia — powiedział, splatając dłonie za plecami w ten jego doprowadzająco spokojny sposób. Zawsze opanowany. Zawsze zdystansowany.

— Powiedz to sabatowi — mruknęłam, mijając go i kierując się ku ołtarzowi. Moje buty dudniły pusto o posadzkę. Witraż nad nami rzucał połamane plamy barw, postaci świętych spoglądały na nas nie mrugając. Zastanawiałam się, czy nas żałują, czy nas osądzają. Pewnie jedno i drugie.

— Careena — zaczął Aurelius, tym razem ciszej, niem al... znużony. Zatrzymałam się, ale nie odwróciłam.

— Nie zaczynaj — powiedziałam, przeczesując dłonią skołtunione włosy. Palce ugrzęzły w kilku supłach, ale było mi wszystko jedno. — Nie dziś. Daj mi odetchnąć pięć minut, zanim zaczniesz mnie pouczać o zasadach albo dyscyplinie, albo o czymkolwiek, co cię gryzie.

Zapadła pauza. Długa. W końcu westchnął. Rzadkie pęknięcie w jego pancerzu.

— Pięć minut — pozwolił.

Osunęłam się na najbliższą ławkę, pozwalając, by skrzydła ciężko spłynęły wokół mnie. Tym razem Aurelius nie naciskał. Napięcie wisiało między nami gęste jak dym, ale żadne z nas nie próbowało go rozwiać.

Przekręciłam się na zimnej kamiennej posadzce, twarda powierzchnia wbijała mi się w łopatki, jakkolwiek bym się nie ułożyła. Skrzydła bolały tam, gdzie przygniatały je płyty, pióra pogięte i zagniecione pod dziwnymi kątami. Sen nie nadchodził, mimo zmęczenia. Nie tej nocy.

Słaby zapach kadzidła mieszał się z kurzem i metaliczną, żelazistą nutą starej krwi — mojej, jego, albo jeszcze czyjejś, już nie wiedziałam. Za murami kościoła noc żyła odległymi wrzaskami i nieświętymi pomrukami, przytłumionymi, ale obecnymi. Wciąż zbyt bliskimi.

— Żałujesz kiedyś? — wyrwało mi się nagle, rozcinając przygniatającą ciszę. Mój głos zabrzmiał zbyt głośno w tej pustce, odbijając się od sklepienia.

— Czego miałbym żałować? — odezwał się Aurelius gdzieś przy ołtarzu. Nie ruszył się z miejsca, w którym stał wcześniej, jego sylwetka ledwie rysowała się w migotliwym półmroku. Zawsze stojący, zawsze wyprostowany, jakby ciężar świata nie mógł go sięgnąć. W przeciwieństwie do mnie.

— Tego, że widzisz. — Przetoczyłam się na bok, podparłam na łokciu. — Przyszłość. Twoje wizje. Chciałbyś kiedyś ich nie mieć?

Zapadła długa pauza. Tak długa, że pomyślałam, iż wcale nie odpowie. Cisza rozciągnęła się ciężka i gruba jak całun. Był w tym dobry — w grze na czekanie. W tych rozmyślnych przerwach, które sprawiały, że każde słowo, które w końcu wypowiadał, brzmiało jak wykute w kamieniu.

— Czasami — powiedział wreszcie, tonem wyważonym, ostrożnym. Aż nazbyt ostrożnym. — Ale nie do mnie należy decyzja.

— To nie jest odpowiedź. — Usiadłam już całkiem prosto, ignorując ostry protest mięśni. Wbiłam w niego spojrzenie, choć wciąż stał odwrócony, prosty jak struna. — Co właściwie widzisz? Jak to wygląda?

Jego ramiona lekko się spięły, pierwszy rys w idealnej ogładzie. Ale nie spojrzał na mnie. — To fragmenty — powiedział po kolejnej pauzie. — Chwile. Rozproszone kawałki większej układanki, której pełnego obrazu nigdy nie dostaję.

— Brzmi... bezużytecznie — wyrwało mi się, zanim zdążyłam się powstrzymać.

Spojrzał przez ramię, srebrne oczy złapały światło świec jak odłamki szkła. — Jest tym, czym musi być — odparł, nie do odczytania jak zawsze.

— To dopiero nic nie mówiąca odpowiedź — mruknęłam i z westchnieniem frustracji położyłam się znowu. Moje skrzydła znów rozlały się bezradnie po kamieniu. Wbiłam wzrok w popękane, drewniane belki nad głową, licząc ciernie pęknięć w półmroku. Płomień świec tańczył nisko na kamiennych ścianach, rzucając powykrzywiane cienie, jakby żyły. — Aurelius — powiedziałam ostrzej, niż zamierzałam. — Widziałeś mnie kiedyś w swoich wizjach?

Zastygł w miejscu, ledwie kilka kroków ode mnie, wciąż plecami do mnie. Przez chwilę jedynym dźwiękiem był cichy szelest jego srebrnych szat po kamieniu.

— Tak — powiedział w końcu, wolno, rozmyślnie.

Coś jednocześnie zimnego i gorącego skręciło mi się w piersi. Podniosłam się znowu, ignorując protest ciała. — I? — Mój głos ucichł, ale nie stracił nacisku. — Co widziałeś?

Wtedy się odwrócił, twarz jak zwykle nie do odgadnięcia, ale coś w jego oczach — srebrnych, ostrych jak ostrza — sprawiło, że serce przyspieszyło. I nie w ten sposób, w który bym chciała.

— Nic złego, to dopiero ma nadejść — powiedział, kącik ust drgnął mu w czymś, co byłoby uśmiechem, gdyby nie było tak powściągliwe. — Nie bój się.

— To nie jest odpowiedź — warknęłam, skrzydła lekko się rozchyliły, nim zmusiłam je, by opadły. — Nie możesz tak powiedzieć i oczekiwać, że odpuszczę.

— Mogę — odparł gładko, podchodząc bliżej. Jego spojrzenie nie drgnęło, przygważdżając mnie w miejscu, choć patrzyłam na niego spode łba. — Ale ty nie odpuścisz, prawda?

— Nie ma mowy — odbiłam, choć głos sam złagodniał. Coś w sposobie, w jaki na mnie patrzył, kruszyło moją złość, jakby za jego słowami krył się ciężar, którego nie umiałam pojąć. — Czego mi nie mówisz?

Wypuścił powietrze, lekko odwracając głowę, jakby nasłuchiwał czegoś odległego. Cisza między nami napięła się do granic, zanim znów przemówił. — Zostało mi bardzo niewiele wizji — powiedział cicho, ale stanowczo.

Mrugnęłam, zbita z tropu. — Co to znaczy?

— Znaczy dokładnie to, co powiedziałem. — Nie rozwinął. Niczego nie dodał.

— To nie— — zaczęłam, ale uciął mi słowem, nagle zatrzaskując spojrzenie na moim.

— Pewne rzeczy muszą pozostać niejasne, nawet dla mnie — powiedział tym samym doprowadzająco spokojnym tonem. To był ten rodzaj spokoju, który brzmiał jak trzaśnięcie drzwiami, zostawiając mnie wpatrzoną w słojowanie drewna i zastanawiającą się, co jest za nimi.

— Jesteś niemożliwy — mruknęłam, opadając z westchnieniem na kamień. Moje skrzydła rozplotły się szeroko, tym razem pióra musnęły jego buty. Nie poruszył się. Nie zareagował. Po prostu stał, milczący i niewzruszony jak zawsze.

Skrzypnięcie pradawnych zawiasów wyrwało mnie z niespokojnej drzemki. Dłoń sama poleciała do miecza u boku, zanim w ogóle zarejestrowałam znajomy, brązowy błysk w progu.

Hadraniel wszedł do kościoła, skrzydła złożył ciasno, by zmieścić się pod niskim łukiem. Wyglądał... cóż, lepiej niż ostatnim razem, kiedy go widziałam, co niewiele mówiło. Zbroja wciąż była wgnieciona, a lekki utyk zdradzał, że nie wyleczył się do końca, ale przynajmniej stał na nogach. Zostawiliśmy go w Sanktuarium pod opieką uzdrowicieli i wiedziałam, że Aurelius kazał mu udać się do Rady Archaniołów, gdy tylko będzie w stanie, żeby błagać o dalszą pomoc.

— Spóźniłeś się — powiedziałam, podnosząc się naprzeciw niego. Głos zabrzmiał ostrzej, niż chciałam.

Może to przez dni zmęczenia miażdżące mnie jak kamienie, a może przez widok kolejnego anioła, który powinien był tu być, kiedy najbardziej go potrzebowaliśmy.

Nie drgnął. Nigdy nie drgał. — Przynoszę wieści — oznajmił Hadraniel, jego głęboki głos odbił się echem w wydrążonej przestrzeni. Twarz miał wykutą z kamienia, nieczytelną jak zawsze, choć w spojrzeniu było coś ciężkiego, gdy zwrócił się ku Aureliusowi. — Rada przemówiła.

— Pozwól, że zgadnę — wcięłam się, podchodząc bliżej. — Więcej wymówek. Więcej niebiańskiej pozy. — Słowa paliły mnie na języku, ale nie mogłam ich powstrzymać. — Co tym razem? Nie ich jurysdykcja? Zbyt zajęci polerowaniem aureoli?

— Careena — powiedział łagodnie Aurelius, ostrzegawczo, ale go zignorowałam.

— Powiedz, że się mylę — wyzwałam Hadraniela, patrząc mu prosto w oczy. — Powiedz, że nie siedzieli na tronach i nie zbyli tego jak wszystkiego innego.

Szczęka Hadraniela drgnęła. Przez moment myślałam, że odpyskuje, ale westchnął i ramiona nieznacznie mu opadły. — Nie mylisz się — przyznał sucho. — Nie zareagują, dopóki sam Set się nie objawi. Uważają niedolę Ziemi za... drobiazg.

— Drobiazg? — Wyrwało mi się głośniej, niż zamierzałam, aż odbiło się od wysokich ścian jak bluźnierstwo. — Demony rozszarpują ten świat, jedno miasto po drugim, a oni nazywają to *błahostką*?

— Dość — powiedział teraz Aurelius twardziej, odwracając się ku mnie z tym swoim doprowadzająco spokojnym wyrazem twarzy. Ale to zobaczyłam — mgnienie, rysa pod powierzchnią. Palce mu drgnęły przy biodrach i mogłabym przysiąc, że usłyszałam najlżejszy dreszcz w jego głosie, gdy dodał: — Nie możemy marnować sił na gniew.

— Nie możemy? — odbiłam, zerkając wściekle to na jednego, to na drugiego. — Bo mnie się zdaje, że tylko to tam u góry szanują. Gniew. Siłę. Potęgę. A my mamy po prostu... co? Nadal sprzątać po nich, kiedy patrzą z kości słoniowej wieży?

— Tak — odparł po prostu Aurelius.

— Niewiarygodne — mruknęłam, zaczynając krążyć, a moje buty szurały po zimnym kamieniu. Powietrze w kościele nagle zgęstniało, jakby trudno nim było oddychać. — To wszystko? Położymy uszy po sobie i przyjmiemy ciosy?

— Nie podoba mi się to bardziej niż tobie — powiedział Hadraniel ciszej, niemal niechętnie. — Ale słowo Rady to prawo.

— Prawo — wyplułam, odwracając się z powrotem do niego. — Od kiedy prawo znaczy porzucanie niewinnych? Od kiedy znaczy wypuszczanie demonów samopas, bo niewygodnie jest interweniować?

— Careena — powiedział znowu Aurelius, srebrne spojrzenie miał utkwione w moim. Nie było w jego tonie żaru ani osądu, tylko ta niewzruszona pewność, przez którą chciało mi się jednocześnie krzyczeć i na nim oprzeć. — To niczego nie zmienia. Wciąż mamy pracę do wykonania.

— Pracę do— — ucięłam, wciągając powietrze przez zaciśnięte zęby. — Dobrze. Nieważne. Wracajmy do roboty.

— Nareszcie — powiedział Aurelius, a kąciki ust drgnęły mu w czymś, co można by uznać za rozbawienie, gdybym nie znała go lepiej.

— Nie drażnij mnie — ostrzegłam, wycelowawszy w niego palec. Skrzydła rozwinęły mi się instynktownie, pióra musnęły ściany, kiedy ruszyłam do drzwi. Za plecami usłyszałam, jak Hadraniel coś do niego mruczy, ale nie odwróciłam się. Gdybym to zrobiła, mogłabym się nie powstrzymać przed spaleniem tego cholernego kościoła.

Ulice Tours były chaosem. Cienie poruszały się tam, gdzie nie powinny, wspinały po ścianach i pełzły po kocich łbach śliskich od krwi — nie tylko ludzkiej. Powietrze cuchnęło siarką i spaloną tkanką, tak gęsto, że oblepiało tył gardła, ale zmuszałam się, by przez to oddychać.

— W lewo! — krzyknęłam, wzbijając się w powietrze, gdy jeden z mniejszych demonów wyskoczył na mnie z zaułka. Jego nakrapiane, szare ciało raz się rozmywało, raz ostrzyło w półmroku, chora parodia czegoś kociego. Ostrze trafiło go tuż pod żuchwą, odrąbując ją czysto, a posoka chlapnęła mi po dłoniach i piersi — przynajmniej miecz Seta był na nie skuteczny, może nawet bardziej niż ostrze niebiańskie. Demon runął z mokrym plaśnięciem, a jego głowa potoczyła się ku butom Aureliusa.

— Paskudnie — rzucił Aurelius doprowadzająco spokojnym tonem, przestępując nad resztkami nawet na nie nie zerkając. Jego miecz błyszczał srebrem w świetle księżyca, już ociekając krwią innego demona.

— Nie zaczynaj — warknęłam, lądując obok niego. Skrzydła złożyły mi się ciasno przy plecach. — Niezbyt tu wygrywamy.

— Ale jeszcze nie przegrywamy. — Nie spojrzał na mnie, jego przeszywające spojrzenie omiatało pogrążoną w mroku ulicę przed nami. Gdzieś po prawej rozległ się krzyk — ostry i nagle urwany. Skręciło mnie w środku.

— Pocieszające — mruknęłam, zaciskając mocniej palce na rękojeści. Nad głową przemknął kolejny cień, tym razem skrzydlaty. Hadraniel śmignął obok nas w pościgu, jego złota włócznia błysnęła, gdy cisnął nią z zabójczą precyzją. Stwór zapiszczał, spadając i roztrzaskując się o dach pobliskiej kawiarni.

— Naprzód — rozkazał Aurelius. Ton nie zostawiał miejsca na dyskusję, choć nie powstrzymało mnie to od posłania mu morderczego spojrzenia, nim ruszyłam za nim głębiej w miasto.

Demony wypełzały z każdej szczeliny — pełzające, skaczące, latające. Jedne małe i szybkie, jak ten, którego zabiłam; inne powolne, masywne i odrażające, ich kształty ledwo trzymały się kupy, jakby sama tkanka ich istnienia rozłaziła się w szwach rzeczywistości. I zawsze nadchodziły kolejne.

— Skup się — warknął Aurelius, gdy o włos nie umknęłam przed strzałem ohydnej, zielonej magii od jednego z sabatu.

— Skupiona — odburknęłam, choć ręce piekły, a oddech rwał się krótki i płytki. Prawda była taka, że przegrywaliśmy. Powoli, boleśnie. Za każdego demona, którego ścinaliśmy, na jego miejsce pojawiały się dwa następne. Noc rozciągała się ciężka i bez końca, a czułam, jak całe miasto dusi się pod ich naporem.

A potem, nagle, wszystko się zmieniło.

Zaczęło się od szeptu na wietrze — chłodnej, świeżej bryzy, która nie pasowała do tego piekielnego pejzażu. Zatrzymałam krok, bo powietrze wokół nas się odmieniło, duszący smród siarki ustąpił czemuś niemożliwie czystemu. Las po deszczu. Kwieciste łąki. Życie, jasne i nieokiełznane.

— Czujesz to? — zapytałam, półprzytomna od tej nagłej przejrzystości.

Aurelius zastygł obok mnie, skrzydła rozwarły mu się szeroko, a srebrne oczy zwęziły. — Czuję.

— Co— — zaczęłam, ale słowa stanęły mi w gardle, gdy woń się nasiliła, przetaczając się ulicami jak fala. Wokół nas demony zawahały się, ich ruchy stały się szarpane, niepewne. Niektóre zawyły, drapiąc własne ciała, jakby próbowały uciec przed niewidzialną siłą, która na nas spłynęła.

— Coś nadchodzi — powiedział Hadranial, pojawiając się przy mnie, z wyrazem niecharakterystycznej dla niego posępności. W dłoniach błyszczał mu złoty miecz, ostrze kapało czarną posoką. — I nie sądzę, by to byli oni.

Świat rozpadł się w przypływie światła.

Drzwi — nie, raczej poszarpane pęknięcie — rozdarły powietrze przed nami. Trzaskało i migotało, wylewając na ulicę złocisto-zielony blask. Powietrze zgęstniało od energii, aż śpiewała na skórze. Zachwiałam się, skrzydła rozwarły mi się odruchowo, oczy przykuł niemożliwy widok.

A potem przeszli.

Fae.

Wylali się z portalu jak powódź, opancerzone sylwetki poruszały się ze śmiertelną gracją. Ich bronie łapały to dziwne światło, ostrza błyszczały jak płynny księżyc, cięciwy łuków ugięte, z nałożonymi strzałami, które brzęczały mocą. Uderzyli w demony twardo, bez wahania, przecinając je jak cienie.

— Na niebiosa — wyszeptał obok mnie Aurelius, nisko, z podziwem.

Nie odpowiedziałam. Gardło miałam suche, myśli splątane. Widziałam już bitwy — zbyt wiele — ale nigdy czegoś takiego. Fae poruszali się jak jeden organizm, szybko i precyzyjnie, ich ciosy były niemal zbyt szybkie, by je śledzić. Każde zabicie rozchodziło się jak fala, demony cofały się, warcząc i skrzecząc, jakby sama obecność Fae je parzyła.

— Careena! — warknął Hadraniel, wyrywając mnie z odrętwienia. — Za tobą!

Obróciłam się w chwili, gdy demon skoczył, pazury cięły mi prosto w twarz. Ostrze błysnęło, przechwytując cios w pół ruchu. Siła zatrzęsła mi rękami, ale pchnęłam naprzód, ścinając go czysto w kark. Czarna ciecz pryśnięła po kocich łbach, a to coś zapadło się z mokrym sykiem.

— Skup się — syknął Aurelius, posyłając kolejnego demona w niebyt jednym pchnięciem. — Cokolwiek to jest, walkę i tak musimy dokończyć.

— Jasne — wydyszałam. Ale nawet szykując się na następny atak, nie mogłam przestać gapić się na chaos wokół nas. Fae nie tylko walczyli — oni *wygrywali*. Za każdego demona, którego trafili, żaden nie wstawał na jego miejsce.

A wtedy go zobaczyłam.

Najpierw pomyślałam, że oczy płatają mi figle. Z żarzącego się portalu wyłoniła się postać, wysoko w siodle stworzenia tak olśniewającego, że aż rozmywało się na krawędziach. Jego róg — spiralna lanca z czystego srebra — złapał blask, gdy zwierzę stanęło dęba, rozmiatając najbliższe demony jak liście w wichrze. A na grzbiecie, z uśmiechem, jakby właśnie wygrał jakąś kosmiczną partię, siedział Alyster.

— Niemożliwe — wyszeptałam, znieruchomiała.

Miał na sobie lśniącą, misterną, nieziemską zbroję — taką, która wyglądała bardziej na ceremonialną niż praktyczną. A jednak nosił ją jak własną skórę, każdy ruch płynny i pewny. Na czole spoczywał mu złoty diadem, łapiąc blask jego włosów — włosów, które połyskiwały jak płynne słońce w chaotycznym świetle latarni.

— Careena! — Jego głos przeciął zgiełk, czysty i dźwięczny. Poprowadził jednorożca — bo czymże innym miałby być? — w moją stronę, przeciskając się przez zamęt bez wysiłku. Uśmiech poszerzył mu się, gdy nasze spojrzenia się spotkały. — Stęskniłaś się?

Chciałam odpowiedzieć. Chciałam rzucić coś ostrego i błyskotliwego, coś, co dorównałoby absurdowi tej chwili. Ale tylko gapiłam się na niego z rozdziawionymi ustami, oszołomiona, jakby mózg całkiem mi się przepalił.

Chaos wokół zszedł na drugi plan — dziwny, przytłumiony akompaniament do niedorzecznego widoku przede mną. Alyster zatrzymał wierzchowca, a stworzenie stąpnęło wdzięcznie, niemal nieludzko. Róg lśnił jak roztopione srebro, łapiąc migot płomieni wciąż szalejących dalej ulicą. Żołnierze Fae przetaczali się obok nas jak fala, ścinając demony z ostrą precyzją, ale ledwo to rejestrowałam.

— Czy to... — Głos mi się załamał, chrypiący od zbyt wielu bitewnych wrzasków. — To jednorożec?

— Bystra jak zawsze — odparł Alyster, a jego uśmiech się poszerzył.

Usta wyprzedziły mi głowę. — Myślałam, że tylko dziewice mogą na nich jeździć.

Alyster odrzucił głowę i roześmiał się głośno, donośnie, jakby to pole bitwy było wielkim żartem, którego puentę rozumiał tylko on. — Ach, Careena — powiedział, z gracją zsunąwszy się z grzbietu stworzenia. Jego buty stuknęły lekko o kocie łby. Poprawił złoty diadem na czole jak mimochodem, aż bezczelnie swobodny. — Nie mylisz się. Tradycyjnie rzecz biorąc.

— Tradycyjnie? — Mrugnęłam, usiłując cokolwiek z tego poskładać.

— Cóż — zaczął, robiąc teatralny półobrót — to nie jest dokładnie *tradycyjny* jednorożec.

Stworzenie zastygło, jego migotliwa forma zadrgała jak powietrze nad rozgrzanym kamieniem. A potem, niemożliwie, zaczęło się zmieniać. Srebrna lanca rogu rozpłynęła się pierwsza, zwijając w nicość, futro ściemniało i skurczyło się do środka. Chwilę później, stojąc tam z miną skrajnie poirytowaną, był Rafail.

— Oczywiście — mruknął. — Bo bycie twoją usłużną taksówką to *dokładnie* to, do czego się zgłaszałem.

Wokół rozgrywała się rozmyta mieszanina szczęku stali, wycia demonów i ostrej, elektrycznej woni magii w powietrzu. Ale nie obchodziło mnie to. Nie w tej chwili.

Biegłam — a raczej potykałam się — przez połamane kocie łby w ich stronę. Skrzydła włókł się za mną ciężkie jak ołów po zbyt wielu bezsennych nocach.

— Careena, zaczekaj— — zaczął Aurelius, ale mnie nie zatrzymał.

Nie zwolniłam. Nim się obejrzałam, kolana się pode mną ugięły i pół-wpadłam, pół-runęłam na Rafaila. Złapał mnie z jękiem, ramiona zamknęły się wokół mnie jak odruch. Choćby i narzekał, facet miał refleks ostrzejszy niż jakiekolwiek ostrze.

— Spokojnie — mruknął, stabilizując mnie. — W tym tempie wywrócisz nas oboje. — Głos miał suchy, ale pod sarkazmem brzęczała troska.

— Nie udawaj, że ci się to nie podoba — wtrącił Alyster gdzieś z boku, bez wysiłku wślizgując się między nas. Jego dłoń odnalazła mój łokieć, uścisk był pewny, ale delikatny, gdy pomagał mi utrzymać równowagę. — Poza tym zasłużyła na wejście z przytupem, przynajmniej jedno czy dwa.

— Zamknij się — wykrztusiłam, bez tchu, ale i tak się roześmiałam. Dobrze było się śmiać. Może nie na miejscu, biorąc pod uwagę wszystko — ale dobrze.

Uśmiech Alystera rozciągnął się szerzej, jasny i ostry na tle sadzy rozmazanej mu na twarzy. — Nigdy.

Wokół nas pole bitwy się odwracało. Żołnierze Fae napierali jak fala, ich bronie lśniły w bladym świetle księżyca. Demony — to, co z nich zostało — rozpadały się, rozpraszały w cień i popiół, sabat pierzchał w noc. Rozbicie było całkowite, choć w powietrzu wciąż czułam zalegający smród siarki.

— Jak? — zapytałam, aż prawie szeptem. Palce zacisnęły mi się na rękawie Rafaila, kotwicząc mnie. — Co zrobiliście? Jak ją powstrzymaliście?

— Ją? — powtórzył Rafail, unosząc brew. Wiedział, o kogo chodzi. Oczywiście, że wiedział. Po prostu grał na czas.

— Maeve — powiedziałam, przepychając słowo przez gulę w gardle. — Co się stało? — Przeskakiwałam spojrzeniem między nimi, szukając odpowiedzi na ich twarzach.

Alyster i Rafail wymienili spojrzenie tak ostre, że mogłoby przeciąć napięcie wiszące między nami. Potem, bez wahania, obaj wyciągnęli oskarżycielski palec w stronę tego drugiego.

— To wszystko jego wina! — powiedzieli idealnie równocześnie.

Mrugnęłam, zaskoczona ich synchronem — i czystym absurdem tej chwili. — Serio?

Rafail ostro wydmuchnął powietrze, przeczesując dłonią potargane włosy. — Powiedz jej prawdę, złoty chłopcze — mruknął, wskazując brodą Alystera. — No już. Snuj opowieść.

— Snuj? — Alyster przekrzywił głowę, jakby irytacja Rafaila bawiła go bez końca. — Ja nie snuję opowieści. Ja relacjonuję historię, gdy się dzieje. Poza tym — jego oczy błysnęły jak płynne srebro — to ty zadałeś pchnięcie.

— A ty — odparł Rafail, gestykulując dziko — jesteś powodem, dla którego w ogóle musiałem ją dźgnąć!

— Nie ma za co — odparł gładko Alyster.

— Nie ma za co? — głos Rafaila podskoczył, niedowierzający. — Masz choć pojęcie, co mi zrobiłeś?

— Czekaj, czekaj — weszłam im w słowo, unosząc obie ręce. Serce waliło mi nierówno, patrzyłam to na jednego, to na drugiego. — Co znaczy: co on ci zrobił? Co to w ogóle znaczy?

— Ach, no cóż. — Alyster się wyprostował, a jego uśmiech złagodniał w coś niemal... przepraszającego? Nie, niezupełnie. Może pogodzonego. — Widzisz, Careena, po tym jak Rafail zabił Maeve — słowa brzmiały lekko, ale były rozmyślnie dobrane — Fae uznali, że potrzebują nowego Wysokiego Króla.

— Wysokiego Króla — powtórzyłam płasko, a te dwa słowa zawisły między nami ciężkie.

— No — powiedział Rafail, a uśmiech wrócił mu na twarz. — Zgadnij, kto wyciągnął krótszą słomkę?

Spojrzałam na diadem na głowie Alystera. Nową, wspaniałą, *królewską* zbroję.

— O.

— Tak witasz nowego Wysokiego Króla Fae? — Srebrne oczy Alystera błysnęły rozbawieniem. — Tylko tyle? O?

— Musisz przyznać, to zaskakujące! — Odwróciłam się, by spojrzeć na Aureliusa, zastanawiając się, czy i to przewidział, ale stał do nas plecami.

— Dla niego też to było niezłe zaskoczenie — powiedział Rafail z ostrym uśmiechem. — Praktycznie błagał mnie, żebym go stamtąd wyciągnął, zanim do tego dojdzie, ale było już o wiele za późno. A ktoś był potrzebny. Maeve była bardzo martwa.

Skrzywiłam się. — Czyli naprawdę ją zabiłeś?

— Tak. — Rafail spojrzał na mnie dziwnie. — Skąd wiedziałaś? Nie wyglądasz na zaskoczoną.

— Okazało się, że Aurelius ma ograniczony dar przewidywania. To on dał ci ten sztylet, żebyś nią zabił. — Zdecydowałam się nie wyjaśniać, co ten sztylet właściwie zrobił Maeve. Jeszcze nie.

— Miło by było, gdyby ostrzegł *mnie*! — Rafail aż się nastroszył z irytacji. — Myślałem, że Fae zaraz mnie powieszą, mimo że właśnie wszystkim im skórę uratowałem!

— Oj, nie pozwoliłbym im na to — zganił go Alyster.

— Ha! Twój sposób ratowania mnie był *absolutnie* niedorzeczny! Nie uwierzysz, co zrobił — — odwrócił się do mnie, głos ociekał dramatycznym oburzeniem — pasował mnie na rycerza za jej zabicie!

Zatrzymałam się jak wryta, gapiąc się na niego. Przez sekundę nie znalazłam słów. Potem absurd uderzył mnie jak z liścia w tył głowy. Śmiech wyrwał mi się, nim zdążyłam go powstrzymać. — Pasował cię na *rycerza*?

— Tak! — zawołał Rafail, rzucając rękami, jakby sama pamięć go obrażała. Twarz miał ustawioną w tę znajomą mieszaninę frustracji i niedowierzania, którą nosił tak dobrze. — Fae najwyraźniej nie robią nic na pół gwizdka. Zabij tyraniczną królową? Bum. Natychmiastowe pasowanie! Jakby fakt, że wcale się do tego nie zgłaszałem, nic nie znaczył.

— Pasował *ciebie*? — powtórzyłam nie do wiary, zerkając na Alystera po potwierdzenie. Jego uśmiech jeszcze się poszerzył. — Za *zamach*?

— Nie podpuszczaj go — mruknął Rafail, ale mój śmiech tylko się nasilił. Był zaraźliwy; ramiona Alystera zaczęły drżeć od tłumionych chichotów, które szybko przerodziły się w normalny, głośny śmiech.

— Rafail, Sir Zabójca — drażnił się Alyster, ocierając łzy z kącików oczu. — Brzmi nieźle, prawda?

— Zamknij się — mruknął Rafail, choć kąciki ust podejrzanie mu drgnęły. — Następnym razem sam załatwiaj swoje brudne sprawy.

— No, no — powiedział Alyster, zarzucając mu ramię niby poufale. — Cóż to byłby za Wysoki Król, gdybym nie delegował?

— Taki, który nie jest kompletnie nieznośny — odciął się Rafail, strząsając jego ramię.

— Mało prawdopodobne — powiedziałam między oddechami, wciąż się uśmiechając. Na moment napięcie w piersi zelżało. Dobrze było się pośmiać — nawet tutaj, nawet teraz, gdy miasto dymiło się wokół nas, a ciężar walki przygniatał każdy krok. Dobrze. Potrzebne.

— Careena — parsknął Rafail, mrużąc na mnie oczy. — Miałaś być po mojej stronie.

— Wybacz — wydyszałam, choć wcale nie było mi przykro. — Ale musisz przyznać — to jest komiczne.

— Tylko dla was — burknął Rafail ponuro, odwracając się i odchodząc. — To ja utknąłem z tym cholernym tytułem.

— Sir Zabójca — zawołał za nim Alyster, jak zawsze bezczelnie zadowolony z siebie. — Nie zapominaj o ceremoniale!

— Och, przypomnę sobie o nim następnym razem, jak jakiś Wysoki Król będzie do ubicia! — odkrzyknął Rafail, starając się zabrzmieć groźnie, a mnie ogarnął bezradny śmiech.

Przez ulotną chwilę świat wydał się lżejszy. Zbyt krótką, wiem, ale i tak się jej uczepiłam.

ROZDZIAŁ SZESNASTY

ALYSTER

KORYTARZ PACHNIAŁ WILGOCIĄ I stęchlizną. Kroki Careeny zwalniały, skrzydła wlokły się lekko za nią, a ich bladoliliowy poblask przygasł. Rafail chwycił ją pod łokieć, nim się potknęła, szczękę miał napiętą. Nic nie powiedział, ale spojrzenie, które mi posłał, było ostre jak brzytwa.

— Tutaj — powiedziałem, popychając liche drzwi do pokoju, który pamiętał lepsze stulecia. Z muru słabo migotała pojedyncza żarówka, rzucając długie cienie na wąskie łóżko, poobijaną szafkę i dwa nie do pary krzesła. Niewiele, ale dawało schronienie — obskurny hotel kilka kroków od miejsca, gdzie znaleźliśmy Careenę walczącą o życie.

— Eltar — zawołałem przez ramię, gdy rycerz stanął przy framudze. Jego czarna zbroja lśniła nawet w półmroku, drażniąco kontrastując z naszym opłakanym stanem. — Niech Pan znajdzie kogoś, kto przyniesie jedzenie. Coś ciepłego.

Skinął tylko raz, bez słowa. Niezawodny jak zawsze. Drzwi zaskrzypiały, zagłuszając miękki szczęk jego pancerza, gdy zajął pozycję na zewnątrz.

— Siadaj — powiedział stanowczo Rafail do Careeny, prowadząc ją ku łóżku. Opierała się przez ułamek sekundy, nim opadła, skrzydła niezgrabnie złożyły się wokół ramion. Oddychała płytko i nierówno, a widok jej w takim stanie — tak wyczerpanej, tak niepodobnej do siebie — zgrzytał mi w zębach.

— Rafail — rzekłem cicho, podchodząc bliżej. — Przynieś wody.

Poszedł bez sprzeciwu, znikając w przyległej łazience. Przykucnąłem przed Careeną, kładąc dłonie lekko na jej kolanach. Z bliska widziałem delikatne drżenie przebiegające przez jej ciało i to, jak jej czarne jak północ oczy z trudem łapały ostrość.

— Na nic się zdasz, jeśli się przewrócisz — wymruczałem, zniżając głos. Łagodnie, ale stanowczo. — Daj się nam dziś zająć sobą.

— Oszczędź mi kazań — warknęła, lecz w jej słowach nie było prawdziwego ognia. Tylko zmęczenie. A jednak spojrzenie wciąż miała wyzywające. — Nie jestem delikatna, Alyster.

— Nigdy nie mówiłem, że jesteś — odparłem, a kąciki ust drgnęły mi mimo woli. — Ale nawet królowe muszą odpoczywać.

— Najpierw muszę się umyć. — Wyciągnęła jedno skrzydło, patrząc z niesmakiem na brud oblepiający pióra: ziemia, krew i coś gorszego. Lepka, czarna demoniczna posoka. Miała rację, z tym nie zasnęłaby nigdy.

— Odkręć prysznic, Raf — zawołałem, po czym podniosłem się. — No już, moja królowo. Do góry. Umyjemy cię.

Para owijała nas miękkimi spiralami, unosząc się leniwie z szumiącej góry wody. Careena stała wsparta między nami, skrzydła ciężko opadały, pióra były oklapłe i skołtunione. Drżała mimo gorąca prysznica, oddychając płytko.

— Nie ruszaj się — mruknął Rafail niezwykle łagodnym tonem, rozplątując palcami mokre pióra lewego skrzydła. Czoło miał ściągnięte, rzadki u niego wyraz skupienia napinał rysy.

— Tylko pogarszasz — powiedziałem, sięgając, by odtrącić mu rękę. — Trzeba iść z piórem, nie pod pióro.

— Widzisz u mnie skrzydła? — odwarknął, ale bez dalszej dyskusji usunął się i pozwolił mi przejąć. Podał mi małe mydło z kpiącym uśmieszkiem. — Proszę bardzo, Wasza Wysokość. Pokaż, jak to się robi.

— Wy dwoje... — Głos Careeny był słaby, jej zwykły władczy ton stłumiony zmęczeniem. Próbowała się odsunąć, ale ugięły się pod nią kolana i złapałem ją, nim runęła naprzód.

— Spokojnie — wyszeptałem, podtrzymując ją. Włosy, ciemne i przemoczone, kleiły się do twarzy; odgarnąłem je delikatnie. — Już prawie skończyliśmy. Po prostu daj nam pomóc.

Jej spojrzenie było co najwyżej połowicznie groźne, za to bez protestu oparła się mocniej na moim uchwycie. — Nienawidzę tego.

— Pamiętam — odparłem lekko. Metodycznie przechodziłem przez pióra, starannie, ignorując, jak z każdą chwilą coraz bardziej opierała na mnie ciężar.

— Wypala się — powiedział cicho Rafail za moimi plecami. Jego dosadność drażniła, ale miał rację. Wyglądała tak, jakby mogła się złożyć od byle mrugnięcia.

— Dojdzie do siebie — odrzekłem, bardziej dla siebie niż dla niego. — Zawsze dochodzi.

— Przestańcie mówić o mnie, jakby mnie tu nie było — wymamrotała Careena. Głowa opadła jej na moje ramię, powieki drgnęły. Widok jej takiej — siły natury sprowadzonej do kruchej istoty — ścisnął mnie w piersi.

— Już prawie — powtórzyłem, bardziej by wypełnić ciszę niż z innego powodu. Rafail znów się włączył, kierując delikatnie drugie skrzydło pod strumień. Razem spłukaliśmy ostatni brud, woda przy naszych stopach mętniała ciemno, po czym znikała w odpływie.

— Dobrze — powiedział Rafail, zakręcając wodę. Sięgnął po jeden z ręczników i owinął nim drżące ciało Careeny. — Zanieśmy ją do łóżka.

— Zgoda. — Podniosłem ją nim zdążyła zaprotestować; wymknęło jej się tylko ciche burknięcie, które zaraz ucichło, gdy głowa opadła jej na moją pierś. Jej wilgotne włosy pachniały jaśminem, subtelnie kontrastując z ostrą nutą zmęczenia, która się jej trzymała.

Ułożyliśmy ją między nami na łóżku, skrzydła starannie opadły poza krawędzie materaca. Rafail wyciągnął misę gulaszu z tacy, którą ktoś przyniósł, gdy byliśmy pod prysznicem, aromat był gęsty i mięsny.

— Proszę — powiedziałem, nabierając łyżkę i podając do jej ust. — Jedz.

— Rozkazujesz — mruknęła, ale rozchyliła wargi i przyjęła kęs. Z każdą łyżką wracał jej kolor, bruzda między brwiami się wygładzała. Gdy misa opustoszała, oddech miała równy, dłonie bezwładnie spoczęły po bokach.

— Usnęła — powiedział łagodnie Rafail, patrząc na nią z nieodgadnionym wyrazem twarzy.

— Dobrze. — Poprawiłem na niej koce, uważając, by nie naruszyć skrzydeł. Wyjątkowo wyglądała na spokojną. Kruchą, owszem, ale spokojną.

— Nawet z Eltarem na zewnątrz — odezwał się po długiej ciszy Rafail, ściszonym głosem — myślę, że jedno z nas powinno czuwać. Tak na wszelki wypadek.

— Set — powiedziałem, a słowo zasmakowało gorzko. To nie było pytanie.

— Ta. — Rafail odchylił się i zerknął na mnie przelotnie. — Weźmiesz pierwszą wartę?

— Dobra. — Oparłem się o wezgłowie, palce muskając rękojeść miecza. Zawsze w zasięgu. — Śpij, póki możesz.

Nie sprzeczał się, wyciągnął się obok Careeny z zaskakującą swobodą. Zanim jednak zamknął oczy, spojrzał na mnie jeszcze raz; coś niewypowiedzianego zatrzymało się w jego wzroku.

— Nie opuszczaj gardy — powiedział cicho.

W chwili, gdy oddech Careeny się zmienił, już wiedziałem. To nie był spokojny rytm snu. Ciało się napięło, palce zacisnęły kurczowo na kocu jak na linie ratunkowej, a skrzydła — zwykle bezruchome we śnie — zadrżały lekko na materacu.

— Careena. — Jej imię uciekło mi w ostrym szeptem, gdy pochyliłem się bliżej. Dłoń zawisła nad jej ramieniem, niepewna, czy dotyk wyrwie ją z koszmaru, czy wciągnie w niego głębiej. — Obudź się.

Nie obudziła się. Z gardła wyrwał jej się cichy skowyt, tnąc ciszę jak ostrze. Dźwięk surowy, bolesny i zupełnie niepodobny do niej. Zerknąłem na Rafaila, który poruszył się ociężale obok, z marsową miną ogarniając, co się dzieje.

— Śni — powiedziałem spiętym głosem.

— O nim? — zapytał Rafail, już siadając, napięcie skręciło mu sylwetkę jak do ataku, którego nie mógł zadać.

— A o kim innym? — Zacisnąłem zęby. Nienawidziłem tego: bezsilności, czekania. Mogłem walczyć z armiami, stanąć naprzeciw bogów, ale nie miałem jak stoczyć bitwy z cieniami w jej głowie.

— Careena! — Tym razem potrząsnąłem nią delikatnie, ostrzej ją wołając. Reakcja była natychmiastowa. Oczy rozszerzyły się czarne, głębokie jak bezdenne studnie, dzikie i rozkojarzone. Z jej gardła wyrwał się gwałtowny wdech, jakby tonęła i dopiero teraz wynurzyła się po powietrze.

— Maeve — wykrztusiła chrapliwie ze strachu. Zerwała się do siadu, skrzydła odruchowo rozwarły się, po czym opadły, gdy pokój nabrał ostrości. Jej spojrzenie skakało między mną a Rafailen, panika lśniła jasno. — Ona... jest uwięziona. Z nim.

— Spokojnie — ponagliłem, chwytając ją za ramiona. Skórę miała wilgotną od potu, całe ciało dygotało pod moimi dłońmi. — Co widziałaś? Zacznij od początku.

— Set ją ma — wyszeptała, a każde słowo dźwigało ciężar grozy. Przycisnęła dłonie do skroni, jakby chciała wypchnąć obrazy. — W podziemiu. Żeruje na jej duszy, Alyster. Wysysa jej istotę kawałek po kawałku.

— Żeruje na niej? — Rafailowi głos stwardniał, obrzydzenie splatało się z niedowierzaniem. — Jak? Dlaczego?

— Bo Maeve jest wcieloną mocą, po mileniach rządów nad Fae — odcięła Careena, a zmęczenie uleciało z niej pod naporem słów. — Sama jej dusza wystarczy, by go podtrzymać — i wzmocnić. Każdy fragment, który zabiera, czyni go silniejszym, groźniejszym. — Urwała, przełknęła twardo, na moment pękła jej fasada.

Cholera jasna. Mało że Set był dla nas zagrożeniem — teraz miał jeszcze ją. A jeśli wizje Careeny były trafne — a zawsze były — czas już uciekał.

— Jak Maeve trafiła do więzienia Seta? — wypaliłem nagle, zaczepiając o tę myśl.

Careena skrzywiła się. — Aurelius.

— Słucham?!

Pokręciła głową. — On przewidział, co się wydarzy — że Rafail zabije Maeve. Więc dał Rafailowi srebrny sztylet.

Rafail drgnął, po czym powoli dobył ostrza. — Ten? — Ostrze lśniło słabo w jego dłoni, krawędź łapała mdły blask lampy przy łóżku. Wyglądał zwyczajnie — wręcz pospolicie. Zwodniczo. Ścisnęło mnie w piersi, gdy na niego patrzyłem, jakby coś ciężkiego wcisnęło się pod żebra.

— Co z nim? — zapytałem, przerywając zbyt długą ciszę. Głos zabrzmiał szorstko, ostrzej, niż zamierzałem.

— Nie daj się zwieść wyglądowi — powiedział Rafail sucho, ale cicho. Obracał sztylet, jakby ten miał go ugryźć. — Powiedział, że to srebro, bo mogę potrzebować czegoś, co zrani Fae. Ale dodał też, że będę wiedział, co z nim zrobić, kiedy przyjdzie pora. Wyglądał na cholernie poważnego.

— Poważny to mało powiedziane — mruknęła Careena. Usiadła po turecku na łóżku, jej krucze skrzydła bezwładnie spływały po ramionach, zwykły połysk przygasł. Głos miała miękki, ale stal dźwięczała pod powierzchnią. —

Każdy zabity tym ostrzem trafia prosto do więzienia Seta. Uwięziony. Na zawsze.

— Na zawsze — powtórzył Rafail z marsowym czołem. Odłożył sztylet na stolik nocny, jakby mógł eksplodować przy złym chwycie. — Niech zgadnę: Aurelius uznał, że Maeve to zbyt duża odpowiedzialność, by błąkała się luzem po podziemiu?

— Dokładnie. — Głos Careeny stwardniał i na chwilę zmęczenie ulotniło się, zastąpione czymś ostrzejszym. — Wiedział, do czego jest zdolna, jak wielką moc może mieć nawet jej nieskrępowana dusza. Co mogłaby zrobić, gdyby dostała szansę. Dlatego chciał, by była uwięziona. Zamknięta.

Zapadła znów gęsta, duszna cisza. Myśli wirowały, splątane i ostre. Maeve. Moja królowa. Moja *former* queen. Przez stulecia wykonywałem jej rozkazy bez wahania, ufałem jej ponad wszystko.

A teraz? Teraz była tylko pionkiem w grze Seta. Złamanym krążkiem na planszy, którą kiedyś rządziła. I część mnie... część mnie nie mogła przestać myśleć, że to sprawiedliwe. Że na to zasłużyła.

— Sama sobie na to zasłużyła — mruknąłem, słowa drapały gardło. — Wszystko, co zrobiła — kłamstwa, zdrady — zaprowadziło ją właśnie tu.

— Może tak — złagodniał ton Careeny, choć wyraz twarzy pozostał nieczytelny.

— Czy Aurelis powiedział ci coś jeszcze? — przyszło mi do głowy zapytać.

Pokręciła głową. — Mało mówił o swoich wizjach. Twierdził, że jeśli komuś je zdradzi, to się nie spełnią, a to, co stanie się zamiast nich, będzie gorsze.

— Czyli nie wiemy, co zrobić z Selene ani z Setem?

— Przykro mi. Nie.

Rafail wydął policzki w westchnieniu. — No cóż. Skoro Aurelius martwił się na tyle, żeby dać nam to coś — skinął w stronę sztyletu — to lepiej wymyślmy, jak najlepiej go użyć.

— Najlepiej go użyć? — uniosłem brew. — Masz na myśli wbicie go Setowi w serce i liczenie na cud?

— Nie Setowi — powiedziała cicho Careena. Jej skrzydła poruszyły się, pióra zaszumiały jak daleki szept. — Selene.

— Selene? — Rafail zmarszczył brwi, oczy mu się zwęziły. — Co ma z tym wspólnego?

— Wszystko — odparła Careena. Jej spojrzenie zapłonęło, gdy wbiło się we mnie, rozpraszając mgłę wątpliwości. — To ona otworzyła Setowi drzwi. To ona wpuściła jego wpływ do *this* realm. Dopóki żyje, będzie pracować, żeby go wzmocnić. Rozsiać jego moc. Jeśli jej nie powstrzymamy—

— To wszystko, co zrobimy, nie będzie miało znaczenia — dokończyłem, a świadomość usiadła ciężarem w trzewiach. Oczywiście. Selene. Zawsze do niej wracało.

Powietrze smakowało ozonem, ostro i elektrycznie, gdy wspierałem się o parapet, patrząc na odległe wzgórza spowite cieniem. Delikatny pomruk magii mrowił skórę — przypomnienie tego, co zrobiliśmy, co wprawiliśmy w ruch. Maeve zniknęła. Jej tron pusty. Fae wolni z jej żelaznego uścisku.

Ale wolność ma swoją cenę.

— Nie traci czasu — mruknął za mną Rafail, głos miał niski, podszyty frustracją. Krążył jak wilk w klatce, buty zgrzytały po zużytych deskach przy każdym zwrocie. — Czuję to. Magia Selene — rozlewa się.

— Jak zgnilizna — powiedziałem, nie odwracając się. Zacieśniłem palce na parapecie. Wbiły mi się drzazgi, przywracając grunt pod stopami. — Wpływ Seta na Fae został przecięty, ale teraz ona próbuje wypełnić pustkę. Wykorzysta każdy skrawek mocy, żeby zawłaszczyć ją dla siebie.

— Już zaczęła — odezwała się Careena cicho, ale w jej głosie brzmiała ostateczność. Siedziała po turecku na łóżku, skrzydła miała ciasno złożone na plecach, pióra przygasłe ze zmęczenia. Na stoliku migotała pojedyncza świeca, cienie tańczyły po jej twarzy. — Sabat już działa. Rytuały. Ofiary. Otwierają ścieżki, których nie wolno tykać.

Odwróciłem się do niej, słowa wyskoczyły ostrzej, niż zamierzałem. — A skąd to wiesz? Kolejny sen?

Jej spojrzenie nie drgnęło. — Nie. To nie sen. To się dzieje naprawdę. I już się zaczęło.

— Ma rację — wciął się Rafail, przeczesując dłonią włosy, ciemne pasma spadły mu w nieładzie na oczy. — Rozerwą zasłonę, byle zyskać więcej mocy. Set może i jest teraz odcięty od krainy Fae, ale Ziemia... — urwał, kręcąc głową. — Ziemia to inna historia.

— Selene nie obchodzi, kogo zniszczy — skrzydła Careeny poruszyły się, pióra zaszumiały miękko. — Chce tylko kontroli. Nad wszystkim. Jeśli jej się uda—

— Nie uda jej się — uciąłem. Mój głos przeciął pokój ostrzej, niż chciałem. Oboje zamilkli i spojrzeli na mnie. Odepchnąłem się od parapetu, zacząłem chodzić w tę i z powrotem, w rytm nerwowego tempa Rafaila. — Nie pozwolimy na to. Bawi się siłami, których nie rozumie. Siłami, które ją pochłoną, jeśli nie powstrzymamy jej pierwsi.

— Ten sztylet — odezwał się nagle Rafail, ton miał rzeczowy. — Zadziałał na Maeve. Zadziała i na nią.

— Selene nie jest głupia — powiedziałem. — Nie padnie łatwo. — Zatrzymałem się w pół kroku i odwróciłem do nich obojga. — Najpierw musimy ją znaleźć. Zanim skończy ten swój pokręcony rytuał.

— To nie będzie łatwe — ostrzegła Careena, ale bez cienia wahania. — Dobrze się ukryła. Ale zostawia ślady. Zmarszczki w magii. Musimy tylko za nimi pójść.

— W takim razie ruszajmy szybko — Rafail chwycił płaszcz i zarzucił go na ramię. Minę miał ponurą, ale postawa stwardniała, nabrała zdecydowania. — Jeśli robi to, co myślę, nie mamy wiele czasu.

— Zgoda — powiedziałem. — To kończy się na niej. Tak czy inaczej. — Otworzyłem drzwi i spojrzałem na Eltara, który czekał gotowy. — Niech Pan wezwie armię Fae — rzekłem. — Idziemy na polowanie na wiedźmę.

Niebo nad polem bitwy kipiało jak siniec z popiołu i błyskawic. Smród siarki palił nozdrza, gdy wbiłem ostrze w pierś wyjącej bestii — czegoś na pół wilka, na pół węża, o łuskach śliskich od posoki. Zapiszczało, dźwiękiem trzęsącym kości, po czym zwaliło się w stertę drgających członków.

— Po lewej! — wrzasnął ponad chaosem Rafail. Obróciłem się bez wahania, w ostatniej chwili uchylając się przed zamachem pazurów innego demona — potężnego bydlaka z poszarpanymi rogami i rozżarzonymi pęknięciami biegnącymi przez ciało jak świecące uskoki. Mój miecz zatoczył łuk w powietrzu, głęboko rozciął jego bok. Krew zasyczała, gdy chlusnęła na ziemię, czarny dym powędrował w górę.

— Ile ona ma jeszcze tych paskudztw? — warknąłem, odkopując truchło i omiatając wzrokiem pobojowisko. Wszędzie demony i stwory wylewały się przez szczeliny w ziemi, wysypując się jak szarańcza. Sprowadzona przeze mnie armia Fae trzymała linię, ich ostrza błyskały srebrem przeciw mrokowi, ale byliśmy rozciągnięci. Za bardzo.

— Za dużo — odparł ponuro Rafail, przebijając włócznią kolejnego szarżującego potwora. — Ale nie nieskończenie. Nie mogą.

— Powiedz im to — mruknąłem, ocierając pot z czoła i zerkając ku horyzontowi. W oddali walczyli aniołowie, ich lśniące skrzydła przecinały mgłę jak latarnie. Nawet oni wyglądali na zmęczonych, ich zwykła precyzja kulała pod naporem.

Błysk światła przykuł mój wzrok — zderzenie mocy tak intensywne, że powietrze zaiskrzyło. Aurelius. Stał w samym sercu zamętu, promienny i nieugięty, srebrne włosy ochlapane krwią. Krążyły wokół niego trzy postacie: egipscy półbogowie, spowici magią starszą niż cokolwiek, co widziałem. Poruszali się jak cienie, uderzali w idealnej zgodzie — wojownik o lwiej głowie, zabójca o hyeniej twarzy i kobieta o oczach płonących jak bliźniacze słońca.

— Na razie ich trzyma — powiedział Rafail, stając obok mnie. Głos miał niski, spięty. — Na razie.

— Nie na długo. — Prawda osiadła kamieniem w żołądku. Aurelius był potężny, owszem, ale nawet on nie obroni się sam przed tak skoordynowanym atakiem. Co Selene wypuściła?

— To mu pomożemy — odparł Rafail. Bez zawahania. Palce mu zbielały na drzewcu włóczni, skrzydła rozwarły się za plecami. — I to skończymy.

— Careena potrzebuje cię tutaj — powiedziałem ostro. — My oboje. Jeśli ona— — Urwałem, gdy jeden z półbogów trafił Aureliusa mocno, a ten się zachwiał.

— Idź — warknął Rafail, już ruszając naprzód, z twarzą roziskrzoną wściekłą determinacją. — Utrzymam linię. Tylko nie pozwól mu zginąć.

Nie dyskutowałem. Nie było czasu. Pognaliśmy przez pole bitwy, mijając pazury i kły, a sztylet przy moim boku pulsował zimną żądzą. Gdy zbliżałem się do Aureliusa, ziemia zatrzęsła się pod stopami — lewogłowy półbóg wbił w grunt olbrzymią kosę. Fala uderzeniowa zwaliła mnie z nóg.

— Trzymaj się z dala, Alyster! — rozkazał Aurelius ostrym, nieznoszącym sprzeciwu tonem. Nie odwrócił się, całą uwagę skupił na wrogach, jego ostrze było smugą niebiańskiego ognia. Ale widziałem to — napięcie w ruchach, rysy w obronie.

— Nie ma mowy — warknąłem, podnosząc się i dobywając sztyletu. Krawędź świeciła nienaturalnym blaskiem, głodnym krwi. — Ty masz swoje zasady, Aurelius. Ja mam swoje.

Hyenogłowy półbóg skoczył na niego, mierząc bliźniaczymi sierpami w gardło. Wszedłem między nich, tnąc w górę i łapiąc jedno z ostrzy swoim. Uderzenie wstrząsnęło ramieniem, ale naparłem, zmuszając kreaturę do odwrotu.

— To ponad twoje siły, Fae — syknęła, głos jak zgrzyt kamieni.

— Nie pierwszy raz — odciąłem się, obracając się, by uniknąć kolejnego cięcia. Kątem oka zobaczyłem, jak kobieta o słonecznych oczach wznosi dłonie, złote nici magii koagulują między palcami. Celowała w Aureliusa.

— Za tobą! — krzyknąłem, ale za późno. Zaklęcie trafiło go prosto w pierś, zachwiał się, jego blask przygasł.

— Wycofaj się! — ryknąłem, siekąc na oślep w hyenę, by zrobić miejsce. — Są zbyt silni—

— Nie — głos Aureliusa przeciął wrzawę jak ostrze. Wyprostował się, promieniując uporem, choć szaty miał zbryzgane krwią. — To się skończy teraz.

Zanim zdążyłem go powstrzymać, ruszył naprzód, a jego ostrze zapłonęło jaśniej niż słońce. Jedno cięcie, drugie — poruszał się jak sztorm, każdy cios celny i dewastujący. Przez moment wyglądało, jakby naprawdę mógł wygrać.

Wtedy lewogłowy zawył i opuścił kosę w brutalnym łuku. Aurelius uniósł ostrze do bloku, ale siła uderzenia pchnęła go na kolana. Pozostali zwarli szeregi, ich łączna moc runęła na niego jak przypływ.

— NIE! — wrzasnąłem, skacząc ku niemu, ale światło wokół niego eksplodowało na zewnątrz, cisnęło mną o ziemię i na chwilę oślepiło. Gdy zgasło, jego już nie było. Zniknęła też trójka półbogów. Została tylko cisza tam, gdzie stał Aurelius.

A potem pobojowisko znów buchnęło ogniem.

Migotliwy blask ognia rzucał cienie na popękane ściany opuszczonej kaplicy. Careena siedziała na krawędzi kamiennego ołtarza, skrzydłami otulona jak całunem. Końce ciągnęły się po posadzce, ich poświata była matowa i przygasła. Nie odzywała się od dłuższej chwili. Tylko głuchy stuk moich butów rozchodził się echem po wnętrzu.

— Powiedz coś — ponagliłem, zatrzymując się w pół kroku. Mój głos odbił się od ścian zbyt głośno. — Cokolwiek.

Podniosła powoli głowę, czarne oczy wbiły się we mnie. Ciężka była w nich żałoba, ale też coś jeszcze — może decyzja, może wina. Trudno było powiedzieć.

— Wiedział — powiedziała wreszcie szeptem ostrym jak brzytwa. — Aurelius wiedział, że umrze.

Zmarszczyłem brwi. — O czym ty mówisz?

— Zanim wyruszyliśmy — ciągnęła, a głos drżał jej wbrew zwykłej sile. — Powiedział mi... że zostało mu niewiele wizji. Myślałam— — Urwała, zaciskając dłonie w pięści. — Myślałam, że to zmęczenie. Ale on wiedział. On *knew* this would happen, Alyster.

Ścisnęło mnie w piersi, zrobiłem krok bliżej. — A mimo to poszedł.

— Oczywiście, że tak — odparła ostro, nagle. Skrzydła lekko się rozwarły, ich krawędzie złapały blask ognia. — Taki był. Samo poczucie obowiązku. Zawsze się poświęcał. Zawsze dźwigał brzemię, którego nikt inny nie mógł unieść. — Głos jej się załamał i odwróciła wzrok.

— Careena — powiedziałem łagodnie, podchodząc na odległość dotyku. Zawahałem się, po czym położyłem dłoń na jej ramieniu. Pióra drgnęły pod moimi palcami, ale nie odsunęła się. — Jeśli wiedział, to znaczy, że ufał, że poradzisz sobie bez niego.

— Nie — wyszeptała. — Nie rób z tego szlachetnego męczeństwa. On *dead*, Alyster. A Selene wciąż tam jest, i Set... — Głos jej się załamał, wypuściła powietrze drżąco. — Nic z tego nie brzmi jak zwycięstwo.

— Rzadko kiedy.

Przechyliła ku mnie głowę, studiując mnie tak uważnie, że aż skóra mi cierpła. Wytrzymałem spojrzenie, pozwalając ciszy rozciągnąć się między nami. Gdy wreszcie znów zabrzmiał jej głos, był miękki, dociążony czymś, czego nie umiałem nazwać.

— Dlaczego wciąż tu jesteś?

Uśmiechnąłem się krzywo, choć wyraz nie sięgnął oczu. — Bo jestem nieznośnie uparty. Tak mi mówią.

— To nie odpowiedź.

— Dobrze — powiedziałem, cofając się i krzyżując ręce. — Jestem tu, bo chcę, żebyś była moją królową. — Słowa spłynęły gładko, łatwiej, niż przypuszczałem, ale zawisły w powietrzu jak młot.

Careena zamrugała, usta lekko się rozchyliły, jakby nie była pewna, czy dobrze usłyszała. — Twoją *queen*?

— Tak — powiedziałem, mierząc się z jej osłupieniem. — Dość już widziałem fałszywych władców i połamanych tronów. Ty... jesteś inna. Jesteś tym, czego Fae potrzebują, czy zdajesz sobie z tego sprawę, czy nie.

Wpatrywała się we mnie, brwi jej się ściągnęły. Po raz pierwszy wyglądała na niepewną — niepewną i kruchą w sposób, jakiego u niej nie znałem.

— Mówisz poważnie — stwierdziła w końcu, bardziej to była konstatacja niż pytanie.

— Śmiertelnie.

Careena pokręciła głową i gwałtownie wstała. Skrzydła zamiotły za nią, muskając mnie po ramieniu, gdy ruszyła.

— Alyster, nie mogę—

— Nie możesz czy nie chcesz?

— Nie teraz — powiedziała stanowczo, odwracając się do mnie przodem. Oczy płonęły, ale tym razem to nie była żałoba — to była determinacja. — Set wciąż tam jest. Selene z każdą godziną rośnie w siłę. Jeśli ich nie powstrzymamy, nic innego nie ma znaczenia. Ani twój tron, ani twoja korona, ani tym bardziej to, żebym była czyjąkolwiek królową.

— Słuszna uwaga — przyznałem, wpatrzony w nią bacznie. Nie powiedziała „nie". Nie całkiem.

— Po Secie — odezwała się ciszej, niemal niepewnie. — Kiedy to się skończy... zapytaj mnie jeszcze raz.

Skinąłem raz głową, z cichą satysfakcją w uśmiechu. — Zapytam.

— Dobrze — mruknęła, mijając mnie w stronę wyjścia. Skrzydła znów musnęły mi ramię, tym razem miękcej, zatrzymując się o ułamek sekundy dłużej. — A teraz upewnijmy się, że w ogóle zostanie świat, o który warto walczyć.

— Prowadź, moja królowo — szepnąłem pod nosem, pewien, że nie usłyszy — i pewien, że to nie ma znaczenia. Była moją królową.

Jak mogłaby istnieć jakakolwiek inna?

ROZDZIAŁ SIEDEMNASTY

RAFAIL

POWIETRZE PACHNIAŁO ŻELAZEM I popiołem—jak pole bitwy w dole. Z walącego się dachu, na którym kucałem, widziałem, jak oddziały Selene rozpierzchają się pod bezlitosnym naporem aniołów i Fae. Szala zaczynała się przechylać, ale nie na jej korzyść. We mnie zamigotała drobna, ponura satysfakcja, choć nie utrzymała się długo.

Nagle ścisnęło mnie w piersi, jakby niewidzialne szpony przejechały po żebrach. Zatoczyłem się od krawędzi, łapiąc hausty powietrza. Nie. Tylko nie teraz.

— Rafail — wysyczał głos, tłusty i pradawny, wpełzający mi do czaszki jak dym. Set. Jego obecność wpełzła wzdłuż kręgosłupa, jadowity wąż owijający się wokół mojej duszy.

— Wynoś się — mój głos zabrzmiał chrapliwie, z wysiłkiem. Zacisnąłem pięści, aż paznokcie wbiły mi się w dłonie, walcząc, by utrzymać się na nogach.

— Po co się opierać? Jesteś mój — jego słowa ociekały złośliwością, a każda sylaba dudniła mi w głowie jak bęben wojenny. — Nie możesz walczyć w nieskończoność.

— To patrz — warknąłem.

Ogień popędził w dół moich kończyn, mięśnie skurczyły się jakby łańcuchy zaciskały się mocniej z każdym uderzeniem serca. Obraz mi się zamazał, krawędzie pociemniały i powykrzywiały się. Przygryzłem mocno wnętrze policzka, używając bólu jako kotwicy. Usta zalała mi krew, miedziana i ostra. Za mało. Jego ciężar naciskał mocniej, dławiąc, próbując utopić mnie w nim.

— Słabniesz — wyszeptał, jego głos był jak tłuczone szkło ciągnięte po kamieniu. — Odpuść. Pogódź się z tym, czego nie możesz zmienić.

— Zamknij się. — Zatoczyłem się w tył, uderzając w zardzewiałą kratkę wentylacyjną, która zapiszczała pod moim ciężarem. Puls walił mi jak oszalały; pot ślizgał się po skórze mimo chłodu nocy. Czułem, jak szarpie pazurami na krawędziach mojej świadomości, nieustępliwy i plugawy.

Świat się przekrzywił, nagły wstrząs cisnął mną o ścianę. Wzrok rozprysł się jak szkło pod naciskiem, a głos Seta wślizgnął się przez szczeliny w moim umyśle.

— Poddaj się — wysyczał jadem napiętym w tonie. — Twój opór nie ma sensu.

— Nie dzisiaj — warknąłem przez zaciśnięte zęby, opierając dłonie o zimny kamień. Palce wbiły się w zaprawę, gdy odpychałem się, wyobrażając sobie drzwi trzaskające mu przed nosem, zatrzaskujące go na zewnątrz. Ale on już był w środku, drapał po krawędziach mojej świadomości.

Ugięły mi się kolana i przez moment wszystko wydało się odległe—ryk bitwy za murami katedry, ciche brzęczenie magii w powietrzu. Nie liczyło się nic poza wojną we mnie. Jego moc wezbrała, fala grożąca utopieniem mnie w złotawej ciemności. Serce dudniło mi, każde uderzenie wolniejsze, cięższe, jakby sama walka mnie wyczerpywała.

— Careena! — krzyknąłem ochryple, desperacko.

— Jestem — odpowiedziała pewnie, z autorytetem. Nie słyszałem, kiedy weszła, ale gdy otworzyłem oczy, stała tuż obok—jej spojrzenie, czarne jak północ, żarzyło się jak żar, skrzydła rozkładały się za nią w świetlistym łuku. Powietrze wokół niej migotało fioletem, smugi niebiańskiej energii trzaskały, gdy uniosła dłonie.

— Nie masz do niego prawa — oświadczyła, głosem ostrym jak stal.

— Ach, moja służebnico — zakpił Set w mojej głowie, jego śmiech był poszarpaną krawędzią przecinającą myśli. — Oboje należycie do mnie. Myślisz, że mnie powstrzymasz?

— To patrz — powiedziała Careena bez cienia emocji, podchodząc bliżej. Jej dłoń zawisła nad moim czołem, a energia bijąca od niej przeszył mnie dreszczem. Po nim przyszła fala ciepła, rozcinając lodowaty uścisk Seta.

Set zawył bezsłownie w furii. Znów naparł, próbując przejąć kontrolę, a moje ciało drgnęło mimowolnie. Palce mi zadrżały; płuca się zacisnęły. Przez ułamek sekundy to nie był mój oddech—tylko jego.

— Nie jesteś tu mile widziany — intonowała Careena, a jej słowa nienaturalnie zadrgały, nawarstwione niebiańską mocą. Pomieszczenie zadrżało, gdy jej energia wezbrała, przetaczając się przeze mnie jak oczyszczający ogień. Set krzyczał, jego głos rozszarpywał się na strzępy i potem—

Cisza.

Osunąłem się do przodu, łapiąc oddech. Pot przykleił mi włosy do czoła, całe ciało trzęsło się jak liść po burzy. Careena też uklękła, przez parę uderzeń serca łapiąc gwałtownie powietrze.

— To już dziś drugi raz — wychrypiałem, zmuszając się, by się podnieść. — Jak myślisz, na ile starczy mu jeszcze sił?

— Na więcej niż nam — mruknęła, wstając i składając skrzydła. — On nie odpuści, Rafail. Wiesz o tym. Musimy wymyślić coś innego.

— Ta, cóż, ja też nie — odburknąłem, choć nawet dla mnie zabrzmiało to pusto. Nogi miałem jak z waty. Pierś bolała tam, gdzie Set przyciskał swoją wolę do mojej—jak siniaki na duszy.

— Odpocznij — rozkazała, tym razem łagodniej. Jej dłoń musnęła moje ramię—ulotny dotyk, ale przywracający grunt pod nogami. — Przyda ci się.

Odwróciła się w stronę wąskiego posłania w rogu prowizorycznego sanktuarium, poruszała się płynnie mimo zmęczenia wyrytego na twarzy. Oparłem się o ścianę, patrząc, jak osiada na cienkim materacu, jak skrzydła zwijają się wokół niej ochronnym kokonem. Zasnęła niemal natychmiast, oddech jej się wyrównał.

Minuty rozciągnęły się w godziny—albo tylko sekundy; już nie potrafiłem powiedzieć. Trzymałem plecy przy ścianie, wpatrzony w nicość, czekając na następną falę, następny atak. Ciało pozostawało nieruchome, ale umysł wirował, niespokojny.

Nagle drgnęła, gwałtownie, jakby ktoś wyrwał ją ze snu. Jej skrzydła rozwarły się, pióra pochwyciły nikłe światło przesączające się przez popękane witraże.

— Careena? — zapytałem, prostując się. Jej oczy wryły się w moje, szeroko otwarte, nawiedzone.

— Maeve — szepnęła niemal bezgłośnie. — Set... żywi się jej duszą. Tak się wzmacnia, tak jest w stanie wciąż próbować przejąć twoje ciało.

— Żywi się nią— Żołądek ścisnął mi się, żółć podeszła do gardła. — Skąd to wiesz?

— Sny — powiedziała, potrząsając głową, jakby chciała ją oczyścić. — Wizje. Widziałam ją... uwięzioną w jego więzieniu. Krzyczy, Rafail. Pochłania ją kawałek po kawałku.

— Bogowie — mruknąłem, przecierając twarz dłonią. — Ten sukinsyn—

— Wykorzystuje jej moc, by się zasilać — ciągnęła Careena, głos drżał jej czymś pomiędzy wściekłością a rozpaczą. — Dla niej już za późno.

Może dla nas też. Nie potrafiłem spojrzeć jej w oczy. Skazałem Maeve na ten los, kiedy wbiłem jej srebrny sztylet w brzuch, ale pewnie w tym samym momencie podpisałem i swój własny wyrok. Fae i aniołowie wygrywali z Selene i jej sługami, ale to wszystko nie miało znaczenia, jeśli Set się wydostanie.

Wiatr kąsał mnie w twarz, gdy wspiąłem się po ostatnim szczeblu pożarowej drabiny i wciągnąłem się na dach. Podeszwy butów zaskrzypiały po rozsypanym żwirze, gdy się wyprostowałem. Tours rozciągało się pode mną jak pęknięty klejnot—ulice oświetlała pomarańczowa poświata tlących się zgliszcz, budynki stały wyprostowane pośród gruzów. Miasto wyglądało, jakby wstrzymywało oddech, czekając na kolejny cios. Większość ludzi już uciekła, pozostawiając puste miasto na pole bitwy siłom tajemnym.

Gwałtownie wypuściłem powietrze, wsuwając dłonie w kieszenie kurtki. Tutaj wyżej było rzadsze, ostrzejsze. Przynajmniej trochę porządkowało myśli.

Myśl o odejściu znów przemknęła mi przez głowę. Careena. Alyster. Może byliby bezpieczniejsi beze mnie. Ale za każdym razem, gdy wyobrażałem sobie, że odchodzę, coś mnie powstrzymywało. Więź, której nie potrafiłem przeciąć. A jednak dzisiejsza walka z Setem... to, jak jego pazury zdrapywały brzegi mojego rozsądku...

— Cholera — mruknąłem pod nosem, kopiąc żwir w krawędź. Posypał się po ścianie budynku, ginąc w chaosie poniżej.

— Chyba nie myśli pan o skakaniu?

Głos za plecami kazał mi się odwrócić, puls wystrzelił. Sięgnąłem po sztylet u pasa, nim rozpoznałem sylwetkę w świetle księżyca.

Hadraniel.

— Na bogów, proszę się tak nie skradać — warknąłem, opuszczając dłoń z rękojeści. Serce wciąż dudniło mi w piersi i wiedziałem, że to słyszy. Pewnie i widzi, tymi swoimi bystrymi oczami.

— Przepraszam — powiedział, unosząc lekko ręce. Jego potężne, brązowe skrzydła poruszyły się za nim, chwytając nikłe światło. — Nie chciałem pana spłoszyć. Potrzebowałem tylko powietrza.

— Powietrza — powtórzyłem płasko. — Jasne. Bo aniołom przecież potrzebne jest oddychanie.

— Stare nawyki — odparł Hadraniel z lekkim wzruszeniem ramion. Ruch był niemal ludzki, ale zbyt precyzyjny—zbyt kontrolowany. Zbliżył się, ciężkie buty cicho zachrzęściły na żwirze. — Wyglądał pan, jakby przydało się panu towarzystwo.

— Niezbyt — mruknąłem, odwracając się z powrotem w stronę miasta. Palce zacisnęły mi się na krawędziach kieszeni, kłykcie otarły się o wytarty materiał.

— Przyjąłem do wiadomości. — Nie odszedł jednak. Zamiast tego stanął obok, a jego rozpostarte skrzydła rzuciły nikły cień na dach. Przez chwilę żaden z nas się nie odezwał. Ciszę przerywał tylko daleki łomot i krzyki gdzieś w oddali.

— Jak długo, pana zdaniem, nam zostało? — zapytałem wreszcie cicho.

— Zanim co?

— Zanim wszystko się zawali. — Wskazałem na chaos poniżej—na ogień, dym, ciche brzęczenie magii wiszące nad wszystkim jak burzowa chmura. — Set się umacnia. A jeśli dzisiejsza noc czegoś mnie nauczyła... — urwałem, zaciskając szczękę.

— Wciąż pan stoi, Rafail. Wszyscy stoimy. Czasem bycie w samym środku tego wszystkiego jest dokładnie tym miejscem, w którym powinien pan być.

— To miało mnie pocieszyć? Przeklęci aniołowie i ich zagadki!

— Jak pan woli. — Uśmiechnął się lekko—prawie niezauważalnie, ale wystarczająco, by mnie zbić z tropu. Potem znów spojrzał na miasto, skrzydła lekko się rozchyliły, gdy wiatr przybrał na sile. — Zostawię pana z pańskimi myślami. Niech pan nie zostaje tu zbyt długo.

— Jasne — powiedziałem, choć wątpiłem, żebym szybko się ruszył. Gdy Hadraniel odchodził, a jego kroki ginęły w nocy, zostałem na miejscu, wpatrzony w miasto.

Wciąż stoję. No jasne.

Kroki Hadraniela ustały. Usłyszałem cichy szelest piór, gdy poprawił skrzydła—zbyt blisko, by to zignorować.

— Nadal pan tu jest — powiedziałem, nie patrząc na niego. Głos zabrzmiał ostrzej, niż chciałem.

— Jak zawsze spostrzegawczy — odparł sucho. — Pomyślałem, że zostanę jeszcze chwilę.

— Dlaczego? — Tym razem odwróciłem się do niego w pełni. Jego wyraz twarzy się nie zmienił—posągowy, nieczytelny—ale w postawie pojawiło się coś nowego, lekka zwłoka, której wcześniej nie było.

— Bo musimy porozmawiać — powiedział po prostu.

— Rozmowa? O czym? — Skrzyżowałem ramiona odruchowo, stawiając między nami barierę. — Jeśli to ma być kazanie o celu albo przeznaczeniu, to proszę sobie darować.

— Nie o przeznaczenie — powiedział, podchodząc bliżej. Światło księżyca połyskiwało na jego brązowych skrzydłach, jakby były z płynnego metalu. — O odpowiedzialność. Konkretnie moją.

— Pańska? — To mnie zaskoczyło. — O co chodzi?

— Sanctuary — odparł Hadraniel. Jego wzrok na moment zsunął się na miasto, potem wrócił do mnie. — Aurelius odszedł. Ktoś musi przewodzić. Na razie tym kimś jestem ja.

— Gratulacje — mruknąłem bez cienia szczerości. — Losowaliście zapałki, czy po prostu dopisało panu szczęście?

— Ani jedno, ani drugie — odparł, ignorując ukłucie. — Po prostu jestem najstarszym rangą aniołem, który pozostał na Ziemi. To nie rola, której chciałem. I prawdę mówiąc, nie sądzę, żebym się do niej nadawał.

— No to już nas dwóch.

— Zdarza się panu przestać zbywać wszystko sarkazmem? — Brzmiał raczej rozbawiony niż poirytowany, co jeszcze bardziej działało mi na nerwy.

— A panu zdarza się przestać się gryźć? — odciąłem się.

— Słusznie — powiedział, kącik ust drgnął w ledwie dostrzegalnym uśmiechu. Potem spoważniał, głos mu przycichł. — Ale poważnie, Rafail. Aurelius... był filarem. Nieustępliwym, niewzruszonym. Ja? Ja jestem tylko młotem. Dobrym do rozbijania, nie do spajania.

— Może właśnie tego im teraz trzeba — wyrwało mi się, zanim zdołałem się ugryźć w język.

— Być może — przyznał. — Ale wątpię, by Aurelius się zgodził. Zawsze miał... oczekiwania.

— Tyle że Aureliusa już tu nie ma — nie chciałem, by zabrzmiało to tak ostro, ale samo imię pozostawiało w ustach gorycz. — Więc może pora przestać się zastanawiać, co by zrobił, i zacząć ustalać, co *pan* zamierza zrobić.

— Ciekawe rady jak na ciebie — powiedział Hadraniel neutralnym tonem, ale ze spojrzeniem ostrym jak brzytwa. — Biorąc pod uwagę, jak daleko jest pan w stanie się posunąć, by nie stawać twarzą w twarz z własnymi prawdami.

— Słucham? — zaciąłem szczękę.

— Proszę tego nie brać do siebie — uniósł dłoń w udawanym geście poddania. — Mamy wszyscy swoje bitwy. Niektóre trudniej uznać niż inne. Jak moją z Setem.

Tego się nie spodziewałem. Wpatrywałem się w niego, czekając na ciąg dalszy. Gdy nie nastąpił, nacisnąłem: — Walczył pan z nim? Kiedy?

— Dawno temu — odparł Hadraniel, głos stał się odległy, jakby przekopywał się przez wspomnienia, o których wolałby zapomnieć. — Podczas pierwszej wojny. Zanim ukończono więzienie. Zanim istniał sztylet.

— Zaraz... — zmarszczyłem brwi. — Najpierw powstało więzienie?

— Oczywiście — powiedział, znów spotykając się ze mną spojrzeniem. — Bez niego zabicie Seta nie miałoby sensu. Podziemie było jego domem, jego mieszkańcy—jego pachołkami. Jego dusza po prostu znalazłaby nowego gospodarza w tym świecie, nowe ciało do skażenia, i wróciłaby, by kontynuować zniszczenie. Rada wiedziała. Dlatego najpierw wykuto więzienie, by go pomieścić. Więzienie bez drogi wejścia i wyjścia. Dopiero potem stworzono srebrny sztylet, nasycony mocą, która po śmierci odsyłała jego istotę prosto w to miejsce, i kładła go do snu, z którego, mieliśmy nadzieję, nigdy się nie obudzi.

— Wygodny szczegół do przemilczenia — powiedziałem z niedowierzaniem w głosie. — Niech zgadnę — Aurelius uznał, że nie muszę o tym wiedzieć?

— Coś w tym rodzaju — przyznał Hadraniel. — Uważał, że wiedza to brzemię, które najlepiej dźwigają ci, co są na to gotowi.

— Typowe — mruknąłem.

— Być może — odparł Hadraniel. — A być może pana nie docenił. Tak czy inaczej, teraz pan wie.

— Świetnie — powiedziałem, przeczesując włosy dłonią. — I co dokładnie mam z tą informacją zrobić?

Nie odpowiedział. Może nie miał odpowiedzi, a może takiej, której nie chciałbym usłyszeć. Aniołowie nie kłamali, ale potrafili milczeć albo mówić oględnie—w tym byli bardzo dobrzy. Poza Careeną. Ona zawsze była do bólu prosta w słowach, pewnie dlatego Rada wykopała ją z nieba. Była dla nich za mało enigmatyczna. Uśmiechnąłem się do siebie półgębkiem na tę myśl.

Powietrze się poruszyło.

Zachwiałem się, zaciskając palce na krawędzi balustrady budynku, gdy coś ostrego i elektrycznego przecięło mnie na wskroś. Obraz się zamazał, brzegi ściemniały i przez moment sądziłem, że zemdleję. Ale nie — to nie było zmęczenie ani skutki kolejnej bitwy. To był *on*. Set. Wpełzał mi po kręgosłupie jak igły zakończone lodem, badał, skręcał, wpychał się do środka.

— Nie teraz — wysyczałem pod nosem, zaciskając zęby przeciwko pieczeniu rozlewającemu się w piersi.

— Ach, teraz jest idealny. — Jego głos wślizgnął się do mojej głowy, owijając się wokół myśli jak pyton. — Męczysz się, lisku. Tyle biegu, tyle walk. Po co mi się opierasz? Odpuść.

— Zamknij się — warknąłem na głos, potrząsając głową tak mocno, że aż rozbłysły gwiazdy za oczami. Drżenie przebiegło mi po kończynach, ciało ledwie trzymało formę. Czułem, jak drapie, nieustępliwie, wali w bariery, które zbudowałem, by trzymać go z daleka.

— Rafail! — Głos Hadraniela przeciął mgłę, ostry i rozkazujący. Nie zdałem sobie nawet sprawy, że wciąż tam był, stojąc zaledwie kilka kroków dalej. Jego twarz pobladła, dłoń zaciskała się na rękojeści miecza, ale nie ruszył w moją stronę. Jeszcze nie. Mądry anioł.

— Nie wolno go wpuścić — powiedział teraz ciszej, lecz nie mniej stanowczo. — Proszę walczyć.

— Już nad tym pracuję — wycharczałem, pot spływał mi po twarzy. Mięśnie zesztywniały, gdy Set znów wezbrał, przypływ wściekłości i mocy tłukł we mnie od środka. Zgiąłem się wpół, łapiąc oddech, gdy świat niebezpiecznie się przechylił.

— Żałosne — warknął Set, jego głos podniósł się w mojej głowie. — Ta śmiertelna powłoka należy do mnie. Nie zdołasz mnie powstrzymywać wiecznie.

— To patrz — splunąłem, wbijając paznokcie w kamienną krawędź pod dłońmi. Ból kotwiczył mnie, trzymał przy świadomości, ale bogowie, to było za mało. Był zbyt silny, zbyt zdeterminowany. A mnie kończył się czas.

— Powiedz mi, lisku — zamruczał Set. — Może zacznę od anioła? Careena, moja słodziutka służebnica. A może twój czarujący przyjaciel Fae. Takie... delikatne dusze. Rozkosznie będzie je łamać.

— Nawet się nie waż — warknąłem, słowa wyszły zniekształcone, niemal zwierzęce. Mój głos nie był już do końca mój, a to przerażało mnie bardziej niż wszystko inne.

Niebiańska moc uderzyła we mnie, inna niż u Careeny, lecz wcale nie mniejsza. Silne dłonie chwyciły mnie za ramiona i spojrzałem w brązowe oczy Hadraniela, widząc w nich swoje odbicie — twarz wykrzywioną bólem, kropelki potu błyszczały na skórze, a moje źrenice—

Złote. Pionowo rozcięte.

— Bogowie — wyszeptałem. Serce łomotało jak bęben wojenny, każdy puls dudnił mi w uszach. To się działo. Przebijał się, kawałek po kawałku.

— Nie tym razem, mroczny! — Moc Hadraniela przeszła przeze mnie jak fala płynnego brązu, oczyszczając, *paląc*.

Krzyk wyrwał mi się z gardła — mój? Seta? — nie wiedziałem.

A potem ta ciemna, tłusta obecność zniknęła, a Hadraniel cofnął się, sam opadając na jedno kolano, blady od wysiłku magii, którą właśnie zużył, by wypchnąć Seta ze mnie.

A jednak, nie zniknął. Wciąż go czułem, zwiniętego w kłębek w kącie mojej świadomości.

Czekającego.

— Rafail, proszę mnie posłuchać — powiedział Hadraniel, dochodząc do siebie i podnosząc się. W jego tonie było ponaglenie, niemal błaganie. — Połączenie Seta z Panem — to jest więź, łańcuch. Dopóki go ma, nie przestanie. Nigdy. Pan to wie. Nie zdołamy tego przerwać.

— Tak — wykrztusiłem, gardło miałem ściśnięte. Obraz falował, migotał między cieniem a światłem. Gdzieś głęboko poczułem, jak prawda słów Hadraniela osiada we mnie jak kamień w trzewiach. Miał rację. Oczywiście, że miał. Aurelius i Careena próbowali przerwać to połączenie, a tylko wszystko pogorszyli.

— Więc wie Pan też, co trzeba zrobić — powiedział cicho Hadraniel. Jego spojrzenie spotkało moje, stałe i nieznośnie smutne, jakby już wiedział, dokąd to zmierza.

— Tak — wyszeptałem znów, głos mi pękł. Przez ciało przepłynęła kolejna fala gorąca, a ja uczepiłem się balustrady, jakby była jedyną rzeczą, która mnie trzymała.

— Wiem, co musi się stać. Już to rozumiem.

— Rafail... — zaczął Hadraniel, ale uciąłem go ostrym gestem.

— Po prostu *przestań*! — warknąłem, gniew podszyty rozpaczą. — Nie ma innej drogi, dobrze? Jeśli Set wejdzie we mnie w pełni— — przełknąłem twardo, ciężar słów, które miałem wypowiedzieć, przygniótł mnie. — Jeśli przejmie kontrolę, koniec gry. Dla wszystkich. On mnie używa. Ja jestem najsłabszym ogniwem. Tą więzią. A jedyny sposób, by ją zerwać, to... — gardło mi się zacisnęło, ale zmusiłem się, by dokończyć. — ...usunąć mnie z równania.

Milczenie Hadraniela było ogłuszające. Spojrzał na mnie tak, jakby chciał się spierać, nazwać mnie szaleńcem, ale tego nie zrobił. Bo wiedział, że mam rację.

— Careena nie może się dowiedzieć — dodałem po chwili, ściszając głos do szeptu. Ścisnęło mnie w piersi na samą myśl o niej — o tym, co by jej to zrobiło — ale nie było innego wyboru. Nie, jeśli chciałem ją chronić. Ich wszystkich.

— Rafail — powiedział cicho Hadraniel, wyraz twarzy nie do odczytania. — Czy jest Pan pewien?

— Nie ma to znaczenia — odparłem, odwracając się, by spojrzeć na miasto. Dłonie mi drżały, więc wsunąłem je do kieszeni, by to ukryć. — To jedyna droga. I tyle.

Pokój wypełniała cisza, przerywana tylko moim poszarpanym oddechem i cichym pomrukiem magii, wibrującej od broni w dłoni Alystera. Srebrny sztylet, który właśnie mu wręczyłem.

— Nawet się nie waż prosić mnie o coś takiego. — Jego głos pękł, surowy od emocji. — Rafail, nie—

— Nie proszę — uciąłem. — Mówię ci. Kiedy Set przejmie kontrolę, nie będzie czasu na wahanie. *Musisz* to zrobić.

Srebrne oczy Alystera wwierciły się w moje, kipiał w nich sztorm. Kłykcie mu zbielały na rękojeści sztyletu, całe ciało drżało powściąganą furią — a może to była rozpacz. Już nie potrafiłem odróżnić.

— Myślisz, że to takie proste? — wysyczał. — Myślisz, że mogę tak po prostu... po prostu *zabić cię*, jakby to było nic? Jakbyś był jakimś wymiennym pionkiem w tej pokręconej grze?

— Tak — odparłem płasko, nieustępliwie. — Bo jeśli tego nie zrobisz, wszyscy inni zginą.

— Do cholery, Rafail! — odepchnął mnie, a sztylet zadźwięczał, upadając na podłogę między nami. — Prosisz mnie, żebym zdradził wszystko, czym jestem! Wszystko, co— — urwał, szczęka mu stwardniała, słowa uwięzły mu w gardle.

— Wszystko, co co? — zażądałem, znów podchodząc. — Że ci na mnie zależy? Świetnie. To udowodnij. Bo tu nie chodzi o mnie, ani o ciebie, ani o te wszystkie uczucia, których udajesz, że teraz nie masz. To jest większe od nas. Większe od czegokolwiek. — Głos mi zmiękł, ale nie utracił stanowczości. — Jeśli ci zależy, Alyster, zrobisz to. Zatrzymasz go. Bez względu na cenę.

Odwrócił się, barki mu falowały, jedną dłonią oparł się o ścianę, jakby próbował utrzymać się w pionie pod ciężarem tego wszystkiego. — Nie rozumiesz — wymamrotał, niemal zbyt cicho, by to usłyszeć.

— To mi wytłumacz — powiedziałem ostrzej, niż zamierzałem. Kucnąłem i podniosłem sztylet, podając mu go. — Wyjaśnij, czemu nie zrobisz tego, co trzeba. Czemu wolisz pozwolić Setowi wszystko zniszczyć, niż złożyć jedną, cholerną ofiarę.

Jego głowa szarpnęła w moją stronę, w wyrazie twarzy mieszały się wściekłość i rozpacz. — Bo to ty — powiedział, a głos mu się złamał na tym słowie. — Bo stracenie ciebie złamałoby ją. Złamałoby *mnie*.

Powietrze między nami zgęstniało, ciężkie od niewypowiedzianych rzeczy. Ale nie mogłem sobie pozwolić na wahanie. Nie, gdy w grę wchodziły cudze życia.

— To lepiej, żeby poszło szybko — powiedziałem, wciskając mu sztylet w dłoń. Palce zacisnęły mu się na nim niechętnie, chwyt miał niepewny. — Bo kiedy Set będzie u steru, nie będę już sobą. A jeśli zawahasz się choćby przez sekundę... — urwałem, pozwalając, by niedopowiedzenie zawisło w powietrzu.

— Przysięgnij — dodałem, gdy nic nie odpowiedział. — Przysięgnij, że to zrobisz.

Wpatrywał się w sztylet, mięśnie żuchwy mu pracowały, gdy walczył sam ze sobą. Przez długą, nieznośną chwilę sądziłem, że odmówi. Lecz w końcu skinął głową.

— Dobrze — wychrypiał. — Przysięgam. Ale nie waż się oczekiwać, że ci to wybaczę.

— Nie miałem tego w planie — odparłem, zmuszając się do krzywego uśmiechu.

Lecz gdy patrzyłem, jak chowa sztylet do kieszeni, ruchami sztywnymi, mechanicznymi, nie mogłem się pozbyć pustego bólu, który zagnieździł się głęboko w piersi.

Śmiech Careeny zadźwięczał nisko i chrapliwie, gdy wino w uniesionym kieliszku złapało złoty blask świec. Była rozparta na wytartej, aksamitnej sofie w rogu naszej pożyczonej kryjówki, jedna noga spoczywała na kolanach Alystera, drugą podwinęła pod siebie. Jej czarne włosy spływały po ramionach jak mroczny wodospad, a jej północne oczy błyszczały figlarnie.

— Oboje jesteście w tym beznadziejni — droczyła się, wskazując na talię kart rozsypaną na stole między nami. — Para pradawnych wojowników pokonana przez prostą, śmiertelną grę.

— Beznadziejni w oszukiwaniu, może — odciął się Alyster, kąciki ust uniosły mu się w tym rzadkim uśmieszku, który łagodził jego zwykłe, posępne rysy. — Po prostu się wściekasz, bo przyłapałem cię na wsuwaniu kart w rękaw.

— Bezpodstawne oskarżenie — odparła Careena, udając oburzenie, gdy odstawiała kieliszek. — Anioły nie oszukują.

— Anioły też nie piją — zauważyłem, unosząc brew na widok jej do połowy pustego kieliszka.

— Upadłe anioły robią, co im się podoba — odcięła, uśmiech miała ostry i wyzywający. Pochyliła się, palcami musnęła moje, sięgając po karty. Ciepło jej dotyku przeszyło mnie dreszczem aż po ramię, przyjemnym odwróceniem uwagi od stałego ciężaru na piersi.

— Poza tym — dodała, cofając się i tasując talię zwinnymi palcami — jeśli zamierzacie dąsać się całą noc, to przynajmniej sama się rozerwę.

— Kto tu się dąsa? — burknął Alyster, ale bez żaru. Dłoń trzymał lekko na jej kolanie, kciukiem rysował na skórze niewidzialne wzory.

— Oboje — odparła, przenosząc na nas spojrzenie. — Zachowujecie się dziwnie, odkąd— — urwała, na chwilę zmętniał jej wyraz twarzy, po czym go strząsnęła. — Cóż, odkąd wszystko.

— Nic nie jest dziwne — skłamałem gładko, odchylając się na krześle. Brzmiało to jak połykanie szkła. — Po prostu zmęczenie.

— Mhm — mruknęła, wyraźnie nieprzekonana. Ale zamiast naciskać, wsunęła się bliżej Alystera. — To może znajdziemy inny sposób, żeby się rozluźnić. — Jej głos zniżył się, drażniący, a dłoń powiodła świadomie w górę jego torsu.

Rumieniec spłynął po szyi Alystera, ale się nie odsunął. Zamiast tego zerknął na mnie, a między nami przemknęło coś niewypowiedzianego. Pytanie. Zaproszenie.

— Przyda nam się odwrócenie uwagi — powiedziałem cicho, chrypiąc bardziej, niż chciałem.

Uśmiech Careeny się rozszerzył, zuchwały i wszystkowiedzący. Poruszała się płynnie, przesuwając się tak, by usiąść okrakiem na kolanach Alystera, palcami wplatając się w jego włosy, gdy go całowała. Przesunąłem się bliżej, wciągając jaśminową woń jej włosów, i przez moment napięcie w pokoju stopniało.

Ale tylko na moment.

Powietrze się zmieniło. Na początku subtelnie, ledwie wyczuwalnie, jak przeczucie burzy zbierającej się na horyzoncie. Potem przyszło zimno — przeszywający do kości chłód, który wdrapał się po moim kręgosłupie i wbił pazury w trzewia. Zamarłem, oddech mi się rwał, Careena też zesztywniała, odsunęła się i spojrzała na mnie.

— Set — wyszeptałem, serce mi łomotało, gdy płomienie świec zafalowały — a potem zgasły.

Świat zwęził się do ostrza noża.

— Rafail? — Głos Careeny zadrżał, ostry i czysty, przecinając duszną ciszę. Jej oczy — czarne jak pustka między gwiazdami — wbiły się w moje, rozszerzając się w przerażeniu. Poczułem to za późno: przesunięcie we mnie, jak przypływ płynnego złota wypalającego sobie drogę na zewnątrz.

— Cofnij się — zachrypnąłem, ale gardło nie było już moje. Słowa skręciły się, zniekształciły, jakby ktoś inny mówił przeze mnie. Dłonie zacisnęły mi się, paznokcie wbiły w skórę do krwi. Nie powstrzymało to przyciągania. Nigdy nie powstrzymywało.

I tym razem ja się nie broniłem.

Careena zsunęła się z kolan Alystera, jej skrzydła rozwarły się szeroko, cienie rozlały się po pokoju. — Nie! — Jej krzyk rozdarł powietrze, gdy zrozumienie wzeszło. — Set!

— Careena, odsuń się! — warknął Alyster, już sięgając po sztylet przytroczony do uda. Jego srebrne oczy błysnęły dziko i zdecydowanie, ale czaiło się tam też coś innego. Strach. Wiedział, co zaraz nastąpi.

— Aly— — zacząłem, po czym zachłysnąłem się, zginając wpół, gdy każdy mięsień w ciele skurczył się. Złoto i czerń zalały mi pole widzenia, krawędzie falowały jak dym wijący się wokół ognia. Set zaśmiał się nisko, gardłowo, dźwiękiem, który zatrząsł mi kośćmi.

— Wreszcie — zamruczał skądś głęboko we mnie. My usta się poruszyły, ale głos nie był mój.

— Rafail! — Careena rzuciła się do przodu, dłonie wyciągnięte ku mnie, magia rozbłysła wokół nich — ale Alyster chwycił ją za nadgarstek, szarpnął w tył, a wtedy drzwi runęły do środka, Hadraniel i Eltar wpadli do pokoju.

Czekali, uświadomiłem sobie. Hadraniel wiedział, co planuję. Czekał, aż obecność Seta się zamanifestuje, i przyszedł po to, by powstrzymać Careenę przed wtrąceniem się, może żeby dokończyć robotę, jeśli Alyster nie będzie w stanie zrobić tego, co konieczne. Chwycił Careenę za jedno ramię, Eltar za drugie, a ona szarpała głową to w jedną, to w drugą stronę, wlepiając w nich spojrzenie, a zdrada malowała się na jej pięknej twarzy.

— Teraz nie może mu Pani pomóc — zagrzmiał Hadraniel, a w jego tonie pobrzmiewał żal.

— A guzik, że nie! — Jej skrzydła uderzyły w powietrze, gdy próbowała się wyrwać, złość iskrzyła jej na skórze, ale nawet ona zawahała się, kiedy znów napotkała mój wzrok. Wtedy to zobaczyła — nieomylną złotą poświatę i rozcięte źrenice, które nie powinny należeć do mnie. Oczy drapieżnika. Jego oczy.

— Careena... — Mój głos pękł, rozszczepił się, gdy próbowałem utrzymać się przy sobie jeszcze przez chwilę, ale to było jak próba powstrzymania lawiny gołymi rękami. — Żegnaj.

— Przykro mi, Rafail — warknął Alyster, podchodząc bliżej. Sztylet błysnął zimno w jego dłoni, runy na klindze migotały słabo w półmroku. Szczęka miał zaciśniętą, twarz twardą jak kamień, ale wychwyciłem drgnienie wahania w jego chwycie.

— Zrób to — wydusiłem, słowa smakowały jak popiół. Ugięły mi się kolana, ale nie runąłem. Set na to nie pozwolił. Głowa szarpnęła mi w górę, ciało zadrgało jak marionetka na sznurkach. Rzuciłem się na Alystera, nim zdołałem się powstrzymać.

— Teraz! — krzyknąłem, a może to był Set, a może obaj. Już nie wiedziałem.

— *Nie!* — krzyknęła Careena, wyrywając się z uścisku Hadraniela, ale nie zdążyła mnie dosięgnąć — nie tym razem.

Alyster ruszył. Szybko. Zbyt szybko, by było miejsce na wątpliwości czy zawahanie.

— Wybacz — wyszeptał ledwie słyszalnie, po czym wbił sztylet prosto w moją pierś.

ROZDZIAŁ OSIEMNASTY

CAREENA

ALYSTER PORUSZYŁ SIĘ SZYBCIEJ, niż byłam w stanie zareagować, nawet gdy wyrwałam się z uścisku Hadraniela. Sztylet, lśniący srebrzysty łuk, przebił pierś Rafaila z odrażającym chrzęstem. Czas się nie zatrzymał — rozpadł się.

— Nie! Słowo wyrwało mi się z gardła, surowe i poszarpane. Moje skrzydła rozchyliły się w odruchowym wybuchu wściekłości, fioletowe światło rozlało się po sali. Zapach krwi — krwi Rafaila — uczynił powietrze metalicznym i gorzkim.

Rafail zachwiał się, oczy miał szeroko otwarte. Złote, z pionową źrenicą, w mgnieniu oka znów stały się brązowe, oszołomione. Przez jedno bezdechowe uderzenie serca sięgnął do mnie, po czym zwalił się na ziemię, jakby jego ciało zapomniało, jak utrzymać się w pionie; blask zgasł mu w oczach, zanim jeszcze się zamknęły, a mój krzyk odbijał się echem od ścian.

— Careena — powiedział Alyster, głosem niskim i ciężkim jak burzowe chmury. — Tak musiało być.

— Musiało? — mój głos był ostry jak potłuczone szkło. Zrobiłam krok w jego stronę, zaciskając pięści, każdy mięsień mojego ciała wrzeszczał, by go powalić. — *Zabiłeś* go! Zdradziłeś nas!

Alyster stał nieruchomo, patrząc na mnie tymi zimnymi, srebrnymi oczami, które widziały zbyt wiele. Zaciśnięta szczęka mu drgnęła, ale nie odezwał się. Tchórz. Nawet nie potrafił obronić tego, co zrobił.

Padłam na kolana przy Rafailu, palce drżały, gdy dotknęłam jego stygnącej skóry, jego oliwkowo-brązowa twarz zwiotczała w coś bez życia. To nie było prawdziwe. To nie mogło być prawdziwe. Nie Rafail. Nie—

Wtedy to zobaczyłam. Lekkie migotanie nad jego ciałem, rozdarcie między światami. Jego dusza — i druga — mroczna, wijąca się esencja Seta, która splatała się i wiła razem ze światłem Rafaila. Byli spleceni, zakleszczeni w jakiejś ostatecznej walce. A potem zniknęli, wciągnięci w rozdziawioną otchłań podziemia.

— Rafail... — mój szept pękł. Pierś miałam pustą, zapadniętą, jakby świat przebił się przeze mnie na wylot.

— On to wybrał — odezwał się cicho Alyster, przerywając ciszę. Bez czaru, bez błysku, tylko naga prawda w jego tonie.

— Zamknij się! — warknęłam, odwracając się do niego, czarne pióra na moich plecach nastroszyły się, blask skrzydeł trzepotał dziko. — Mam uwierzyć, że *to* była jego decyzja? Że ty nie właśnie— Wspomnienie jego oczu — spokojnych, pogodzone, świadomych. I wyszeptane —

Żegnaj — które uciekło mu z ust, zanim kazał Alysterowi zadać śmiertelny cios.

Prawda uderzyła we mnie jak fizyczny cios. Rafail wiedział. *Wiedział.*

— Dlaczego? — mój głos ledwie wzbił się ponad szept, pękając pod własnym ciężarem. Ale Alyster nie odpowiedział. Stał tylko, milcząc, srebrne ostrze wciąż śliskie od krwi Rafaila.

Dłonie drżały, gdy przycisnęłam je do jego rany, rozcięcia w piersi tam, gdzie ugodziło ostrze Alystera. Nie. Nie, to się nie skończyło. Nie mogło.

— Wróć — wyszeptałam, głos mi drżał. — Słyszysz? Nie zostawisz mnie tak.

Pod moimi dłońmi buchnęło ciepło, ze szczytów palców wypłynęło złote światło. Znajomy pomruk mojej mocy zawibrował wzdłuż ramion, ostry i zdesperowany. Naparłam mocniej, wtłaczając je w niego, chcąc, by ciało się zrosło, by oddech powrócił. Skóra zaczęła się ogrzewać pod moimi dłońmi.

— Rafail! — mój głos pękł, gdy pochyliłam się nad nim. — Nie waż się poddać. Nawet nie próbuj.

Blask się wzmógł, oślepiający, ale jego pierś pozostawała nieruchoma. Bez uniesienia, bez opadnięcia. Moja moc paliła goręcej, jak szalejący pożar, a jednak — nic. Tylko cisza. Tylko pustka.

— Dość — przeciął mgłę głęboki głos.

— Nie! — syknęłam, nie podnosząc wzroku. — Trzymaj się od tego z daleka!

— Careena — ton Hadraniela się zmienił, stanowczy, lecz nie nieżyczliwy. Niezachwiany. Jego ciężkie kroki zadudniły, gdy podszedł. — To poza Panią.

— Zamknij się! — słowa wypadły ze mnie surowe, zwierzęce. Skrzydła rozbłysły za mną, ich fioletowy blask iskrzył dziko. Nie obchodziło mnie to. Nie przestanę. Nie mogę.

— Nawet aniołowie nie potrafią przyciągnąć dusz z powrotem, kiedy już przekroczą granicę — powiedział cicho Hadraniel, głosem równym, ale było w nim coś. Litość. — Pani to wie.

— Nie obchodzi mnie to! Złamałam wszystkie inne zasady, czemu nie tę? — wyplułam przez zaciśnięte zęby. Moja moc znów wezbrała, wlewając się w ciało Rafaila. Obraz mi się zamglił, łzy spływały po twarzy. On nie mógł odejść. Nie on. Nie Rafail.

— Careena — tym razem dłoń Hadraniela zacisnęła się na moim nadgarstku, odciągając mnie z siłą, od której puls mi zaszalał. Jego dotyk był stanowczy, nieustępliwy. Odwróciłam się do niego, w piersi żarzył się ogień furii.

— Puść mnie! — wrzasnęłam, szarpiąc się, by wyrwać. Ale nie puścił. Nawet nie drgnął.

— Proszę przestać — powiedział, a jego brązowe skrzydła rozwarły się szeroko, rzucając na nas cień. — Zniszczy się Pani na próżno.

Obróciłam się do niego, wyrywając nadgarstek z jego uścisku. Wciąż widziałam przez łzy, ale żar mojej wściekłości wypalał mgłę. Hadraniel stał niewzruszony, jego brązowe skrzydła lekko się złożyły, jakby szykował się na uderzenie. Dobrze. Niech się szykuje.

— To był pana pomysł? — mój głos pękł, ostry i poszarpany jak drzazgi szkła. Zrobiłam krok bliżej, pchnęłam go obiema dłońmi w pierś. To było jak uderzyć w kamienny mur, ale nie obchodziło mnie to. — Proszę mi powiedzieć, że to nie był pana plan!

Nie drgnął. Nie poruszył się. Jego brązowe oczy utkwiły się w moich, nieczytelne, ale napięcie w szczęce zdradzało wszystko. Cisza między nami gęstniała, dławiąca.

— Odpowiadaj! — krzyknęłam, uderzając w niego pięściami ponownie, tym razem mocniej. Paznokcie zarysowały jego pancerz. — Wiedział pan! Prawda?!

Jego wargi się rozchyliły, potem zamknęły. Nic. Żadnego zaprzeczenia. Żadnej obrony. Tylko to przeklęte milczenie.

— Powiedz coś! — mój głos zupełnie się załamał, surowy i drżący. Skrzydła trzęsły mi się za plecami, pióra drgały pod ciężarem mojej wściekłości. — Okłam mnie, Hadranielu. No, spróbuj. Powietrze między nami iskrzyło, naładowane moją mocą, którą ledwo trzymałam w ryzach.

Ale nie skłamał. Nie mógł. Aniołowie nie mieli takiego luksusu. A jego odmowa, by mówić, powiedziała mi wszystko, co musiałam wiedzieć.

Zachwiałam się i cofnęłam krok, gdy olśnienie spadło na mnie jak lodowata woda. Pierś mi falowała, oddechy płytkie i poszarpane. — Pan... Pozwolił, by to się stało — wyszeptałam, słowa smakowały zdradą. — Wykorzystał go pan.

Spojrzenie Hadraniela opadło na posadzkę, jego potężne brązowe skrzydła poruszyły się lekko, jakby i one ugięły się pod ciężarem tego, co miał zaraz powiedzieć. Gdy przemówił, jego głos był niski i równy, niemal zagłuszony przez ciszę między nami.

— Rafail wygrał wojnę swoim poświęceniem.

Te słowa uderzyły jak ostrze w pierś, ostre i bezlitosne. Oddech mi uwiązł, pokój się przechylił, jakby sama podstawa rzeczywistości pękła.

— Wygrał wojnę? — powtórzyłam, głos drżał, ledwie ponad szept. Potem głośniej, ostrzej, z goryczą w gardle: — Wygrał tę *wojnę*?

Coś we mnie pękło — tak głęboko, że nie byłam pewna, czy da się to kiedykolwiek posklejać. Żar buchnął pod skórą, wypełnił każdą żyłę gniewem i żałobą, aż nie zostało miejsca na nic innego. Skrzydła rozwarły się szeroko, pióra drżały, gdy przebiegały po nich fale fioletowego światła.

— Niech Pan się wyniesie! — krzyk wydarł mi się z gardła, zanim zdałam sobie sprawę, że wypowiadam słowa. Odbił się od ścian, surowy i poszarpany, drapiąc mi uszy, jakby wcale do mnie nie należał. — Niech. Pan. Wyjdzie. Teraz!

Hadraniel ledwie drgnął, ale podniósł na mnie wzrok. A to spojrzenie — to *spojrzenie*. Litość. Litość, ze wszystkich rzeczy. Jakbym była kruchą istotą rozsypującą się mu przed oczami. Jakby miał prawo mnie żałować po tym, co właśnie przyznał, po tym, na co pozwolił.

— Nawet nie waż się patrzeć na mnie w ten sposób — warknęłam, robiąc krok naprzód, dłonie zaciśnięte w pięści. Paznokcie wbiły mi się w dłonie i przyjęłam to ukłucie z ulgą. — Nie ma Pan prawa mnie żałować. Nie będzie Pan stał jak jakiś szlachetny męczennik, podczas gdy Rafail— — Głos mi się załamał, rozpadając na strzępy, które utkwiły w gardle. — Podczas gdy jego już nie ma!

Hadraniel skłonił lekko głowę, subtelny gest uznania — a może kapitulacji. Nie spierał się. Nie bronił. Oczywiście, że nie. Tacy aniołowie jak on nie tłumaczą się tym, którzy stoją niżej.

Czy Aurelius namówił go do tego? Zostawił Hadranielowi ten jeden, śmiertelny rozkaz? To nie miało już znaczenia.

— Proszę wyjść — wysyczałam, ciszej, ale wcale nie łagodniej. Moje skrzydła uderzyły raz, twardo, posyłając przez komnatę poryw powietrza. — Weź Pan swoją pieprzoną litość i idź, Hadranielu. Zanim zrobię coś, czego oboje będziemy żałować.

Zawahał się na tyle, by mój gniew znów skoczył, po czym odwrócił się bez słowa. Jego ruchy były jak zawsze rozważne, wyliczone. Eltar podążył tuż za nim, jego srebrno-czarna zbroja chwytała nikłe światło niczym popękane księżycowe smugi. Rycerz Fae posłał mi przez ramię ostatnie spojrzenie — stoickie, nieprzeniknione — lecz milczał.

Drzwi zamknęły się za nimi miękkim kliknięciem.

I wtedy zostałam sama z Alysterem oraz z nieznośną prawdą, że Rafaila już nie ma — i żadna moc, która przeze mnie płynie, nie zdoła tego zmienić.

— Careena — zaczął Alyster, a ja obróciłam się do niego, znajdując dla mojej furii nowy cel. Powietrze w pokoju zaskrzypiało od energii — mojej — surowej i nieokiełznanej. Skrzydła rozwarły się szeroko, drżąc na krawędziach, jakby ledwie były w stanie utrzymać burzę kłębiącą się we mnie.

— Jakże to dla ciebie wygodne — syknęłam, głos niski, lecz drżący od gniewu. — Rafail z drogi. Koniec konkurencji. Nikt już nie stanie między tobą a— Gardło mi się ścisnęło. Nie mogłam tego powiedzieć. Nie mogłam złapać tchu, kiedy jego imię drapało się na powierzchnię, rozrywając kruche resztki mnie, które ledwie się trzymały.

Alyster stał kilka kroków dalej. Jego srebrne oczy wbiły się w moje, nie mrugając, ale nie było w nich teraz triumfu. Żadnego charakterystycznego półuśmiechu w kącikach ust. Tylko coś surowego i zranionego, co tylko bardziej mnie rozwścieczyło.

— Powiedz to — jego voice był cichy, zbyt cichy, jak cisza przed nawałnicą. — Powiedz, co naprawdę myślisz, Careena.

Zbliżyłam się, żar mojego gniewu promieniował ze mnie jak druga skóra. — Chciałeś tego od początku, prawda? Zawsze krążyłeś jak cholerny sęp, czekając, aż on upadnie, żebyś mógł się rzucić i—

— Dość — jedno słowo przecięło moją tyradę jak klinga. Wyraz twarzy Alystera stwardniał, zniknął każdy ślad wrażliwości. Ale jego głos... pękł, odrobinę, przy kolejnych słowach. — Myślisz, że ja tego chciałem?

— A czemu nie? — odbiłam, nie pozwalając, by ta rysa w jego głosie mnie poruszyła. — Nienawidziłeś, że nie wybrałam po prostu ciebie. Nie mogłeś znieść, że musiałeś się dzielić— — Mną.

— Careena... — zrobił krok w moją stronę, wolną dłonią unosząc się, jakby chciał mnie dotknąć, ale natychmiast się odsunęłam, skrzydła zatrzasnęły się za mną. Ten ruch go zatrzymał, ramię opadło mu bezwładnie. — Nie rób tego. Nie przerabiaj tego na coś, czym to nie jest.

— To powiedz mi, czym to jest! — zażądałam, głos podniósł mi się, aż odbił się echem od kamiennych ścian. — Powiedz, czemu to zrobiłeś, Alysterze. Czemu go zabiłeś!

— Bo mnie o to *poprosił*! — słowa eksplodowały z niego, ostre i poszarpane, jak odłamki rozrywające przestrzeń między nami. Nie krzyczał, nie całkiem, ale intensywność tonu brzmiała głośniej niż jakikolwiek wrzask.

Zamarłam, oskarżenie zgasło mi na ustach.

Alyster upuścił miecz z pustym brzękiem, obie dłonie mu drżały, gdy przegarnął nimi złote włosy. — Myślisz, że ja *chciałem* go zabić? Myślisz, że nie nienawidzę siebie za to? Był jak mój brat, Careena. Nigdy nie miałem brata, ale Rafail... ryzykował dla mnie wszystkim, w Krainie Fae, bez myśli o nagrodzie. I wierzył— — jego głos się załamał, złamany ciężarem własnych słów. — Wierzył, że to jedyny sposób. *Jedyny sposób*, by Set nie mógł przejąć jego ciała i użyć go, by odesłać Seta z powrotem do więzienia i do jego bezśmiertnego snu. Żeby ocalić... wszystko.

— To kłamstwo — wyszeptałam, kręcąc głową, nawet gdy jego słowa zaczynały wwiercać mi się pod skórę, niechciane i niepodważalne. — Musi być.

— Myślisz, że mógłbym żyć ze sobą, gdyby tak nie było? — jego głos przycichł, ochrypły i ciężki od żałoby. Srebrne oczy znów spotkały się z moimi i tym razem to zobaczyłam. Wszystko. Udrękę. Wyrzuty sumienia. Miłość. Uderzyło mnie to jak cios w pierś, odbierając dech.

— Rafail to wybrał — powiedział wolno i dobitnie, każde słowo wbijało się głębiej w zgliszcza mojego serca. — A ja— — jego głos znowu pękł, odwrócił wzrok, przełknął twardo. — Nigdy mu tego nie wybaczę. Ani sobie.

Opadłam na kolana przy ciele Rafaila, oddech wyszarpywał się ze mnie jak potłuczone szkło. Rana w jego piersi — dzieło Alystera — była wciąż świeża i połyskująca, krawędzie jakby zwęglone boskim ogniem. Dłonie drżały, gdy wyciągnęłam je ku niemu, przyciskając dłonie do stygnącej skóry.

— Wstań — wyszeptałam, choć słowa mi pękały. — Proszę, Rafailu. Wstań.

— Careena... — zaczął Alyster za mną, ale odwróciłam do niego głowę, uciszając go spojrzeniem. Jego srebrne oczy były przekrwione, twarz blada, ale to nie wystarczało. To nie było dość.

— Nie odzywaj się do mnie teraz — mój głos był ostry, tnący.

Zastygł i pierwszy raz posłuchał. Między nami zapadła ciężka cisza, przerywana tylko moim poszarpanym oddechem. Powoli odwróciłam się z powrotem do Rafaila, palcami muskając jego kość policzkową. Delikatny zarost tam wydawał się nie na miejscu, zbyt ludzki, zbyt kruchy. Powinien był być niezwyciężony. Powinien był żyć.

— Dlaczego? — wyszeptałam, choć nie wiedziałam, kogo pytam. Jego? Alystera? Siebie?

Zacisnęłam usta, nie pozwalając łzom znowu popłynąć. Jeszcze nie. Nie dopóki nie zrobię wszystkiego — wszystkiego — by to naprawić. Jego. Zacisnęłam powieki i przywołałam moc, pozwalając, by wezbrała we mnie jak pożar, wypalając zmęczenie i zwątpienie. Dłonie zaczęły lekko świecić, miękkie fioletowe światło wypłynęło z moich dłoni i oblizało krawędzie rany Rafaila.

— Careena, przestań — powiedział Alyster, jego głos rozciął ciszę jak kamień wrzucony w stojącą wodę.

— Zamknij się — wysyczałam przez zaciśnięte zęby. Światło pojaśniało, mieniło się jak plama oleju na wodzie, i naparłam mocniej, wlewając w bezruch pod sobą każdą resztkę siły, która mi została. Skrzydła rozłożyły się za mną, pióra trzęsły się pod naporem, gdy energia piętrzyła się coraz wyżej, coraz goręcej.

— Careena! — głos Alystera wzrósł, teraz ostry od paniki. — Nie możesz—

— Patrz.

Słowa wyszły ze mnie jak warkot, pierwotne i nieustępliwe. Nie zamierzałam przestać. Nie mogłam. Jeśli istnieje choć najmniejsza szansa, najbledsza nadzieja — byłam mu to winna. Bardziej niż to.

— Proszę — wyszeptałam znów, prośba ledwie przebijała się przez trzaskliwy pomruk mojej magii. Obraz mi się rozmazał, pot ściekał po skroniach, gdy wciskałam moc głębiej, chcąc, by scaliła ciało i kość, by rozpaliła to, co zgasło. Ciało i kość mogłam naprawić, ale dusza, tchnienie życia... — Wróć. Musisz wrócić.

— Careena... — Alyster ukląkł obok mnie, dłoń zawisła blisko mojej, ale nie dotknął. — Jego już nie ma.

— Zamknij się! — krzyknęłam, dźwięk wyrwał mi się z gardła jak dziki wrzask. Blask wokół moich dłoni zadrżał, przygasł, ale naparłam mocniej, wreszcie łzy wyrwały się i zmieszały z kropelkami potu na policzkach.

— Jeszcze... jedną sekundę — wyszlochałam. — Jeszcze moment. Proszę.

Obok mnie Alyster wypuścił drżący oddech, a potem to poczułam — ciężar jego czoła, które lekko oparło się o moje ramię. Nie powiedział już nic. Nie próbował mnie znowu powstrzymywać. Po prostu trwał, cichy i pogrążony w żałobie, gdy pokój zdawał się zwijać wokół nas.

A Rafail pozostawał zimny.

ROZDZIAŁ DZIEWIĘTNASTY

RAFAIL

Śmierć okazała się inna, niż się spodziewałem.

Na początek: wciąż tkwiłem z Setem.

Powietrze się zmieniło, ciężkie i suche jak starożytny pergamin kruszący się pod niewidzialnym ciężarem. Gdy ruszyłem naprzód, moje buty zaskrzypiały na obsydianowej posadzce; szedłem pewnie, choć ostrożnie. Sala Maat rozciągała się przede mną bez końca, jej strzeliste kolumny pokryte hieroglifami, które pulsowały bladym, złotym światłem. Każdy puls był jak uderzenie serca—starożytne, powolne, skrajnie obojętne.

— Imponujące — mruknąłem pod nosem. Słowa połknęła cisza, którą szybko zastąpiło ledwie dosłyszalne echo kroków Seta obok mnie. Jego obecność była jak burza ledwie trzymana w ryzach, energia trzaskała jak statyczne wyładowania w bezruchu sali.

— To strach wiąże ci język, mały lisie, czy raczej szacunek? — Głos Seta wślizgnął mi się do uszu, niski i szyderczy. Szedł z nonszalancją kogoś, kto uważa się za nietykalnego, z wężowym uśmiechem ostrym jak brzytwa.

— Ani jedno, ani drugie — odparłem, nie racząc nawet na niego spojrzeć. — Po prostu myślę, jaki wystrój krzyczy: wieczny osąd. Chyba pasuje.

Set zachichotał, bez cienia ciepła. — Teraz żartujesz, ale stąd nie ma sprytnego wyjścia. Szale nie targują się, a prawda nie zgina się dla złodziei.

— Dobrze, że jestem kimś więcej niż tylko złodziejem — rzuciłem, zerkając na niego przelotnie i łapiąc ostrzejszy błysk w jego spojrzeniu, po czym wróciłem wzrokiem na ścieżkę przed sobą. Nie odpowiedział, ale uśmiech błądzący na jego ustach mówił mi, że bawi go mój upór. Na razie.

Koniec sali wyłonił się z mroku—wyniesiony podest skąpany w chłodnym, nieziemskim blasku. Z każdym krokiem powietrze gęstniało, przyciskało się do mojej piersi jak niewidzialne dłonie. Pośrodku stały ogromne złote wagi, niemożliwie wielkie, a jednak wyważone z niepokojącą precyzją. Obok, Pióro Maat spoczywało na jednej szali, jego blask nieziemski, jakby wyrwano odłamek światła prosto ze słońca.

Za wagą stał sam Osiris, wysoki i nieprawdopodobnie smukły, zielonoskóry bóg z pastorałem i biczem w dłoniach. Jego oczy były czarnymi otchłaniami wirujących gwiazd, wpatrzonymi w nas z nieludzką obojętnością.

— Po tobie — powiedziałem, wskazując wagi z udawaną uprzejmością. Jeśli Set zauważył drżenie moich palców, nie skomentował tego.

— Z przyjemnością — rzucił, krocząc naprzód z arogancją kogoś absolutnie pewnego siebie. Na ułamek chwili jego postać się rozmazała, migocząc między człowiekiem a bestią, bogiem a potworem, po czym znów ustaliła się w humanoidalnym kształcie. Gdy doszedł do podstawy wagi, odwrócił się, a jego czerwone oczy wbiły się w moje. — Patrz uważnie, Rafailu. Może nauczysz się czegoś istotnego.

— Dobra, dobra. Załatwmy to.

Set wszedł na podest, a jego kroki odbiły się echem jak grzmot w tej ogromnej sali. Jego postać znów zafalowała—człowiek, bestia, cień—po czym skrzepła, gdy obrócił się ku Osirisowi.

— Zacznijmy — powiedział Set, głosem niskim, pewnym i ostrym jak brzeszczot. Nie skłonił się, nie drgnął, tylko stał wyprostowany pod ciężarem spojrzenia Osirisa.

Osiris przechylił głowę, ruch powolny i zamierzony. — Szale nie uginają się przed bogami ani śmiertelnikami — intonował głosem tak głębokim, że zatrząsł się od niego grunt pod moimi stopami. Wykonał gest długimi palcami, a pierś Seta zdawała się ścisnąć; jego ramiona nienaturalnie się odciągnęły, całe ciało zesztywniało.

Osiris opuścił dłoń nad wagą, kładąc serce Seta naprzeciw pióra.

Najpierw ruch był ledwo dostrzegalny: pióro uniosło się odrobinę, gdy druga szala opadła niżej, cięższa. Potem runęła, jak kometa spadająca na Ziemię. Pióro rozbłysło jaśniej, wyzywająco wobec ciężaru, który zmiażdżył równowagę.

— Jestem bogiem! — warknął Set, tracąc panowanie nad sobą. Dłonie zacisnęły mu się w pięści. — To zniewaga, pomyłka!

— Wyrok został wydany — odparł Osiris, niewzruszony wybuchem Seta. Jego słowa cięły powietrze z ostatecznością, mrożącą w swojej prostocie. — Jeszcze raz.

Set rzucił się naprzód, furia powykrzywiała mu rysy, lecz zastygł w pół ruchu, gdy Osiris uniósł pastorał. Z szybkością niepasującą do jego potężnej postury Osiris wystąpił i zacisnął zieloną dłoń na karku Seta.

— Z powrotem do twojego więzienia — powiedział Osiris tonem pozbawionym gniewu, jakby wygłaszał nieuniknioną prawdę, a nie wyrok.

Podłoga pod Setem rozpuściła się w mrok, kotłujący się jak atrament wpuszczony do wody. Szarpał się, pazury wystrzeliły mu z palców, gdy próbował się wyrwać, ale Osiris trzymał go pewnie, nieugięcie.

— Czekaj— Głos Seta urwał się, kiedy został wepchnięty w dół, pochłonięty przez pustkę. Podłoga natychmiast się scaliła, zostawiając po sobie tylko ciszę.

Gardło miałem suche jak piasek. — Myślałem... . — Głos mi się załamał, więc szybko odchrząknąłem, zmuszając się do brzmienia pewnie. — Myślałem, że sztylet odsyła go prosto do jego więzienia. Taka była umowa.

Osiris odwrócił się do mnie powoli, rozmyślnie. Jego oczy—te bezkresne, wypełnione gwiazdami pustki—wwierciły się w moje, sprawiając, że serce łomotało mi w piersi. — Taki był układ zawarty z Radą Aniołów — powiedział tonem spokojnym, lecz ciężkim od znaczeń. — Lecz nikt nie uchyla się od Sądu Maat.

Nie wiedziałem, co na to odpowiedzieć. Mój umysł warczał jak przegrzane tryby, próbując poskładać, co to oznacza—nie tylko dla Seta, ale i dla mnie. Dla wszystkiego.

Cisza przygniatała mnie jak ciężar, gęstsza niż powietrze tej starożytnej sali. Pierś unosiła mi się i opadała szybko, za szybko. Nie mogłem pozbyć się wrażenia, że za chwilę coś pójdzie bardzo, bardzo nie tak.

— A teraz Pan — powiedział Osiris, głosem zimnym jak obsydian. Ruszył ku mnie, a pastorał i bicz błysnęły w przygaszonym świetle sali. Jego gwiaździste oczy zablokowały się na moich, a żołądek ścisnął mi się, jakbym połknął drut kolczasty.

— Zaczekaj— — zacząłem, cofając się o krok, ale był szybki. Za szybki.

Zanim zdążyłem zareagować, zielona dłoń Osirisa wystrzeliła do przodu i zanurzyła się w mojej piersi, jakby przecinała wodę. Nie było bólu, tylko dziwne, puste szarpnięcie, jakby coś istotnego wyrywano ze mnie na siłę.

Z sykiem złapałem powietrze, nogi się pode mną ugięły, gdy jego palce zacisnęły się na czymś twardym. Potem pociągnął i zobaczyłem to—coś, co każda część mnie krzyczała, że nie powinno znajdować się poza moim ciałem. Moje serce.

Pulsowało słabo, złożone w jego ogromnej dłoni, świecąc nikłym, czerwonym żarem jak dogasające węgle. Odruchem sięgnąłem do klatki piersiowej i natrafiłem tylko na gładką, nieuszkodzoną skórę pod drżącymi palcami.

— No dobrze — wyszeptałem, próbując się uspokoić, choć głos mi drżał. — To... głęboko niepokojące. Czy zechce Pan wyjaśnić, co dalej?

Osiris nie odpowiedział od razu. Odwrócił się powoli, z namysłem, i podszedł do wagi, znów idealnie równej, zawieszonej w powietrzu. Pióro Maat spoczywało na jednej szali, niewiarygodnie lekkie, a jednak emanujące takim autorytetem, że aż zaschło mi w ustach.

— Pańskie serce zostanie zważone przeciwko pióru — intonował, kładąc świecący organ delikatnie na przeciwnej misie. — Jeśli będzie cięższe, Pańska dusza nie przejdzie. — W jego słowach była ostateczność, która uderzyła prosto w trzewia.

— Nie przejdzie? — zapytałem, przełykając ślinę. Głos wyszedł mi wyższy, niż bym chciał, zdradzając zaciskający się w gardle lęk. — A jeśli nie przejdzie, co się wtedy stanie?

— Wtedy Ammitt je pożre — odparł po prostu, jakby mówił o pogodzie. Skinął lekko głową, a ja podążyłem za jego spojrzeniem.

Ammitt czaiła się przy krawędzi sali, jej monstrualna sylwetka oświetlona bladym światłem pochodni. Jej krokodyle szczęki rozwarły się lekko, ukazując rzędy postrzępionych kłów, podczas gdy lwie pazury zaryły o kamienną posadzkę. Masę hipopotamiego cielska przesunęła, patrząc na mnie nie mrugając gadzimi oczami.

— No tak. Oczywiście. Demoniczna bogini pożerająca dusze. Bo czemu by takiej nie miało tu być? — mruknąłem bardziej do siebie niż do kogokolwiek. Ale serce waliło mi jeszcze szybciej, a dłonie miałem spocone.

— Jeśli pańskie serce zrównoważy się z piórem, może Pan przejść do Królestwa Osirisa — ciągnął bóg, ignorując moje próby żartów. Złożył dłonie na pastorał i bicz i patrzył na mnie tak, jakby już znał wynik.

— Świetnie — mruknąłem, gapiąc się na wagę, a moje serce dudniło mi w uszach tak, jakby znów było na swoim miejscu. — Po prostu... świetnie.

Waga zaskrzypiała. Dźwięk przeciął duszną ciszę, głośniejszy, niż miał jakiekolwiek prawo być. Wstrzymałem oddech, gdy moje serce—moje prawdziwe serce—spoczywało na jednej misie, świecąc tępym, nienaturalnym czerwonym blaskiem. Naprzeciw leżało Pióro Maat, delikatne i niepozorne, a jednak promieniujące niepodważalnym ciężarem sądu.

Asesorzy Maat—postaci w mrocznych szatach, o twarzach skrytych w cieniu—pochylili się ku sobie, szepcąc cicho. Ich pomruki drapały na obrzeżach mojego słuchu, niezrozumiałe, lecz ciężkie od znaczeń.

Powoli, niewiarygodnie, pióro opadło, odrobinę cięższe od mojego serca.

Wpatrywałem się. To... nie było jedną z opcji, które zasugerował Osiris.

— Jest zepsuta czy co? — zapytałem, wskazując wagę. — Co tu się dzieje? Nie żebym narzekał, że *wcale nie* zostaję natychmiast pożarty przez boginię-demona-krokodyla-hipopotama-lwicę, ale... to nie wygląda normalnie.

— Cisza — rozkazał Osiris, a jego głos zadudnił w komnacie jak dzwon olbrzyma. Wystąpił naprzód, gwiaździste oczy wbił w wagę. Pozostawała przechylona, pióro wyraźnie niżej. — Pańskie serce jest lżejsze od pióra — powiedział w końcu.

— Zaraz — mrugnąłem, gapiąc się na nierównowagę. Ulga ścierała się we mnie z konsternacją. — Lżejsze? Co to znaczy? — Przeniosłem wzrok między Osirisem a asesorami. — To znaczy, że przechodzę? Jestem czysty? Czy to jakiś okrutny kosmiczny żart, w którym i tak zostaję zjedzony?

Osiris spojrzał na mnie spokojnie, nieprzenikniony. — Pańska ofiara przechyliła szale. Dała Panu wybór, śmiertelniku.

— Wybór? — powtórzyłem, marszcząc brwi. — To znaczy... nie zostanę pożarty i nie muszę też tkwić tu całą wieczność?

— Zgadza się — intonował. — Może Pan wejść do Królestwa Osirisa, wolny od bólu i brzemion. Albo może Pan wrócić do świata żywych i wznowić swoje ziemskie życie.

— Daje mi Pan wybór? — mrugnąłem szybko. — Tak serio? Bez haczyków? Bo, no, ostatnim razem, gdy ktoś dał mi „wybór", skończyło się klątwą i masą żalu.

— Proszę wybrać — powiedział po prostu, nie poruszając się. Pastorał i bicz chwyciły światło pochodni, błyszcząc nieziemskim blaskiem.

Nie zawahałem się ani chwili. — Proszę odesłać mnie z powrotem.

Po raz pierwszy usta Osirisa wygięły się w coś na kształt aprobaty—albo litości. Trudno wyczuć u bogów. Sięgnął do wagi i uniósł moje serce w jednej ogromnej dłoni. Jego blask pulsował słabo, jakby nie było już pewne, czy należy do mnie.

— Niech tak będzie — intonował, po czym wbił je z powrotem w moją pierś.

Krzyknąłem zdławionym głosem, ciało wygięło mi się odruchowo, gdy żar popłynął żyłami. Przez moment nie byłem pewien, czy umieram, czy wracam do życia.

A potem wszystko zgasło.

Ból przeszył mi pierś jak uderzenie pioruna, wyciągając mnie z pustki i wpychając z powrotem w rzeczywistość. Płuca zacięły się, nim wciągnąłem desperacki, chrapliwy oddech. Powietrze. Zimne, ostre, żywe—wypełniło mnie, przepaliło. Otworzyłem oczy.

— Rafail?

Jej głos pękł, surowy od rozpaczy, a potem pojawiła się Careena, ciemny zarys postaci na tle przygasającego, migoczącego światła. Jej kruczoczarne oczy były szeroko otwarte, niedowierzające. Dłonie zawisły nade mną, drżące, jakby bała się mnie dotknąć, bała się, że znów zniknę. Obok niej klęczał Alyster, złote włosy potargane, srebrne oczy zaczerwienione. Na twarzy zastygł mu wyraz gdzieś pomiędzy szokiem a nadzieją.

Zakaszlałem, świszcząc. — Wyglądacie jak siedem nieszczęść — zachrypiałem.

Careena wydała z siebie dźwięk—pół śmiech, pół szloch—po czym runęła na mnie, oplatając ramiona wokół moich barków tak mocno, że omal nie zgnietła tego, co Osiris przed chwilą wepchnął mi z powrotem do piersi. Pachniała burzą i czymś ciemniejszym, wyjątkowo jej własnym. — Ty idioto — wyszeptała ostro, wstrząśniętym głosem. — Ty absolutny *idiota*.

— No cóż... — skrzywiłem się, próbując się podnieść, ale marnie mi to poszło. — Żeby rozpoznać, trzeba być takim samym, nie?

— Zamknij się — burknął Alyster, jego głos też był chropawy. Wyciągnął rękę i mocno ścisnął mi ramię. To uziemiało. Było ciepłe. Prawdziwe. — Żyjesz. — Stwierdzenie, nie pytanie, ale w jego tonie pobrzmiewało niedowierzanie. — Widzieliśmy, jak *umierasz*.

— Śmieszna historia — powiedziałem słabo, opadając głową na... kamień? Twarde, nieustępliwe, zdecydowanie nie łóżko. — Okazuje się, że śmierć to raczej drzwi obrotowe niż ściana z cegieł. Przynajmniej dla mnie.

— Nie żartuj z tego! — syknęła Careena, odsuwając się na tyle, by zmierzyć mnie ostrym spojrzeniem. Jej kruczoczarne oczy zalśniły, wilgotne od niewylanych łez. — Przestraszyłeś nas, Rafail. J-ja myślałam, że cię straciłam.

— Hej, jestem tu — powiedziałem łagodnie, unosząc dłoń, by odgarnąć kosmyk jej kruczych włosów z twarzy. Palce mi drżały, ale dałem radę. — Nigdzie się nie wybieram. Obiecuję.

— Lepiej nie — mruknął Alyster, tym razem bez swojego zwyczajowego uśmieszku. Zamiast tego na moment wzmocnił uścisk na moim ramieniu, po czym puścił. — Bo następnym razem sam cię zabiję.

— Dobrze wiedzieć, na czym stoimy — wymamrotałem, zdoławszy się nawet lekko uśmiechnąć mimo bólu w piersi.

Dłoń Careeny odnalazła moją, jej palce splotły się z moimi, jakby chciała mnie zakotwiczyć tu, w tej chwili. Ścisnąłem je w odpowiedzi, czerpiąc siłę z jej dotyku, z obecności Alystera. A jednak pod ulgą i ciepłem zakotłował się niepokój.

— Czekaj — powiedziałem, marszcząc brwi. — Coś jest... nie tak. — Zgiąłem palce, sprawdzając siłę w kończynach. Wszystko wydawało się całe, a jednak—

— W jakim sensie? — zapytała prędko Careena, a troska przemknęła jej przez twarz.

— Po prostu... daj mi sekundę. — Zamknąłem oczy, sięgając do tego znajomego miejsca, części mnie, która nie była człowiekiem, nie była ciałem. Części, która zmieniała kształt.

Przez przerażającą chwilę—nic. Żadnej iskry, żadnego ciągnięcia, żadnego połączenia.

A potem było. Słabe, ale obecne. Bestia we mnie poruszyła się, ociężale, lecz żywa. Ulgę poczułem jak powódź. — Dobra. Dobre wieści: wciąż potrafię się przemieniać.

— To kiedykolwiek stało pod znakiem zapytania? — zapytał Alyster, unosząc brew.

— Biorąc pod uwagę, że właśnie wyrwano mi serce i wciśnięto je z powrotem? Tak, przeszło mi to przez myśl — odparłem, ale zmarszczyłem brwi. Coś jednak było inne. Ta lina, która kotwiczyła mnie przy Secie, zniknęła. Zerwana. Przecięta czysto, jak sznur odcięty ostrzem.

— A złe wieści? — podsunęła łagodnie Careena, wyczuwając moją zwłokę.

— Set — powiedziałem powoli. — On... zniknął. Czuję to. Cokolwiek nas łączyło... jest przerwane.

Słowa zawisły ciężko w powietrzu, ale zamiast spodziewanej trwogi była tylko dziwna, cicha ulga. Jakby zszedł ze mnie ciężar, którego nawet nie zauważałem, że niosę.

— O to nam chodziło — odezwał się po chwili Alyster, a jego srebrne oczy spoważniały. — To wolność.

— Mam nadzieję — powiedziałem cicho.

Careena objęła mnie mocno, przyciskając do siebie. — Zrobiłeś to, Rafail, chociaż wy dwaj wybraliście najbardziej głupi, idiotyczny sposób z możliwych. Żyjesz, jesteś bezpieczny, wolny od Seta... i jesteśmy razem.

— Razem — powtórzył Alyster, a jego uśmiech wrócił, blady, ale szczery. — Ale następny idiotycznie brawurowy numer rezerwuję dla siebie, skoro wyraźnie zagarnąłeś całą scenę.

— Inaczej bym nie chciał — parsknąłem cicho mimo wszystko. Teraz oddychałem, żyłem, byłem wśród nich. I na razie to wystarczało.

— Lepiej nam opowiedz, co się stało — powiedziała w końcu Careena, odchylając się, by na mnie spojrzeć. — Mówiłeś coś o wyrwaniu ci serca? I co stało się z Setem?

— Długa historia. — Przyjąłem dłoń Alystera i z trudem podniosłem się na nogi. W piersi wciąż czułem dziwne ciągnięcie; spojrzałem w dół i zobaczyłem dziurę w koszuli, a pod spodem coś jak świeżo zasklepiona blizna.

— Careena uleczyła twoje ciało — odpowiedział Alyster na moje pytające spojrzenie. — Próbowała cię przywrócić, ale Hadraniel powiedział, że to niemożliwe... — urwał.

— Przykro mi to mówić, pewnie miał rację, nie sądzę, żeby nawet ty mogła pokonać śmierć — posłałem Careenie żałobny uśmiech. — Chociaż dobrze, że mnie uleczyłaś, bo inaczej pewnie zawróciłbym i znów wylądował przed Osirisem.

— Osiris! — Oboje wlepili we mnie wzrok.

— Opowiem wam. — Nogi miałem jak ugotowane spaghetti. Zatoczyłem się do stołu i runąłem na krzesło. — Ale jest szansa, że najpierw coś zjem?

Srebrny sztylet błyszczał w mojej dłoni, jego ostrze chwytało skąpe światło przesączające się przez popękane okna zrujnowanej katedry. Alyster i Careena stali po moich bokach, oddechy mieli miarowe, ale napięcie owinięte w środku piersi mieli to samo co ja. Przejechałem kciukiem po starych rycinach na głowni—symbolach, których wciąż nie rozumiałem, ale wiedziałem, że niosą wagę. Więzienie Seta. Los Maeve.

— Nadal ostry — skomentował Alyster, głosem niskim, niemal swobodnym, choć jego srebrne oczy nie odrywały się od broni. Nikogo by nie oszukał. Powietrze wokół niego niemal bzyczało od energii. Oczekiwania. Albo niecierpliwości.

— Dobrze — zacisnąłem palce na rękojeści. — Będzie nam potrzebny.

Careena poruszyła się obok mnie, jej krucze oczy zmrużone. — Na pewno tego chcesz? — Jej melodyjny głos miał krawędź ostrą jak ostrze w mojej dłoni. — Ani odrobiny wahania?

— Żadnej — słowo wyszło jak stal, ostateczne i nieugięte. Wbiłem w nią wzrok. — Selene narobiła już dość kłopotów. Jeśli jej pozwolimy, zamieni cały świat w pionki planów Seta. — Zerknąłem raz jeszcze na ostrze. — Tak jak Maeve, jest zbyt niebezpieczna, żeby zostawić ją samopas w zaświatach. Odeślemy ją do więzienia Seta. — Na ułamek chwili mignął mi Osiris, czekający z nieludzką cierpliwością przy wadze. Nie miałem żadnych wątpliwości, że serce Selene będzie cięższe od pióra i Osiris pośle ją do Seta.

— Prosto z mostu. Lubię to — uśmiechnął się wilczo Alyster.

— Brzmi prosto — powiedziała Careena, choć jej ton był płaski. — Ale łatwo się nie podda. Wiesz o tym.

— Dlatego nie damy jej szansy — rzuciłem. Głos mi stwardniał, ochłodniał. — Uderzamy szybko. Mocno. Bez ostrzeżeń. Bez litości.

— Wreszcie mówisz moim językiem — rzucił Alyster, ale szybko spoważniał, pochylając się bliżej. — Ale Selene to nie jakaś czarownica z urazą. Jest niebezpieczna, Rafailu. Bardziej niż wcześniej. Zebrała sporo mocy od naszego pierwszego starcia.

— Jasne, nie zapominam — odparłem, a puls przyspieszył. Sztylet ważył więcej, jakby rozumiał, co nas czeka. — Dlatego właśnie nie możemy czekać. Każda stracona sekunda ją wzmacnia. Zbiera moc. Kończymy to *teraz*.

— Razem — powiedziała Careena. Wystąpiła krok naprzód, jej ciemne spojrzenie spotkało się z moim, niewzruszone. Nie było w niej wahania ani cienia zwątpienia. Tylko determinacja. — Zakończymy to razem.

— Razem — powtórzył Alyster, a jego uśmiech złagodniał w coś poważniejszego. Położył lekko dłoń na moim ramieniu. — Niech to coś znaczy.

Wziąłem oddech, gruntując się w ciężarze ich obecności. W cichej, lecz zawziętej lojalności, która nas spajała. Potem spojrzałem znów na sztylet, którego krawędź błyszczała jak obietnica.

— Selene jest następna — powiedziałem. — Tak czy inaczej zapłaci.

Pachniało ozonem i żelazem. Przesuwałem się ostrożnie przez chaos, krzyki aniołów i rycerzy Fae splatały się z pieśnią wojenną sabatu Selene, dudniącą mi w kościach. Careena mignęła nade mną, pióra jej skrzydeł czarne jak północ, a z dłoni wybuchała fioletowa, niebiańska magia, strącając skrzydlate bestie na ziemię, by Fae mogli dobić je ostrzami. Alyster płynął przez zamęt jak woda, złote włosy poplamione krwią, śmiech ostry i tnący, nawet gdy ścinał kolejną wiedźmę.

— Rafail! — Głos Careeny rozciął zgiełk, ostry i rozkazujący. Podniosłem głowę w samą porę, by zobaczyć, jak wskazuje na Selene, stojącą w samym sercu bitwy, nietkniętą przez okoliczną rzeź. Jej zielone oczy płonęły jaśniej niż płomienie liżące brzegi leśnej polany. Usta wykrzywiły jej się w coś między kpiącym uśmiechem a warknięciem, gdy uniosła obie dłonie, czerpiąc moc wprost z ziemi.

— Czerpie z linii mocy! — wrzasnął Alyster, ścinając kolejnego napastnika, srebrne oczy mu się zwęziły. — Jeśli skończy—

— Nie skończy — zawarczałem, zaciskając mocniej palce na sztylecie. Jego ciężar wydał się żywy, rezonował z furią tlącą się we mnie. — Zajmijcie ją.

— Osłonimy cię, skarbie — żartobliwie rzucił Alyster, ale w jego wyrazie nie było krzty humoru. Chwycił zaczarowaną lancę od poległego rycerza i cisnął nią w Selene, zmuszając ją do postawienia migoczącej ściany czarnej energii. Pękła, ale wytrzymała. Selene warknęła, palce jej drgnęły, już tkała kolejny czar.

— Idź — powiedziała Careena, jej kruczoczarne spojrzenie na pół uderzenia serca związało się z moim. — Osłonimy cię.

Skinąłem tylko i opadłem nisko, zmieniając się w biegu. Kości strzeliły, przestawiły się, sierść wyrosła mi na ciele. Świat wyostrzył się w drapieżcze szczegóły: miedziany posmak krwi, kwasowy ościeg magii, gromowe rytmy serc wokół mnie. Byłem teraz lisem—małym, szybkim i niezauważalnym pośród chaosu. Idealnie.

Selene nawet na mnie nie spojrzała, gdy przemknąłem przez kocioł walki, śmigając między nogami i wybuchami czarów. Łapy ledwie dotykały ziemi, kiedy zataczałem krąg coraz bliżej, śledząc jej ruchy, czekając na okazję. Jedna szansa. Tyle dostanę.

— Żałosne pionki! — Głos Selene przeciął hałas jak tłuczone szkło. — Padnijcie na kolana przed potęgą Seta! — Jej sabat runął naprzód na rozkaz, ich inkantacje wzniosły się jednym głosem. Ale rycerze Fae i aniołowie odparli jeszcze mocniej, wzmocnieni przez Hadranial i Alystera, walczących na czele klina. Trzymali linię. Ledwie.

Bliżej. Czułem już brzęczenie jej mocy, biło od niej jak żar od rozpalonego pieca. Zbyt silna, by starć się z nią wprost. Ale nie niepokonana.

Tak jak Maeve, nie zauważy mnie, dopóki nie będzie za późno.

Przygarnąłem się do ziemi, mięśnie napięły się jak sprężyny, i skoczyłem.

W ostatniej sekundzie zmieniłem się w locie, a moje ludzkie ciało z impetem wpadło w nią, wytrącając ją z równowagi. Oczy rozszerzyły jej się ze zdumienia, kiedy potoczyliśmy się po ziemi, ale nie zawahałem się. Zanim zdołała wezwać obronę, sztylet był już w mojej dłoni.

— Czas dołączyć do swojego pana — syknąłem, wbijając ostrze głęboko w jej pierś.

Jej krzyk rozdarł noc, surowy i pełen niedowierzania. Przez moment jakby wszystko stanęło—bitwa, dźwięki, nawet samo powietrze. Potem sztylet rozjarzył się nieziemskim światłem, gdy pił jej moc, jej istotę.

— Nie! — głos Selene załamał się, gdy pazurami szarpała ostrze. Ale było za późno. Magia wyrwała jej duszę, wciągając ją w więzienie, gdzie czekał Set.

Zniknęła, nim jej ciało uderzyło o ziemię.

Rozdział dwudziesty

Careena

Powietrze było gęste od jaśminowego zapachu. Równe oddechy Rafaila wypełniały pokój, miękki rytm w bezruchu nocy. Alyster wreszcie przestał się wiercić, jego złote włosy były w połowie pogrążone w cieniu, gdy blask księżyca sączył się przez okno. Dobrze. Spali obaj. Sanctuary było do tego stworzone — do snu i wytchnienia; ciche i odcięte od świata.

Usiadłam na skraju łóżka, wpatrzona we własne dłonie, palce zaciskały się i rozluźniały na moich udach. Słaby, fiołkowy poblask tańczył na skórze, gdy moje skrzydła drgnęły pod osłoną. Nie mogłam strząsnąć ciężaru napierającego na pierś, tej gryzącej boleści nieuchronności.

Selene. Maeve. Set. Same ich imiona niosły odór zguby, jak popiół i zgnilizna wypalone w pamięci. Nawet uwięzieni w lochach podziemi — czy naprawdę byli pokonani? Set nigdy nie przestanie drapać w drogę na zewnątrz. Nie musi. Zawsze znajdą się głupcy dość głodni tego, co obiecuje, dość zdesperowani, by rozerwać wrota piekieł, jeśli w zamian dostaną choć ułamek jego mocy.

A ja? Byłam jego kluczem.

Na samą myśl skręciło mnie w żołądku. Zacisnęłam pięści, paznokcie wbiły się w dłonie, aż zapiekło. Gdybym się zawahała choć na moment, wciągnąłby mnie pod spód. Jego głos, śliski i podstępny, wciąż szeptał w najciemniejszych zakamarkach mojego umysłu. Obietnice przebrane za groźby. Ostrzeżenia zawinięte w miodne kłamstwa.

— Careena — powiedział kiedyś, tym gardłowym, toczącym się tempem, które tylko ja rozumiałam. — Zostałaś stworzona, by klękać, nie stać.

Wstałam teraz, strząsając widmo jego słów. Bose stopy zagłębiły się w chłodny dywan, gdy przeszłam przez mały pokój, zerkając na śpiące sylwetki Rafaila i Alystera. Nie zrozumieliby. Jak mieliby? Dla nich ryzyko było w porządku, tak to widzieli; Rafail mógł przemienić się w zabójcę, nie raz, lecz dwa, mógł nawet umrzeć w służbie naszej sprawie. Alyster mógł stanąć naprzeciw Wysokiej Królowej Faerie i całego jej dworu. Ale nie ja. Gdybym powiedziała im, co zamierzam, próbowaliby mnie powstrzymać. Nie zobaczyliby tego takim, jakie było: koniecznym.

Dreszcz przebiegł mi po kręgosłupie, ale zignorowałam go. Koniecznym.

Korytarz był cichy, poza cichym pomrukiem niebiańskich pieczęci, które drżały w murach. Moje bose stopy nie wydawały żadnego dźwięku na gładkim marmurze, gdy sunęłam przez sklepiony hall, skrzydła ściśnięte na plecach.

Powietrze pachniało lekko kadzidłem i świętością — komnaty Hadraniela były blisko.

Powinnam czuć wyrzuty sumienia. W uszach wciąż brzmiały mi miarowe oddechy Rafaila, niespokojne mamrotanie Alystera przez sen. Ale czułam tylko determinację. Nie było czasu, by się wahać. Jeśli nie zrobię tego teraz, nie zrobię nigdy.

Drzwi majaczyły przede mną, rzeźbione w ochronne sygile. Ścisnęło mnie w piersi, ale pchnęłam je i zastukałam ostro knykciami w drewno.

— Kto tam? — głos Hadraniela zabrzmiał nisko i ostrożnie zza drzwi. Chwilę później rozwarły się, a jego potężna sylwetka wypełniła framugę. Brązowe pióra matowo połyskiwały w nikłym świetle, a złote, przeszywające oczy natychmiast się zwęziły. — Careena? Co Pani tu robi? Jest środek nocy.

— Niech mnie Pan wpuści — powiedziałam. Głos miałam twardszy, niż zamierzałam, ale zadziałało. Zaciął szczękę, jednak odsunął się.

Wnętrze było tak surowe, jak się spodziewałam. Prycza, biurko, pojedyncze ostrze na ścianie. Żadnych wygód, żadnych folg. Tylko obowiązek. Zawsze obowiązek. Zupełnie jak Aurelius.

— Proszę mówić szybko — skrzyżował ramiona, patrząc na mnie, jak patrzy się na odbezpieczony granat.

— Potrzebuję Pana pomocy — powiedziałam, podchodząc bliżej. — Żeby pójść do niego.

— Do Seta? — jego głos opadł niebezpiecznie nisko, mięśnie w żuchwie zadrgały. — Pani oszalała?

— Najpewniej — odparłam ostro, zderzając się z jego spojrzeniem. — Ale nie Panu to oceniać. Ma Pan tylko zdecydować, czy mi Pan pomoże, czy nie.

— Rafail by—

— Rafaila tu nie ma — ucięłam. — Alystera też nie. I nie będzie. To między Panem a mną.

— Dlaczego miałbym się na to kiedykolwiek zgodzić? — Jego skrzydła lekko się rozchyliły, sprawiając, że i tak mała przestrzeń wydała się jeszcze ciaśniejsza.

— Bo wie Pan tak dobrze jak ja, że tylko ja mogę to zakończyć — powiedziałam, wchodząc jeszcze bliżej. Na tyle, by zobaczyć, jak przez jego stoicką maskę prześwituje wahanie. — Widział Pan, czym on jest. Co zrobi, jeśli ktoś dorwie się do niego przede mną. I wie Pan, że zawsze będzie miał nade mną władzę, dopóki nie zakończę tego sama — przez ten przeklęty miecz. — Dotknęłam rękojeści przy biodrze. Ostrza, bez którego nie potrafiłam się oddalić na długo, bo ból rozłąki zwalał mnie z nóg. Odmówiłam użycia go — przez całą tę walkę i śmierć, które przetrwaliśmy, wiedząc, że każda dusza, którą bym nim zabrała, nakarmi moc Seta, trzymałam je w pochwie. Kiedyś potężna księga magii, teraz znów przemieniona w ostrze, którym pierwotnie była, była kluczem do więzienia Seta.

— Careena... — głos Hadraniela zmiękł, ledwie. Wystarczyło, by mnie prawie złamać. Prawie.

— Nie — wyszeptałam. — Niech Pan nie próbuje mnie odwieść. Niech Pan nie próbuje mnie chronić. To już nie chodzi o mnie. Chodzi o to, żeby go zatrzymać. Na zawsze.

Wpatrywał się we mnie długą chwilę, nieruchomy. W końcu ostro wypuścił powietrze i przeczesał dłonią włosy.

— Aurelius mówił, że Pani to zrobi — odezwał się wreszcie. — Nie dzielił się ze mną wieloma wizjami, ale powiedział, że to ostatnia. Że poprosi mnie Pani o to.

— A czy powiedział Panu, co musi Pan zrobić?

— Nie. — Odwrócił ode mnie wzrok. — Uprzedził mnie, żebym był przygotowany, bo inaczej moją odruchową reakcją byłaby odmowa, ale kazać mi... myślę, że wiedział, iż bym się temu opierał.

Czekałam w milczeniu. Hadraniel wiedział, co musi zrobić.

— Jedna szansa, Careena — zwrócił się z powrotem ku mnie. — Jeśli Pani zawiedzie, nie będzie żadnej akcji ratunkowej. Żadnego zbawienia. Zostanie Pani uwięziona w tej otchłani z Setem na wieczność. Słyszy mnie Pani? Wieczność.

Słowo zawisło między nami, cięższe niż powietrze, które gęstniało z każdą sekundą. Przełknęłam ślinę, ale nie drgnęłam. — Jeśli to koszt, niech tak będzie.

— Niech Pani nie mówi o tym jak o niczym — warknął, a stoicka maska pękła, odsłaniając coś surowego. — Ryzykuje Pani czymś więcej niż życiem — wyrzuca Pani każdą szansę na odkupienie.

— Odkupienie nic nie znaczy, jeśli wciąż jestem do niego przykuta — odparłam, podchodząc tak blisko, że niemal stykaliśmy się nosami. — To jedyny sposób, by się uwolnić. Jedyny sposób, by ochronić wszystko, na czym mi zależy. *Rafail. Alyster.* Nie wypowiedziałam ich imion, ale tylko ich twarze widziałam przed oczami.

Jego spojrzenie wwiercało się w moje, szukając pęknięć, wahania. Nie znalazłby żadnego. Serce waliło mi o żebra, ale głos pozostał pewny. Niezłomny.

— Careena... — teraz było w tym miękkość, ukryta pod napięciem. Niemal prośba. — Gdy Pani przekroczy próg tego więzienia, nie będzie litości. Nie będzie odwrotu. Stanie Pani przed nim tylko z tym, kim Pani jest. Czy jest Pani na to gotowa?

— Tak — powiedziałam, słowo zabrzmiało czysto i niewzruszenie. — Nie potrzebuję litości. Nie potrzebuję odwrotu. Potrzebuję, żeby to się skończyło.

Hadraniel powoli wypuścił powietrze, przeciągnął dłonią po twarzy, jakby chciał zetrzeć burzę kłębiącą się za oczami. Skrzydła drgnęły, pióra zaszumiały ledwie w przygniatającej ciszy.

— Niebo niech ma nas w opiece oboje — mruknął, opuszczając ręce.

Wyciągnęłam srebrny sztylet, który Aurelius podarował Rafailowi, a który po cichu ukradłam, wymykając się z sypialni. Sztylet, który posłał Maeve i Selene, by dołączyły do Seta.

— Tutaj. — Stuknęłam palcami wolnej dłoni w serce.

Ku mojemu zaskoczeniu Hadraniel pokręcił głową.
— Nie. Nie musi Pani umierać, żeby trafić do więzienia Seta. Nadal jest Pani aniołem, Careena. Może Pani istnieć w podziemiu ciałem i duszą... jeśli Pani zechce. Mogę jednak użyć tego, by wysłać Panią tam, gdzie trzeba.

Ciałem i duszą. Uwięziona na zawsze z Setem, jeśli źle to rozegram. Stłumiłam dreszcz i skinęłam głową. — Niech Pan to zrobi.

Palce Hadraniela musnęły krawędzie sztyletu Rafaila i powietrze natychmiast zgęstniało wokół nas. Ostrze zadrżało w jego dłoni, reagując na energię kumulującą się między nami. To nie była jeszcze magia niebios — nie, to było coś mroczniejszego, starszego, jak zgrzyt kamienia o kość.

— Proszę podejść bliżej — powiedział, głos napięty jak cięciwa.

Posłuchałam, podeszłam blisko. Jego ogromne, brązowe skrzydła owinęły się wokół mnie, tworząc krąg — więzienie. Nie drgnęłam, by się cofnąć.

— Proszę się nie ruszać — rozkazał i już nic więcej. Jego usta poruszały się, ale nie padł żaden dźwięk — może modlitwa.

Najpierw przyszło gorąco, pełzło po nogach, po kręgosłupie, aż poczułam, jak ogień osiada pod skórą. Ostry trzask rozłupał powietrze. Sztylet rozżarzył się do bieli, a ja czułam jego krzyk, choć nie wydawał żadnego dźwięku — jego istota rozwijała się nić po nici.

— Jeszcze chwila... — Hadraniel zacisnął zęby, wolna dłoń wyciągnęła się ku mnie. — Careena, proszę na mnie spojrzeć.

Zmusiłam oczy, by wpiły się w jego, choć grunt pod stopami zaczął się przesuwać i kruszyć. Oddech rwał się płytko, nierówno, ale nie drgnęłam.

— Niech Pani z tym nie walczy — ponaglił, głos miał napięty, pot perlił mu się na skroni. — Jeśli się Pani sprzeciwi, to—

Przeszywający trzask przeciął mu słowa. Sztylet eksplodował w jego dłoni, odłamki rozsypały się jak odłuski gwiezdnego pyłu. Świat szarpnął mną gwałtownie, a potem wszystko znikło.

Cisza uderzyła mocniej niż światło. Zimna, dławiąca cisza, która oplotła mnie jak imadło. Gdy otworzyłam oczy, już nie stałam — klęczałam, dłonie wsparte na czymś śliskim i czarnym. Kamień? Metal? Drżało lekko pod moimi dłońmi, żywe w sposób, od którego zadrżała mi skóra.

— Witaj, mała anielico.

Jego głos wił się po więzieniu jak dym, niski i wężowy. Nie musiałam patrzeć w górę, by wiedzieć, kto to. Czułam go — przygniatającą, duszną obecność napierającą zewsząd naraz.

— Secie — powiedziałam, imię zakłuło gorzko na języku. Zmuszając się do wstania, odwróciłam się ku niemu.

Nie byłam tym razem nad jego więzieniem, patrząc z góry, niepostrzeżenie. Byłam tam na dole z nim, w jego przestrzeni. W jego domenie, o ile można to tak nazwać.

Siedział na tronie wykutym z postrzępionego obsydianu, jego monstrualna forma ledwie mieściła się w otoczeniu. Łatany z cienia i ciała, z przechyloną głową szakala, spoglądał na mnie, złote oczy ze szczelinowatą źrenicą błyszczały drapieżną uciechą.

— Ach — zamruczał, stukając pazurzastym palcem w podłokietnik. — Przyszłaś więc zastąpić moje poprzednie zabawki? — Ton miał niemal znudzony, ale pod spodem ostrzył się jak krawędź klingi.

Mój wzrok przemknął poza niego — i zastygł. Maeve i Selene. A raczej... to, co z nich zostało.

Ich ciała zwisały w kątach komnaty, bezwładne jak porzucone marionetki. Oczy matowe, skóra napięta na zapadniętych policzkach. Cokolwiek w nich kiedyś płonęło, już zgasło, całkowicie zduszone.

— Podoba ci się moje dzieło? — zapytał Set, uśmiech rozszerzył mu pysk. — Były przepyszne, te dwie. Pełne mocy i wściekłości. Mniemały, że staną ze mną jak równe z równym, głupie stworzenia. Ale na końcu... — Rozłożył ramiona, naśladując wielkoduszność. — Każdy się łamie.

Żołądek skręcił mi się, żółć napłynęła do gardła. Ale nie pozwoliłam, by to wyszło na wierzch. Nie mogłam. Zamiast tego zrobiłam krok naprzód, pozwalając skrzydłom rozwinąć się za mną. Ich delikatny, fiołkowy blask rozciął mrok, rzucając postrzępione cienie na ściany.

— Ze mną tak nie będzie — powiedziałam, głosem równym. Mocnym.

— Nie będzie? — jego śmiech potoczył się przez komnatę, ciemny i bezkresny. — Zobaczymy, anielico. Zobaczymy.

Nie odpowiedziałam. Nie mogłam marnować oddechu na jego gierki. Na moment znów zerknęłam na Maeve i Selene — ich bezwładne sylwetki, pomięte jak wyrzucony pergamin.

Coś zabolało gdzieś głęboko w piersi, lecz litość... nie. Nie było jej. Dokonały swoich wyborów, postanowiły sprzymierzyć się z Setem i zapłaciły cenę.

Ja następna nie będę.

— Nadal się gapisz? — jego głos przeciął moje myśli, okrutny uśmiech wykrzywił jego psie rysy. — Nie zawracaj sobie głowy opłakiwaniem ich. Teraz są niczym. Tylko pyłem, który czeka, aż go rozwieje.

— Dobrze — odparłam płasko. Moje skrzydła poruszyły się za plecami, pióra zaszumiały w bezruchu. — To znaczy, że nie da się ich użyć przeciwko mnie.

Uśmiech Seta na ułamek chwili zgasł, nim wrócił, ostrzejszy niż wcześniej. Wstał z tronu, każdy jego ruch był płynny, drapieżny. Gdy znów przemówił, powietrze zawibrowało mocą. — Odważne słowa, anielico. Ale odwaga jest krucha. Zobaczmy, jak długo twoja wytrzyma.

Nacisk wokół mnie zmienił się nagle i brutalnie — miażdżąca fala walnęła w mój umysł niczym taran. Jego wola, surowa i nieustępliwa, szarpała za krawędzie moich myśli, szukając pęknięć, słabości.

— Uklęknij — wyszeptał, choć rozkaz zabrzmiał w mojej czaszce jak ryk. Słowo dudniło, wgryzało się we mnie, owijało świadomość twardą pętlą. — Uklęknij przede mną, a może okażę łaskę.

Kolana mi zadrżały. Przez jedno ulotne mgnienie wzrok mi pociemniał i pomyślałam, że upadnę. Ale wtedy coś we mnie wezbrało, gorące i dzikie.

— Łaska? — splunęłam, słowo nabrzmiało jadem. — Od boga, który pożera własnych wyznawców? Nie obrażaj mnie.

Blask moich skrzydeł spotęgował się, ostrymi klinami światła przecinając komnatę. Stanęłam twardo na nogach, ugruntowałam się wobec jego naporu. Każdy instynkt wrzeszczał, by się poddać, zgiąć się pod miażdżącą siłą — ale nie ustąpiłam. Nie mogłam.

— Tak... — syknął Set, uśmiech mu się rozszerzył, choć pod spodem pojawiło się napięcie. — Walcz ile chcesz, Careena. To tylko osładza moment, gdy cię złamię.

— To się rozczarujesz — odparłam głosem twardym jak stal, unosząc głowę jeszcze wyżej.

Powietrze między nami zaskwierczało, ostre i kruche, jakby sama komnata cofała się przed tym, co miało nastąpić. Set zbliżył się, jego postać była chwiejnym cieniem grozy, oczy jarzyły się jak żar przykryty popiołem. Bicie trwało, nieustępliwe, a ja stałam. I gdzieś głęboko, w oku tej burzy, poczułam to: siłę, którą zawsze nosiłam. Nie pożyczoną, nie darowaną. Własną.

— Nadal wierzysz, że możesz mi się oprzeć? — jego głos prześlizgnął się przez przestrzeń, starożytny i zadziorny jak ocierające się kamienie. — Jesteś tylko stworzeniem upartej pychy. To cię nie ocali.

— Masz rację — odparłam, mój głos przeciął duszne powietrze. — Pycha mnie nie ocali. — Moje skrzydła rozwarły się szerzej, ich blask naparł na ciemność sączącą się z niego, macki złośliwości wyciągały się ku mnie. — Ale miłość tak. A tego nigdy nie zrozumiesz.

Jego śmiech zabrzmiał nisko, gorzko, aż ziemia zadrżała mi pod stopami. — Miłość? Chcesz mi się sprzeciwić dla *miłości*? — Wypluł słowo, jakby parzyło go w język, jego kształt znów się poruszył, ściemniał, spęczniał w potworność. Kwadratowe do tej pory uszy wydłużyły się w rogi, a pysk wykrzywił w pogardzie. — Miłość jest słabością. Wiąże cię, krępuje na sposoby, których nawet ja nie zdołałbym dorównać.

— I tu się mylisz — powiedziałam, idąc naprzód, każde słowo pewne mimo drżenia nóg. Każdy nerw wył, bym przestała, bym uciekła, ale to zignorowałam. — Nie wiąże mnie. Wyzwala. Czyni mnie silniejszą od ciebie.

Jego moc wezbrała, ściana siły trzasnęła we mnie, ale zacisnęłam zęby i naparłam z powrotem. Nie ustąpię. Nie teraz. Nigdy.

— Dość! — zaryczał, każda sylaba była gromem. — Uklękniesz przede mną, Careena Seraphiel, albo przestaniesz istnieć!

— Spróbuj — wyszeptałam i dobyłam miecza z biodra. Zimny. Tak zimny, że kąsał w skórę, ale zacisnęłam na nim palce i wzniosłam go wysoko.

— Myślisz, że użyjesz tego przeciwko mnie? — śmiech Seta potoczył się po pieczarze, aż zadrżały ściany. — Mojego własnego ostrza?

Miecz palił w dłoni, połączenie między nami iskrzyło jak prąd. Ból przeszył mi ramię, biały, nieustępliwy, ale nie puściłam. Czułam go tam, w ostrzu, we mnie, jak ciągnie, próbuje nagiąć mnie do swojej woli.

— Nie muszę go używać przeciwko tobie. — Wolną dłoń zacisnęłam w pięść, zakotwiczając się w burzy mocy rozdzierającej mnie od środka. — To się dziś kończy, Secie. Nie posiadasz mnie. Nigdy nie posiadałeś.

Zamknęłam oczy, skupiłam się na więzi, tej nici kontroli, którą miał nade mną. Była cienka, ale mocna, jak pajęcza nić wpleciona w moją duszę. Czułam, jak się napina, opiera, walczy — ale naparłam mocniej. Całą siłą, jaką miałam, woliłam, by pękła.

— Twoja wola jest niczym przy mojej! — huknął Set, ale w jego głosie zabrzmiał strach, rysa w boskiej pysze. — Nie oderwiesz tego, co nas wiąże!

— Patrz.

Miecz zawył — okropnym, przeciągłym jękiem, który przeszedł mi przez kości — gdy więź pękła. Poczułam, jak odpuszcza, nić rozplata się, rozpuszcza w nicość. Ciężar, który przygniatał mnie od chwili, gdy przemieniłam księgę zaklęć w ostrze, zniknął, zostawiając po sobie tylko ciszę.

Oddychałam chrapliwie, dłonie mi drżały, gdy wpatrywałam się w klingę. Nie pulsowała już jego energią; była martwa, pusta. Po prostu broń. Nic więcej.

— Niemożliwe... — zacharczał Set, jego postać migotała jak dogasający płomień. — Ty... ty nie możesz...

— Żegnaj, Secie. — Cisnęłam miecz na ziemię, brzęk rozszedł się echem po komnacie. Upadł u jego stóp, bezużyteczny i bezwładny.

Po raz pierwszy, odkąd weszłam do tego piekielnego miejsca, uśmiechnęłam się.

Brzęk miecza wciąż wisiał w powietrzu, ostry i ostateczny. Postać Seta zachwiała się przede mną, ongiś groźna sylweta zredukowana do własnego cienia, drżąca i słaba. Jego oczy — płonące dotąd węgle złośliwości — utkwiły w ostrzu u jego stóp. Pustka, którą w nim widział, musiała go przerażać. I dobrze.

— Weź to — wysyczał, jego głos był teraz niski i desperacki. — Nie możesz tego tu zostawić. Słyszysz mnie? *Weź to!* — Rzucił się naprzód, ale kroki mu się zachwiały, jakby niewidzialny łańcuch szarpnął go do tyłu.

Nie ruszyłam się. Spojrzenie opadło mi na miecz, matowy na zimnej kamiennej posadzce. Broń zrodzona z chaosu, teraz już tylko relikt jego klęski. Nie czułam do niego żadnego ciągu, żadnego szeptu mocy kuszącego, bym po niego sięgnęła. To było skończone.

— Zatrzymaj — powiedziałam, głosem równym, niemal lekkim. — Pamiątka po tym, czym już nigdy nie będziesz.

— Careena! — jego warkot pękł jak grzmot, trzęsąc komnatą. — Nie myśl, że opuścisz to miejsce bez szwanku! Ty—

— Dość. — Nie krzyknęłam, ale to jedno słowo przecięło jego tyradę, uciszając go. Odwróciłam się od niego, skrzydła rozpostarły się za mną.

I wtedy zobaczyłam — bramę. Zamigotała przede mną, perłowa i niemożliwie jasna w tym posępnym podziemiu. Jej obecność była nie do pomylenia, latarnia przecinająca przygniatający mrok. Powietrze wokół niej brzęczało niebiańską energią, ciepłą i zapraszającą. Ścisnęło mnie w piersi. To było to.

— Careena! — głos Seta znów rozległ się za mną, słabszy tym razem, przesiąknięty desperacją. — Nie możesz mnie tu zostawić! Myślisz, że oni cię przyjmą z powrotem? Jesteś dla nich nikim — *upadła*! Nigdzie nie przynależysz!

Zawahałam się przez pół uderzenia serca, akurat tyle, by spojrzeć przez ramię. Rozpadał się, krawędzie strzępiły mu się jak dym schwytany w powiew. A jednak, mimo tego rozkładu, nienawiść w jego spojrzeniu nie przygasła. Będzie tu gnił wiecznie, a i tak nie pojmie.

— Żegnaj, Secie — powiedziałam cicho. Potem ruszyłam ku bramie.

Każdy krok był cięższy od poprzedniego, ciężar wszystkiego, co przeszłam, napierał na mnie. Ale im byłam bliżej, tym lżejsza się stawałam. Pomruk bramy narastał, rezonując mi w samych kościach, aż nie byłam pewna, czy to ona śpiewa, czy to moja dusza odpowiada na jej wołanie.

Gdy do niej dotarłam, światło mnie objęło — nie oślepiające, lecz ciepłe, jak wejście w słońce po życiu w cieniu. Za mną Set wydał z siebie ostatni ryk, dźwięk czystej furii i rozpaczy, zanim pochłonęła go cisza.

Nie obejrzałam się. Przeszłam przez nią.

EPILOG

CAREENA

LŚNIĄCE ŚWIATŁO PERŁOWYCH BRAM przepaliło mnie na wylot, gdy przez nie przestąpiłam, a każdy nerw zapłonął we mnie sprzeczną mieszaniną zachwytu i trwogi. Powietrze migotało, gęste i ciężkie, przyciskało się do skóry jak niewypowiedziany wyrok. Skrzydła mi drgnęły, niespokojne pod niewidzialną uwięzią tego miejsca. Nie brakowało mi tego wrażenia — tej dławiącej doskonałości.

Bramy zamknęły się za mną bez najmniejszego dźwięku. Tylko światło, zawijające się w siebie bez końca, jaśniejsze niż cokolwiek, co potrafi wyczarować świat śmiertelników. Oddech mi zamarł, kroki zwolniły wbrew mojej woli. Przede mną czekali.

— Careena Seraphiel. Ich głosy uderzyły we mnie naraz, akord mocy, który zadźwięczał prosto w kościach. Osiem par żarzących się oczu wbiło się we mnie, gdy weszłam do ich komnaty. Rada Archaniołów. Siedzieli na tronach wyrzeźbionych z blasku gwiazd i wieczności, zbyt olśniewających, by długo patrzeć na nie wprost. A jednak ich obecności nie sposób było pomylić — wyniosła, pradawna, nieugięta.

— Rado — powiedziałam, skłaniając głowę akurat tyle, by było uprzejmie. Głos miałam równy, choć serce łomotało mi o żebra. — Wezwaliście mnie.

— Wezwaliśmy? — powtórzył Gabriel tonem ostrym, niemal rozbawionym. Przez salę przeszedł dreszcz energii, muskając mnie jak skraj burzowej chmury. — Została Pani tu przyprowadzona, Careena, bo Pani droga dobiegła kresu.

— Termi—jak? — Uniosłam brew, pozwalając, by wymknęło się trochę mojej naturalnej przekory. Ich wspólne spojrzenie stwardniało, ale nic mnie to nie obchodziło. Dawna ja mogła się ugiąć pod ich wzrokiem, ale tamta wersja Careeny umarła w chwili, gdy Spadłam.

— Pani czyny nie pozostały niezauważone — intonował Uriel, o srebrnych oczach ostrych jak brzytwa, głosem cięższym niż Gabriel. Uriel nigdy mnie nie lubił, więc jego kolejne słowa były zaskoczeniem. — Mimo buntu raz po raz Pani się sprawdziła. Stała Pani na straży sprawiedliwości, chroniła niewinnych i wiele poświęciła, nawet jako upadła.

— Mam dziękować za to, że łaskawie to zauważyliście? — Skrzyżowałam ręce na piersi. — Czy jest w tym jakiś cel... tej oceny?

— Zawsze niecierpliwa — mruknął Raphael, nie bez życzliwości. Pochylił się, a jego blask nieco przygasł, odsłaniając zarys twarzy surowej i pięknej. — Pani Careena, oferujemy Pani odkupienie. Szansę powrotu do niebios. Odzyskania miejsca wśród nas.

Te słowa uderzyły we mnie mocniej niż jakiekolwiek ostrze. Otworzyłam usta, po czym znów je zamknęłam. Przez chwilę po prostu stałam, gapiąc się na nich, a myśli rozpraszały się jak spłoszone ptaki.

— Powrót? — wydusiłam wreszcie, już ciszej. — Po tym wszystkim? Po tym, co mi zrobiliście?

— Pani wygnanie było konieczne — odparł Uriel, niewzruszony oskarżeniem. — Zboczyła Pani z drogi. Teraz jednak może Pani zostać przywrócona. Skrzydła obmyte z cienia, dusza uwolniona od brzemienia. Wystarczy Pani zgoda.

Parsknęłam śmiechem. Krótkim, gorzkim, który rozległ się w ich doskonałej komnacie zdecydowanie zbyt głośno. — A jeśli powiem: nie?

Komnata zatrzęsła się ciszą, taką, co napiera na uszy i sprawia, że własne serce bije zbyt donośnie. Wyprostowałam się, nie dając im poznać, jak bardzo ich propozycja mną wstrząsnęła.

— Uprośćmy to — powiedziałam głosem pewniejszym, niż się spodziewałam. — Nie.

Blask Archaniołów zafalował, zbiorowy ruch jak wiatr muskający gładką taflę wody. Gabriel pochylił się, a jego światło rzuciło ostre cienie na marmurową posadzkę. — Pani Careena, proszę rozważyć, co Pani odrzuca—

— Nie pouczajcie mnie. — Zacisnęłam dłonie w pięści wzdłuż boków. — Myślicie, że tego nie rozważałam? Że nie wiem dokładnie, co oferujecie? Odkupienie. Czystą kartę. Moc. Wszystko ładnie zapakowane w waszą idealną paczuszkę. Ale jest pewien drobiazg — — Nie chcę tego. —

Zrobiłam krok naprzód, odważnie skracając dzielący nas dystans.

— Głupota — warknął Azrael, a jego głos trzasnął jak pękający kamień. Skrzydła Raphaela drgnęły, rozsypując w powietrzu delikatny, złoty poblask.

— Wolność — poprawiłam ostro. Przed oczami bezwiednie mignęła mi twarz Alystera, jego uśmieszek, srebrny błysk oczu, gdy patrzył na mnie, jakbym była kimś, o kogo warto walczyć. Rafail, z ciemnymi oczami lśniącymi tuż przed tym, nim zrobił coś niewymownie szlachetnego i głupiego.

— Czy rozumie Pani, z czego Pani rezygnuje? — Ton Uriela spochmurniał, niemal tnący.

— Doskonale — odparłam, unosząc podbródek. — I z niczego nie rezygnuję. Wybieram dobrowolnie to, co wtedy mi narzuciliście. Dziękuję za prezent. Uwielbiam go.

Powietrze wokół mnie się zmieniło, ciężkie od ostateczności. Nie spierali się dalej — nie musieli. Wybór należał do mnie i dokonałam go. Pociągnięcie przyszło niemal natychmiast — głębka, bolesna grawitacja szarpiąca sam rdzeń mojej istoty. Zamknęłam oczy, gdy ciało się jej poddało, gdy blask komnaty rozmył się w ciemność, gdy po raz drugi Spadłam z niebios.

Gdy otworzyłam oczy, niebo wciąż było szare, ciężkie chmury przewalały się nad Sanctuary jak sińce na skórze. Powietrze pachniało deszczem i spaloną ziemią. Podniosłam się z miejsca, gdzie wylądowałam, kolana wbiły mi się w ziemię. Przeszył mnie ból — ostry, znajomy. Upadek zawsze boli, jak widać, nieważne, ile razy się to robi.

— Wróciłaś — odezwał się za mną równy, spokojny jak zawsze głos Hadraniela. Odwróciłam się i zobaczyłam go kilka kroków dalej, ze złożonymi równo brązowymi skrzydłami i nieczytelną twarzą. Jego masywna sylwetka zasłoniła te resztki światła, które przedarły się przez chmury.

— Ciebie też miło widzieć — mruknęłam, otrzepując dłonie z ziemi.

— Twoja decyzja była... przewidywalna — powiedział, ale w jego głosie zamigotało coś łagodniejszego, niemal aprobata.

— No, dzięki — odparłam kąśliwie, choć kąciki ust uniosły mi się w cień uśmiechu. — To co dalej?

— To zależy od nich, prawda? — Hadraniel skinął głową w stronę dwóch postaci zbliżających się od bramy. Alyster, a u jego boku Rafail. Oczywiście.

Alyster poruszał się jak burza — powściągnięta moc i płynna gracja, złote włosy łapały skąpe światło jak ogień na tle cienia, a zdobiąca je złota obręcz migotała. Zatrzymał się kilka kroków dalej, z tym swoim zwyczajowym uśmieszkiem przyklejonym do warg. — Upadanie ci służy — rzucił lekko, choć w oczach mignęło coś głębszego. Może ulga. A może duma.

Rafail na razie trzymał się z tyłu, ale widziałam radość w jego spojrzeniu na mój widok. Uśmiechnęłam się do niego, po czym znów spojrzałam na Alystera.

— Spóźniłeś się — rzuciłam. — Bohaterskie wejście się opóźniło?

— Nie chciałbym kraść ci blasku — odparł Alyster, ale zaraz zerknął na Hadraniela. — Mówił Pan, że ma Pan dla mnie propozycję.

Hadraniel skłonił głowę, znów cały w sprawach służby. — Jako nowy Strażnik Sanctuary moim obowiązkiem jest zapewnić jej ochronę. Sojusz między aniołami a Fae wzmocniłby oba światy. Mam upoważnienie, by zaproponować taki pakt — i go przypieczętować.

Alyster uniósł brew, a jego srebrne oczy nieznacznie się zwęziły. — Anioł proponuje sojusz z Fae? Nie sądziłem, że doczekam takiego dnia.

— Czasy się zmieniają — odparł krótko Hadraniel. — Podobnie jak priorytety.

Zapadła chwila ciszy, gęsta i naelektryzowana. Potem Alyster wyciągnął dłoń, znów się szerzej uśmiechając, teraz ostrzej. — Uznaję pańską propozycję.

Uścisk dłoni był krótki, lecz pewny — spotkanie dwóch sił, które przez stulecia stały po przeciwnych stronach. Świat jakby wstrzymał oddech dookoła nich.

— No cóż — odezwałam się, klaszcząc w dłonie i rozbijając chwilę. — Wygląda na to, że wszyscy dziś robią postępy. — Spojrzenie spotkało się z oczami Alystera i przez ułamek sekundy jego maska opadła. Było tam ciepło, niewypowiedziane porozumienie, które coś we mnie uspokoiło — coś, o czym nie wiedziałam, że było niespokojne.

— Istotnie postępy — mruknął, na tyle cicho, że tylko ja mogłam usłyszeć. A potem, głośniej: — Ruszamy?

— Proszę bardzo — powiedziałam, już dostrajałam krok do jego rytmu. Rafail wsunął się po mojej drugiej stronie, jego palce splotły się z moimi, choć nic nie powiedział.

Za nami Hadraniel patrzył, milczący i nieporuszony, jak ścieżka rozciągała się przed nami.

Powietrze drgnęło, gdy przeszliśmy przez lśniącą zasłonę, wyłaniając się w krainie Fae. Światło było tu ostrzejsze, niemal żywe, tańczyło po mojej skórze jak tysiąc maleńkich świetlików. Pod stopami trawa lekko świeciła, pulsując w rytm miękkiego pomruku, który wypełniał powietrze. Dzika magia tego miejsca od razu wbiła we mnie pazury — elektryczna i nieokiełznana.

— No cóż — powiedziałam, wciągając głęboko powietrze, gdy zapach kwitnącej psianki i wilgotnej ziemi owinął się wokół mnie. — Jak w domu?

— Jeszcze nie całkiem — wymruczał obok Alyster, srebrnymi oczami lustrując horyzont. Uśmiech miał krzywy, krok niespieszny, ale biła od niego energia — drapieżnika wracającego na swoje terytorium.

— Czy zawsze tak *bzyczy* ? — spytał cicho Rafail. Szedł niespiesznie, z rękami w kieszeniach płaszcza. Jeśli onieśmielała go ta czysta inność ziem Fae, nie dawał po sobie poznać. Typowy Rafail. Spokój w chaosie.

— Tylko kiedy jest podekscytowane — odparł Alyster, nie odwracając się. — Kraina zna swego władcę. Rozpoznaje zwycięstwo.

— Zwycięstwo — powtórzył Rafail z kpiącą nutą. — Śmieszne. Bardziej to brzmi jak wchodzenie w pułapkę.

— Uwierz mi — rzucił Alyster, posyłając mu przez ramię puszczenie oka. — Gdyby to była pułapka, już byś nie żył.

— Pocieszające — mruknął Rafail, choć dostrzegłam lekki uśmiech na jego ustach.

Wspięliśmy się na wyniosłość i ujrzeliśmy Dwór Gwiazd. Rozległy pałac wyrzeźbiony z żywych drzew i kryształu, z wieżami spiralnie pnącymi się ku niebu, które lśniło konstelacjami nawet w dzień. U stóp pałacu dziedziniec tętnił Fae: możni w powłóczystych jedwabiach, wojownicy zdobni kością i złotem, istoty cienia i światła stojące ramię w ramię. Gdy tylko nas zobaczyli, przez tłum przeszedł szmer, szeptom urośli w siłę jak wiatr przed burzą.

— Czas na spektakl — powiedział pod nosem Alyster, a jego uśmiech się poszerzył.

— Za bardzo ci się to podoba — mruknęłam, ale i moje serce zabiło mocniej na ten widok. Ciężar ich spojrzeń przycisnął się do mnie — ciekawych, nieufnych, pełnych oczekiwania. Nie patrzyli tylko na Alystera. Patrzyli na mnie. Poczułam, jak skrzydła ściskają mi się na plecach, po czym wzięłam głęboki oddech i rozłożyłam je szeroko, dumnie.

— Czas zrobić wejście — powiedział Alyster, podając mi ramię. Zawahałam się ledwie przez pół uderzenia serca, zanim je przyjęłam. Jego dotyk był ciepły, ugruntowujący. Rafail cofnął się pół kroku, by kroczyć za nami, jak zawsze stanowczy w obecności.

Gdy schodziliśmy ku Dworowi, tłum rozstępował się przed nami, a szepty narastały. Trzymałam głowę wysoko, pozwalając, by ich spojrzenia po mnie spływały. Niech patrzą. Niech się zastanawiają. Zbyt ciężko się tu dobijałam, by teraz się potknąć.

— Careena Seraphiel — obwieścił Alyster, gdy dotarliśmy do środka dziedzińca, a jego głos bez trudu przebił się ponad gwar. — Niegdyś anioł niebios, dziś królowa Fae. Wasza królowa.

Nastąpiła cisza absolutna.

— Zaraz, co? — syknął Rafail pod nosem, posyłając Alysterowi ostre spojrzenie. Ugryzłam się w policzek, by nie wybuchnąć śmiechem.

— Pójdź w to — szepnęłam, robiąc krok naprzód, gdy Alyster wypuścił moje ramię. Spojrzenia tłumu paliły mnie żywcem, ale utrzymałam skupienie, podbródek wysoko.

— Wasza lojalność została zdobyta — ciągnął Alyster, ton gładki jak jedwab. — Wasze wątpliwości przeminą. Bo przecież wiecie, co cenimy ponad wszystko: siłę. — Odwrócił się do mnie, a jego srebrny wzrok wbił się w mój. — A nie ma nikogo silniejszego niż Careena.

— Pochlebca — mruknęłam na tyle głośno, by tylko on usłyszał. Uśmiech tylko mu się rozszerzył.

— Jeśli zechcesz, moja królowo — rzekł, wskazując na tron, który wyrósł za mną — z wijących się korzeni, skrzący się światłem setki maleńkich gwiazd. Uniosłam brew. Jak zawsze dramatycznie.

— No to chyba to robię — wyszeptałam, ruszając ku tronowi. Skrzydła lekko się rozwarły, gdy odwróciłam się twarzą do tłumu. Północnoczarne pióra z fioletem na krawędziach złapały światło i poczułam zmianę w ich wyrazach. Zachwyt. Strach. Szacunek.

— Z mocy mojej jako Wysokiego Króla — powiedział Alyster, wyciągając z powietrza złotą koronę — wyglądała jak splecione gałązki, nakrapiane kamieniami księżyca — — mianuję cię Careeną Vayir, Królową Fae.

— Vayir? — posłałam mu spojrzenie, ale jego uśmieszek powiedział mi wszystko, co musiałam wiedzieć. Oczywiście skorzysta z okazji, by związać mnie jeszcze mocniej z tą krainą — i ze sobą.

Zanim zdążyłam zareagować, Alyster zwrócił się do Rafaila, a w jego dłoniach pojawiła się kolejna korona — prostsza, ale nie mniej królewska. Czy to lis wyryty w złocie? Oczywiście, że tak.

— Rafail Rubakis — powiedział Alyster, a w jego głosie zabrzmiało rozbawienie. — Jesteś związany z naszą królową, tak jak ona z nami. Czy staniesz u naszego boku jako książę małżonek?

Rafail mrugnął, a jego czujny wyraz twarzy na moment się rozpadł. Spojrzał na mnie, a ja uśmiechnęłam się zachęcająco. Alyster wyjaśnił mi, gdy pytał ponownie, że Fae nie uważają małżeństwa za instytucję koniecznie monogamiczną. Poligamiczne małżeństwa są tu całkowicie normalne, nawet wśród royalsów. Rafail był częścią zarówno Alystera, jak i mnie; wykluczenie go nie wchodziło w grę. Choć niewątpliwie było zabawnie zaskoczyć go tą niespodzianką.

W końcu Rafail westchnął, wzruszył ramionami, a na jego wargach pojawił się uśmiech. — Skoro zaszedłem już tak daleko, chyba zobaczę, jak to się potoczy.

— Dzięki — powiedział Alyster, klepiąc go po ramieniu, po czym osadził koronę na jego głowie.

— Razem — ciągnął Alyster, znów zwracając się do zgromadzonych Fae. — Poprowadzimy tę krainę w nową erę. Silniejszą. Dzikszą. Niezłomną. — Jego głos poniósł się szeroko i tym razem tłum wybuchł wiwatami, od których zatrzęsła się sama ziemia pod stopami.

— Nie do złamania, co? — powiedziałam cicho, zerkając na Alystera i Rafaila. Uśmiech Alystera złagodniał, a Rafail skinął raz, trzymając spojrzenie na mnie.

— To co, uwieńczymy to jak należy? — Alyster cofnął się i zarzucił złote włosy na jedno ramię, jakby przed chwilą jednym niedbałym gestem nie odmienił historii Fae. — Koronacja nic nie znaczy bez odrobiny widowiska.

— Widowiska? — uniosłam brew. Skrzydła poruszyły się za mną, chwytając drobne iskierki światła z zaczarowanych lampionów rozwieszonych wysoko nad nami. Powietrze brzęczało magią — gęstą i iskrzącą, jak sekundy przed burzą.

— Nie kokietuj, moja królowo — droczył się, wskazując na tłum Fae, który śledził nas z zapartym tchem. — Czekali na tę chwilę wystarczająco długo. Daj im coś, o czym będą mówić przez wieki. Coś godnego Careeny Seraphiel.

— Careena Vayir — wtrącił sucho Rafail, poprawiając koronę, jakby miała go zaraz pożreć. Wyglądał bardziej nie na miejscu niż kiedykolwiek — przechylony lekko, jakby sam ciężar królewskości już próbował go zwalić z nóg — ale w jego tonie brzmiało ciepło, a przez zwyczajową ostrożność przebił się błysk rozbawienia.

— Careena *wszystko* — rzucił z figlarnym błyskiem w srebrnych oczach Alyster. — Może mieć tyle tytułów, ile zechce. Zapracowała na każdy.

— Jesteś nie do wytrzymania — mruknęłam, choć uśmiech drgnął mi na ustach.

— Owszem — zgodził się bezwstydnie. — Ale teraz jestem twoim nie do wytrzymania mężem. A ty — moją królową. Więc jak będzie, kochanie? Stworzymy historię?

— Dobrze. — Odwróciłam się ku zgromadzonemu tłumowi, rozłożyłam szeroko skrzydła, rzucając długie cienie. Serce waliło mi w piersi, ale trzymałam podbródek wysoko, głos równy. — Niechaj będzie wiadome. Niech wiedzą wszystkie światy. Niebiosa mnie strąciły, ale powstałam. Nie jako ich służebnica — lecz jako wasza królowa. Razem stworzymy coś większego. Coś, czego nie zdołają zignorować.

Ryk, który buchnął z tłumu, był ogłuszający. Przeszedł przeze mnie jak ogień, rozpalając każdy nerw. Po raz pierwszy od — zdawałoby się — żywotów, już nie tylko drapałam się naprzód pazurami. Stałam wyprostowana. Dokładnie tam, gdzie chciałam być. I nie byłam sama.

— Dobrze powiedziane — szepnął mi do ucha Alyster, nachylając się tak blisko, że jego oddech musnął mi skórę. — Sam bym tego lepiej nie napisał.

— Masz szczęście, że cię toleruję — odszepnęłam, nie odrywając wzroku od wiwatujących Fae.

— Szczęście nie ma z tym nic wspólnego — rzekł cicho Rafail, stając po mojej drugiej stronie. Jego palce musnęły moje — krótko, przelotnie, ale elektryzująco. — Wybrałaś nas obydwu. Dlatego tu jesteśmy.

— Razem — powtórzył Alyster miękko, tak, by usłyszała to tylko nasza trójka.

— Razem — przytaknęłam raz jeszcze, a to słowo osiadło mi w piersi niczym ślubowanie wyryte w kamieniu. Potem, ze wspólnym spojrzeniem między nami trojgiem, zwróciliśmy się ku przyszłości, którą właśnie sobie przywłaszczyliśmy.

A tłum ryknął jeszcze głośniej.

Inne książki autorki Caryssa Cole

Projekt Chimera

Mroczne narodziny
Nienaturalna selekcja
Zbuntowana ewolucja

Upadła Anielica

Upadła anielica
Zbuntowana anielica

Za Dużo Magii na Jednego Faceta (tylko dla subskry-
bentów newslettera)

Poznaj wszystkie publikacje Shenanigans Press,
odwiedzając naszą stronę internetową, https://www.s
henaniganspress.com/pl!

Możesz też obserwować nas w mediach społecznościowych – jesteśmy na Facebooku i Instagramie (@ShenanigansPressPolska)

I nie zapomnij zapisać się do naszego newslettera, aby otrzymywać informacje o nowościach, promocjach, konkursach i wiele więcej!